何建明 著

青少版

# 我的国家史

改革开放的八个中国传奇

山东文艺出版社

图书在版编目（CIP）数据

我的国家史：青少版／何建明著．—济南：山东文艺出版社，2018.11
ISBN 978-7-5329-5642-5

Ⅰ.①我… Ⅱ.①何… Ⅲ.①报告文学—作品集—中国—当代 Ⅳ.①I25

中国版本图书馆 CIP 数据核字（2018）第 252706 号

## 我的国家史（青少版）

何建明 著

| 主管单位 | 山东出版传媒股份有限公司 |
|---|---|
| 出版发行 | 山东文艺出版社 |
| 社　　址 | 山东省济南市英雄山路 189 号 |
| 邮　　编 | 250002 |
| 网　　址 | www.sdwypress.com |

| 读者服务 | 0531－82098776（总编室） |
|---|---|
| | 0531－82098775（市场营销部） |
| 电子邮箱 | sdwy@sdpress.com.cn |

| 印　　刷 | 山东泰安新华印务有限责任公司 |
|---|---|
| 开　　本 | 890 毫米×1240 毫米　1/32 |
| 印　　张 | 10 |
| 字　　数 | 200 千 |
| 版　　次 | 2018 年 11 月第 1 版 |
| 印　　次 | 2019 年 2 月第 2 次印刷 |
| 书　　号 | ISBN 978-7-5329-5642-5 |
| 定　　价 | 28.00 元 |

版权专有，侵权必究。如有图书质量问题，请与出版社联系调换。

# Contents

# 目 录

**第一部：**

**安吉余村——"新时代"开启的地方**

导言 / 3

1. 生死抉择 / 5
2. 天上人间，余村在中间 / 14
3. "当代陶渊明" / 21
4. 安吉大竹海的故事 / 30

**第二部：**

**与"小岗村"别样的分田到户**

导言 / 37

1. 真温州，假温州，原来是台州 / 38
2. 皂树村：孤独而沸腾的农民革命策源地 / 41
3. 一台补鞋机掀起的"中国制造"巨浪 / 57

**第三部：**

**广东开放的大门是这样撬开的**

导言 / 67

1. 率先开门 / 68

2. 脚下的地在变 / 76

3. 开路升级 / 87

4. 不作为的大作为 / 97


**第四部：**

**对外开放从"中国海"启航**

导言 / 109

1. 墨西哥湾的海风 / 110

2. 谈判一波三折 / 122

3. "渤海论证会" / 134


**第五部：**

**"小康"社会的提出**

导言 / 151

1. "小康"之梦 / 152

2. "新苏州"的诱惑 / 162

3. 与新加坡人的亲密接触 / 170

4. "洋苏州",英文缩写"SIP" / 180

## 第六部：
## 义乌市场最初的秘密

导言 / 189

1. 两个里程碑式的人物 / 190
2. 拨浪鼓奏出的乐章 / 204
3. 神奇的"无形之手" / 213


## 第七部：
## 因选美而崛起的三亚

导言 / 229

1. 美丽行动 / 230
2. 天堂之路 / 241


## 第八部：
## 浦东——邓小平手中的"王牌"

导言 / 263

1. "141"号，5月3日这一天 / 264
2. "明珠"先亮 / 277
3. "空手道"换得第一桶金 / 292

# 第一部：

# 安吉余村——"新时代"开启的地方

本文采写于 2017 年。

# 导　言

2005年8月15日，浙北一个小山村的干部们正在对本村前些年毅然关掉矿山、还乡村绿水青山的做法进行讨论、总结，因为村级经济与百姓收入出现了下滑。他们将向前来调研的省委书记做汇报。那一刻，闷热、狭小的村委会小会议室里，气氛有些令人不安。到底该走怎样的发展道路，发展到底又是为了什么？寻求这些答案的，何止这个叫"余村"的小山村，还有整个浙北、整个浙江，甚至整个中国。村、乡、县，还有一起来的省机关干部，以及千千万万的人民都在等待，等待一个声音，等待一个方向，等待一个时代。

他——习近平，时任中共浙江省委书记，这天穿着白色短袖衬衫，冒着高温，一大早就从省城出发，经德清，再至安吉，迎着扑面而来的滚滚热浪，在连续走访数个乡镇后，马不停蹄地在下午4时左右赶到余村。在余村村委会的小会议室里，面对着面，他看出了余村干部们眼神里的忧虑，只见他面带笑容但语气却果断明了、坚定有力地说："你们下决心关掉矿山，这是高明之举！过去我们讲既要绿水青山，又要金山银山，实际上绿水青山就是金山银山。"

从那天起，余村始终沿着习近平"绿水青山就是金山银山"这一思想所指引的发展道路大步向前，仅仅十二年时间，已从山到水，从百姓的生活到每一颗百姓的心，都发生了翻天覆地的变化：每一寸土地更加金贵，每一滴水更加清纯，每一个人更加快乐幸福。村庄美若仙境，人心向善向美，到处生机勃勃，融洽美满，真正实现了人和自然和谐并存。

在习近平当年那句撼天动地的"绿水青山就是金山银山"引领下，整个安吉、整个浙江大地上已有百个、千个像余村一样，甚至比余村更美、更富有的村庄，正以自己各具特色的美丽、和谐、文明、现代，开启一个伟大而全新的时代——"中国新时代"。

2017年10月，"必须树立和践行绿水青山就是金山银山的理念"写进了十九大报告；党的十九大确立了"习近平新时代中国特色社会主义思想"作为全党的指导思想，并写入党章，从而真正开启了中华民族的全新时代。

# 1. 生死抉择

我到浙北安吉县余村，正好是 2017 年的清明节。那天早晨，我站在村口，被一块巨石上镌刻的一行苍劲有力的红字吸引：绿水青山就是金山银山。

村民们告诉我，这行鲜红如霞的大字，是习近平 2005 年 8 月 15 日视察安吉余村时留下的话。

时任中共浙江省委书记的习近平留下的这句话，犹如一盏明灯，照耀着余村人前行的路，让这个山村变成了"中国最美乡村"，让这个乡村所在的安吉获得了"联合国人居奖"。

美，对人而言，自然带来赏心悦目之感。你瞧那长满翠竹绿树的群峰，如一道秀丽壮美的屏障，将余村紧紧地呵护在自己的臂弯里。从那忽隐忽现的悬崖与山的褶纹里流淌出的一条条清泉，似银带般织绕在绿树翠竹之间，显得格外醒目。近处，是一棵棵散落在村庄各个角落的大大小小的银杏树，它们有的已经历尽沧桑，却依然新枝勃发、绿意盎然，犹如忠诚的卫士，守护着小山村的每一个夜晚和每一个白昼。村庄里那条宽阔的主干道，干干净净，仿佛永远不会留下乱飞的垃圾。路面平坦而温柔，我走在上面，有种想跳舞的冲动。一侧是丰盈多彩的田畴，茶园、菜地和花圃连成一片。那金黄色的油菜花，一定会将你牵入画中。民宅前后的新竹，喜欢客人前去与它比个高低，那份惬意肯定令你陶醉。村庄整洁美观，传统里透着几许时尚。每一条小巷，幽静而富有情调，即使一辆辆小车驶过，也如优雅的少妇飘然而去，令你心生畅想。每条路边与各个农家庭院门口，总有些叫不出名的鲜艳的小花，站在那儿向你招手致意。那份温馨与轻曼，会揉酥你的心，偷掉你的情……这是余村最生动、最有内容，也最易感动人的景象：看不到一个年轻人在村庄里游荡，他们的身影或是在农家乐的阵阵笑声里，或是在"创意小楼"里的电脑前，或是在山涧竹林的导游路上；穿着鲜艳漂亮衣服的孩子们，每天都像一队队刚出巢的小鸟，欢快的歌声总伴着他们走在上学与放学的路上；老人是余村最常见的风景线，他们或三三两两地在一起欢快地聊着过去的余村，或聚在一起吹拉弹唱，无拘无束地表演着自己的"拿手戏"；那些闲不住、爱管事的长者，佩戴着袖章，肩挎着竹筐，像训练有素的人民警察或城管人员，时刻等候着每一片垃圾和每一个不文明行为的出现，他们的笑脸犹如阳光般温暖。

　　余村的美，既有陶渊明式的"世外桃源"之美，更有新西兰哈比屯村的那种大自然与现代文明融为一体的美。来之后，你有一种不想再走的感觉；走之后，你的神思里总会有一幅"余村图"时不时地跳出来招惹你。

这就是今天的余村。

而我知道，2005年3月之前的余村，其实不仅不美，还可能是全国最差的山村之一。它的差并非贫困之差，而是环境的极度污染和生态的严重破坏。那时村里人有句口头禅："余村余村，死了没尊严，活着比死还受罪。"

村民们回忆说："那时我们靠山吃山，开矿挣钱，结果开山炸死人、石头压死人成为常事，活着的人，整天生活在漫天笼罩的粉尘与烟雾当中，出门喘气要系毛巾，口罩根本不顶用。家里的窗门玻璃要安装好几层，即使这样，一天还要扫地擦桌两三回。"

余村人的话，叫我想起了那种让人无法喘息的雾霾天气。那确实不是人应该生活的环境，但现在好多城市的人整年整月地生活在这样的天气里。这好比捧起金条，端着山珍海味的饭碗，在集体等待死亡一般。

"活着就要有个人样，可以呼吸干干净净的空气，还我们一个健健康康的身体，给子孙后代留个美丽家园比啥都强。"就是怀着这样的强烈愿望，2005年3月，新任村支书鲍新民和村主任胡加仁，带着新班子全体成员，从前任支书刘忠华等一班人的手中接过"接力棒"，站在村南的那座名曰"青山"却没有一片绿叶的山前，以壮士断腕之气概，向村民们庄严宣布：从此关闭全村所有矿山企业，彻底停止"靠山吃山"的做法，调整发展模式，还小山村绿水青山！

"其实那个时候我们做出这样的决定，也是非常不容易的。"那天访问退休在家的老支书鲍新民时，他这样说。

现在60岁的鲍新民，2011年离开村干部岗位，调到余村所属的天荒坪镇工作。在余村当了二十年干部的他，担任过一任村支委、一届村主任、两届村支书。这是个话很少的实干型农村干部，但他却经历了余村两个不同"富"的年代。"现在我们余村是真富，百姓心里舒畅和生活幸福美满的'富'。过去余村在安吉全县也是'首富村'，可那时的'富'不是真富，其实大家心里很痛……"鲍新民说。

1992年，35岁的鲍新民被老支书俞万兴看中，向新一届村党支部推荐他为村支部委员。俞万兴是1949年入党的农村老革命，"改天换地"，"让庄稼人过好日子"，一直是这位老支书的心愿。但在"农业学大寨"的岁月里，他俞万兴带领余村人扒竹林、种水稻，却没办法让村上人富起来。后来听说太湖对岸的苏州乡镇企业搞得好，尤其像华西村的吴仁宝也在搞"工业"，他找来村干部们商量，说："广东、江苏，连同浙江萧山在内的许多地区的富裕村庄，都走了一条亦工亦农的道路。我们余村是山区，交通没有别的地方方便，但有过开采铜矿银矿的历史，山里藏着宝贝疙瘩哩！要想富，就挖矿。我们也来试试咋样？"

"行啊，只要能富，掘地翻山，怎么都行！"从未富裕过的余村人，太羡慕那些已经住上楼房、有电视看的农民兄弟姐妹的生活了！

"我当村干部之前，老支书就带领村上的干部群众，开挖了好几年石灰窑。我最早是矿上的拖拉机手，就是把炸开的石头拉到窑上，再把烧好的石灰拖出山卖给客户……靠这样一点一滴地开山卖石灰,我们余村慢慢地也有了钱,村干部出去开会也能偶尔从口袋里掏出一包'中华烟'馋馋其他村的干部了。"一直低着头说话的鲍新民,说到这儿一笑。他接着说:"我开始当村支书的时候,赶上了全国都在风风火火搞经济,各行各业都在争取大发展。那个时候,先是出现了'十万元村',再后来是'百万元村'。到90年代初时,像江苏、广东,包括我们浙江萧山等地已经有了一批'千万元村''亿元村'了,像江苏无锡的西塘村,1983年就是'亿元村'了!没过几年,像与我们隔一个太湖的江阴华西村、张家港欧桥村等,都成了'亿元村'。那个时候报纸上、广播里几乎天天都在高喊让我们学习、赶超它们。安吉穷啊,出不了'千万元村''亿元村',靠挖石头卖石头能年收入达到一二百万元的余村,就这样成了安吉县的富裕村、'首富村'。那份荣誉确实也让余村风光了许多年。"

余村人至今仍然怀念老支书俞万兴,因为在他任上,余村才第一次喝上了自来水,安吉才有了第一个"电视村""电话村"……

然而,地处绿水青山的安吉腹地的余村,走挖矿致富的路带来了很多问题,后来余村的集体经济年收入一直在二百万元左右的水平上徘徊了好几年。当时安吉县委力排众议、顶住压力,在全国率先提出"生态立县"的主张后,余村的发展思路开始从单一的开山挖矿致富,转向开发旅游资源,走绿色生态的发展路子,出现一线新的生机。以当时的县委书记戚才祥为班长的安吉县委,对老典型余村也给予了建设生态村庄方面的支持帮助，请来专家为余村设计了一个结合山区特点、因地制宜发展生态旅游的《余村村庄规划》。2000年7月5日，安吉县委还在余村召开了首个"生态型山区村庄建设研讨会"。安吉县委的同志说："其实，当时戚才祥书记提出'生态立县'的口号时，他和县委压力非常大。戚书记到上面开会，有领导就当面责问他：安吉GDP倒数第一，你提生态立县能当饭吃吗？在这种情况下，县委也想通过余村这个老典型，在生态立县、立乡、立村上有所突破。"安吉县和浙江省的多位老干部也曾这样对我说："其实'生态立县''生态立省'，这条道路并没有像现在大家所看到的那么平坦、那么平常。甚至可以说，它从一开始就非常艰难，因为它要求我们从走了几十年的传统发展道路上，转到一条全新的发展思路上来。所以有人认为习近平同志的'绿水青山就是金山银山'的理论，同当年毛泽东同志在遵义会议上重新出山指挥红军的事件一样重要，这是有道理的。"

呵，这样的认识，这样的理解，在安吉、在浙江，要比其他地方、其他人早了几年、十几年。这是因为他们在十几年前就有了一位人民的好领导、好领袖。

这样的好领导、好领袖，人民始终记着：

记着毛泽东带领他们推翻了压在头上的三座大山；

记着邓小平带领他们解决了吃饭问题，过上了"小康"生活；

记着习近平带来了持续发展、全面"小康"的幸福生活，带领他们建设温馨美丽的家园与强盛的国家……

胡加仁是2017年5月才刚刚退任的余村老支书。他身体仍旧硬朗，说话办事十分干练。他是余村发展变化的见证者之一。第一次到余村采访时，他还在位。跟他谈话时，你会发现他的手机总是在响。"对不起，又有一批客人来了。"我们的采访经常中途被打断，胡加仁不断地抱歉。

"现在我们每天都要接待几千人，尤其这两年，习总书记'两山理论'的影响越来越大后，四面八方来参观学习的人特别多，连外国人都争先恐后地来了。反正我是没有想到，至少十几年前是做梦也不敢想的事，现在都出现了。"胡加仁说。

"你说的'不敢想的事'指啥？"我问。

"你看——"胡加仁把我拉出村委会办公楼，走到村民居住区。他指指小巷，说："过去每家每户门前屋后都有一两个垃圾堆，那时垃圾堆得像小山一样高，臭气熏天，实在没办法了，就一把火烧了了事。现在你看得到余村哪个地方有乱扔乱堆的露天垃圾吗？全没了，全都换成清洁桶了，而且还是分类投放！千万别小看这改变，这可是留存农村千百年的陋习被改正了啊！"2003年初，习近平当省委书记不久，就在浙江全省提出了"千村示范、万村整治"行动，余村就是从那时起，才逐步消除了全村脏乱差的环境陋习。

"我再跟你说点小事。"胡加仁带我回到余村大道上，指着干净整洁的路面，说："你知道我们这条道上为什么永远那么干净吗？"

我向远处望了一眼，发现道路上有穿红衣服的人，便说：

"每天有专门的保洁员护理吧!"

"对啊!有他们每时每刻在看护着呢!"胡加仁笑道,"你想,这样的露天大道上,每天有车在上面跑,加上风吹雨打,没有管理肯定不行。过去我们农村哪有啥道路保洁员!现在我们村里光道路保洁员就有七个!我还要告诉你,其实至少还有十几个义务道路保洁员,他们不拿一分钱,是每天不定时地主动到村头村尾和居住区的大街小巷里帮助捡垃圾、拾废屑……"

噢,我明白了。这是余村这些年养成的好民风。

"大家的生活好了,尤其是老年人,他们多数再不用下地干活,家里的许多事也由电器来帮忙完成。闲着没事干,就出来动动手,帮助村里干点好事。时间一长,大家都有了这种习惯,便形成了一种风气。"胡加仁突然提高了嗓门,认真地对我说,"你别小看这样的事,对我们乡下的人来说,这样的事可就是大变化了!它绝对不亚于你们城里人从小房子换成大别墅的变化。"

胡加仁的话自然在理,人在精神境界上的变化,是一切变化中最重要和最关键的。

"我发现,余村现在上年岁的老人很多!"

"你看出来啦?哈哈!"胡加仁笑得特别开心和舒畅。他说:"外人说我们余村千好万好,但在我看来,最好的方面,是村里的老寿星多了!"胡加仁又是一阵欢笑。"十多年前村里极少有七八十岁的老人,现在可了不得啊,八九十岁的好几位!都在说幸福生活、美丽家园、'小康'富裕,说白了,人开开心心活得长寿，最能体现一个地方的幸福指数。过去余村不重视生态环境，工伤砸死的、病死的每年都有，村里的人不敢去做体检，怕查出毛病！看看现在，连外国人都跑到我们这里来休养旅游，这叫翻天覆地的变化吧！"农民最爱说实话，他们的切身感受，是一个社会、一个时代发展状况的最好的证明。胡加仁的话值得我们深思。

## 2. 天上人间，余村在中间

江南何时最美？想必是清明前后。一句"清明时节雨纷纷"，将整个江南春天的美景尽收笔端。蒙蒙霏霏，湿湿润润，沁人肺腑的气息拂面而来，带着桃花的香味，挟着油菜花的清甜，当然还有时不时透过雨滴当头晒过来的暖春阳光……这便是"江南春"最好的景致。"云青青兮欲雨，水澹澹兮生烟。"妙哉！如此感觉，正是我儿时对"江南春"的记忆——我的故乡与湖州安吉隔岸相望，但年少青春时离开故乡后的几十年间，好像这样的"江南春"在故乡大地上已经见不着了。

置身如此美景之中，怎不令人在陶醉中情不自禁地感叹：真是天上人间！

"天上人间，我们余村就在中间。"对我说这话的是余村的"秀才"、现任村主任俞小平。

俞小平说出自己的根据。据《山海经·南山经》记载，"又东五百里，曰浮玉之山……苕水出于其阴，北流至于具区……"另据清朝《孝丰县志》记载，"浮玉山，县东南十里,有一石灵异如玉浮水面……"浮玉山很低小,附近高大的山很多,为何独小小的浮玉山千古留名?也许正因为它独特。史料上记载,浮玉山在原山河乡与上墅乡之交界处。山河乡是旧名,现在归入天荒坪镇。"我们余村恰巧就在天荒坪镇与上墅乡交界处,这并不高的青山应该就是古书中所言的'浮玉山'了。"这是余村的"俞小平结论",应该是一种权威说法了!

如果以为"天上人间,余村就在中间"仅仅是当地人一种"自高自大"的感觉,那就大错特错了。我三次采访余村,每一次都有不同感受,从不了解到深深地喜欢上它,甚至想留下来安居、安魂。这就是余村的魅力。有些美,是超乎寻常的,也超乎古今文人墨客们的视野。

问我恋它何处?我要说,是余村群山坳里的那一泓水,和村边那个托向云端与天际的池。它们太美,美得如金,美得金不换。因为它们美,所以才每天吸引着来自祖国各地甚至世界各国的旅游者与学习参观者光临;因为它们太美,所以让当地人更加深切和真实地理解了"绿水青山"与"金山银山"之间的关系。

2015年5月,习近平总书记回浙江视察,当时他对浙江的干部说:"我在浙江工作时说'绿水青山就是金山银山',这话是大实话,现在越来越多的人理解了这个观点,这就是科学发展、可持续发展,我们就要奔着这个做。"

"余村的今天,就是像习总书记说的那样走过来的。"俞小平说。

现在每一次到余村，我都要请求去看看"群山坳里的那一泓水"，因为这"一泓水"勾走了我的魂。

古人曰："知者乐水，仁者乐山。"水为万物之首，灵性之躯，美之化身。水可净化世界，柔化人心。

俞小平告诉我，这水在他出生前仅是一个像足球场那么大的潭。"爷爷说，我们俞家在这里至少住了有十几代。"

人居处，必有水。俞小平的祖上迁徙到余村，并落根群山之中，看中的就是这里有潭水——群山脚下的积存雨水，而非江流潮水。"所以这水时多时少。夏季雨水多时，它溢出堤岸，挟着黄泥，洪流滚滚，沿着山沟向低处奔泻。到干旱季节，我们可以跳到潭中央抓鱼戏水，有时还能在潭底晒东西，那这一年日子肯定不好过了。"俞小平说。

这潭水最早是俞氏家族在这里繁衍生息的"生命之水"。中华人民共和国成立后，俞小平的爷爷执政余村的二三十年里，这潭水变大了，变得对余村的意义越来越大。"我家第一次搬家就是爷爷的主张，他要把这潭水改成蓄水库。"俞小平长大后才明白，水对余村多么重要，爷爷为什么宁可将老宅搬走，也要把这潭水放大，放大到几十亩农田的规模，成为余村人畜饮水与生产用水的主要来源。

中华人民共和国成立之后的二三十年里，农村"以粮为纲"，既是为了解决农民自身的吃饭问题，也是为了保证整个国家的粮食供应。那时的农村，种粮排在第一位。种粮就离不开水，尤其是"农业学大寨"的岁月里，粮食被种到了山上，山上种粮用的水更多。山上种粮又让山体自身的蓄水能力越来越差，而一场暴雨降临，山体上的农作物连同山体的表层泥土被卷走，形成泥流，冲向山脚，那汹涌的洪流，越过潭堤，越过沟谷，越过村庄，向江河汇集，直到流入大海……

余村的水最终流到何处，余村人并不关心，他们关心的是水应该为自己所用，尽管余村的地下水比较丰富，但山区缺水是普遍现象，因为留不住水。修水库是唯一的办法。俞小平的爷爷俞万兴给余村留下的遗产很多，其中之一就是这座"冷水洞水库"。

水库始建于1976年，建成后的那些年，余村百姓在俞万兴的带领下，以"战天斗地"的精神，换来能够填饱肚子的日子。但水库的水多数时候是黄的，而且可能农药含量不低。"那个时候，农田里喷药没有限制，有了虫就打农药，雨一来，洪水挟着有药水残留的泥土一齐到了水库，加上平时人畜用水全靠这水库，所以得各种病的特别多。"俞小平就是喝这库里的水长大的。他戏称，自己"不够聪明"就是因为这库里的水含"消智商素"。

改革开放后，余村的生产方式开始转变，不再在山上种粮食了，改为开山挖矿——开山挖矿来的钱比种粮食要来得快、来得多。老支书俞万兴虽然1986年后不当支书了，但他的威望在余村无人可敌，因此后任就在水库旁的山里建石灰矿一事向他征求意见，当时他老人家是点头赞同的。

"开矿后水库的水就不能饮用了，您老人家还得搬家。"后任小心翼翼地给他做工作，动员他带头把家搬出水库边，因为矿和水库几乎连着，只差几百米。

"只要能给村里的百姓带来好处，我搬！"老人家毫不含糊，立即动员家人，最先搬离了水库。

在水库旁的村民后来都搬走了，留下的水库开始与矿山为伴。"那个时候，水库便成了石灰窑排污大坑，窑上的水用的也是这水库里的水。排出去的污水灌进了水库，没多长时间，水库就成了臭气熏天的大粪池，矿上每天有两三百人干活，吃喝拉撒全倒在水库里了。"老支书胡加仁那天站在水库前，不停地摇头和感叹，"唉，开矿的那十几年时间里，看起来是余村的人苦了，没日没夜地干活，一年四季生活在烟尘里，其实真正苦了的是这些山，是这个水库。"

粗放型经济建设对人的伤害，我们可以从身体的病变和没有质量的生活方式上看出。同时，粗放型生产方式对生态的破坏而造成的恶果会持续十年二十年，甚至更长的时间。比如不限制使用农药造成的大面积土壤污染，在中国的广大农村已经成为土地的"世纪绝症"，几十年甚至一百年都很难彻底修复。

"是习近平总书记的'绿水青山就是金山银山'思想救了我们，让我们更早地从有害的经济方式中彻底地走了出来，也让我们比别人更早地从'绿水青山'中获得了'金山银山'。"

如果说2005年8月15日之前余村先后关掉两三个石灰窑，是一种自省的话，那么习近平总书记留下那句"绿水青山就是金山银山"的话后，他们很快关停了所有矿山和水泥厂、化工厂等污染环境的企业，便是一种自觉自愿和坚定不移的决心与信仰了。

"关掉矿山并不意味着我们顺其自然，让大山和水库靠自己的能力去自然调节、恢复,那样恐怕到现在我们还不能看到山是全青的,水是彻底干净的。"胡加仁说,"从2005年下半年开始,我们就对全村所有被破坏的山、被污染的水进行了整治,而且再不允许哪怕有一点点污染的企业入驻余村。力度相当大,大到有几年我们村收入下降到连干部的工资都好几个月发不出来,我们照样坚持这个做法。那个时候很考验人,要有人动摇一下可能就又会有一块山、一片水被糟蹋了,但我们咬牙挺了过来……一直到现在,没有含糊过。"

胡加仁感慨万千地望着青翠挺拔的群山,又指指如今已经碧水如镜、宛如一颗硕大的绿宝石的水库,无限深情地说:"你看看现在这里的山、这里的水,多美啊!余村真的要好好感谢这些山、这座水库,它们从来都是在为我们付出。现在又因为它们的美,我们余村才会有那么大名气,那么多游客被招揽过来,并且把一颗颗远方的心留在了我们余村。"

余村山水如诗,生活在余村的人,现今个个都快成诗人了。

"来,到水边来!"胡加仁从岸头跳到了水边。他又拉着我的手,一下将我拉到他身边,感受着秀丽的湖光山色。

当年臭不可闻的水库,如今已经活脱脱地变成了一块无与伦比的美玉。瞧那清亮的湖面,在夕阳下,像千万碎金,灿烂又明耀。轻柔的微波,好似追逐嬉闹的顽童,一排一排地扑向岸边,又嘻嘻哈哈地列队退回。我们站在水边,轻轻掬起一捧水,顿觉一丝清爽的凉意,令人精神大振。

第一次见这深藏于群峰中央的水库,是胡加仁老支书带我去的,当时我们清晰地见到那倒映在湖中的白云与青山,也可以看到水中游弋欢腾的鱼儿和湖底那漂荡的水草。如果你蹲下身子,贴着水面再看去,然后把手轻轻地放在水上,你会感觉这水犹如丝绸一般柔软、轻盈……

无法相信,这水曾如黄泥浆,比粪池还脏还臭!是余村人改变传统发展方式救了这泓水,更是习近平的"绿水青山就是金山银山"理论让这泓水又清了,纯了,重新有了生命。

## 3. "当代陶渊明"

到余村采访的第二天,行至村尾,二三百米外的田间有一幢农舍和一片塑料薄膜搭起的菜棚跃入我的眼帘。再仔细一看,原来是"金宝农场"。

"主人是咱余村的'生态公民'俞金宝,这是他家的农场……"俞小平说着就带我前往。

"慢点慢点,刚才你说他是……'生态公民'?"我突然止步,拉住俞小平,想澄清一件事。

"是,'生态公民'是前年一群老外到他家给他起的名。"俞小平的脸上露出了骄傲的笑容。

"生态公民"的词意很容易理解,但"生态公民"到底是什么样的人、有什么样的生活状态,真的很令我想探究一番。

"这就是'生态公民'俞金宝。"走进农场大门,俞小平指着迎面而来的一位着灰色衣装的中年男子介绍道。

"果不其然,满身生态!"我打趣地跟浑身上下都是泥巴的农场主人边握手,边开了个玩笑。

"不好意思,今天有两个葡萄棚要搭起来,身上弄得全是泥……"长着一对虎牙的俞金宝一看就是个老实本分的农民,他满脸羞涩地搓着手。

"这四周是金黄色的油菜地和绿油油的蔬菜地,就你一户居于田园之中,此乃真正的'田园生活'啊!"

我看了看俞金宝的农场内置,原来是几间草叠土搭的房间,很原始,也极生态,我不由得触景生情地哼了句陶渊明的诗:"采菊东篱下,悠然见南山。"不曾想到,一间小木屋里立即飘出一串清秀之声:"莫笑农家腊酒浑,丰年留客足鸡豚。山重水复疑无路,柳暗花明又一村。箫鼓追随春社近,衣冠简朴古风存。从今若许闲乘月,拄杖无时夜叩门。"呵,谁在吟陆游的《游山西村》啊?

"我的客人,杭州来的大学生。"俞金宝忙说。

"世味年来薄似纱,谁令骑马客京华?小楼一夜听春雨,深巷明朝卖杏花。矮纸斜行闲作草,晴窗细乳戏分茶。素衣莫起风尘叹,犹及清明可到家。"这是一个小女子的声音,她吟诵的是陆游的另一首田园诗《临安春雨初霁》。

"你这儿都成田园诗地了啊!"听着琅琅吟诗声,我忍不住惊叹起来。

俞金宝有些不好意思:"我没念几年书,听不太懂他们的叽里咕噜。住我这儿的城里人,都喜欢在我这儿一边看着景,一边摘着葡萄,一边嘴里哼哼叽叽的。时间长了,两天听不到这吟诗声,心里就有些发慌,怀疑自己哪儿服务不周了。"

我笑了。俞金宝真是个老实巴交的农民,虽没有多少文化，但心像秤砣一样实在。

年轻时，俞金宝也是余村石矿上的一名苦力，他开拖拉机运石头。"一吨载运的车子，我们常常要装八九吨！石头高过头顶好几尺，不开动车子都看着心悚，一发动车子，摇摇晃晃地在山道上开着，你不知道啥时车上的石头砸到你后背和后脑勺上……"到矿上工作时，俞金宝刚满23岁，明知干这运石的活危险得要命，但为了一天能多挣一两块钱，他也加入了这"棺材边进出"的行列。

"没办法。那个时候，为了挣钱就是不要命。我们当农民的命也不值钱。"俞金宝说，跟他一起到矿上干活的另一名拖拉机手，就是在运石途中被歪倒的石头压死了，一起死的还有一名帮手。

"后来我到了水泥厂工作，虽说没有在矿上运石危险，但水泥厂更不是人待的地方。"俞金宝说，"那是短命的地方！"

"嗯？"我不懂。

"污染太严重。一天干下来，鼻孔里能倒出好几两灰……我们村上许多人得了肺病，或残，或不到四五十岁就见阎王去了。"俞金宝想起往事，连连摇头叹气。

"所以后来村里关掉石矿、搬走水泥厂，我举双手赞成。"俞金宝不是个能说会道的人，但讲述自己的亲身经历时，也能倒出一盆子闪闪发光的珠子来——

"开始村里人确实也很担心，因为我们余村过去是靠开矿办厂致富的，比起邻村，我们经济条件最差的村民也要算富的了！但一关矿、一搬厂后，大家收入一下降低了很多。一时间,大伙儿不知往哪儿奔。"俞金宝说,"后来村上向我们传达了当时的省委书记习近平的话,说'绿水青山就是金山银山'。我们是农民,不懂太深的道理,可习书记这句话我们懂啊,就是说,过去我们开矿办厂能发财,但那样把山破坏了,把环境搞坏了,人生病死掉了,结果啥都没有了!那种日子,即使口袋里装满了金子银子,也没有用!习书记的话就是说,像我们余村这样的山村,把山重新养青了,把水弄绿了,城里人就会来,他们来了,我们就有了金子银子,生活就会更好……我一直这样理解习书记的话,这些年也是照着习书记的话做的,一直没绕过弯,做到今天。"

"听说连'老外'都喜欢上这儿了?"我事先听村干部介绍过俞金宝这个田园农场的情况。

"是。杭州开 G20 峰会时,省里组织了一批'老外'来我这儿,都是些欧洲人,他们自己讲,以前一听中国的乡村,印象中都是些又穷又脏又落后的地方,哪想到一来就被我们村的好山好水迷住了,而且都说在我这儿玩得最开心,吃得最放心,还夸我是'中国生态农民第一人'!这些'老外'来了又是拍照,又是摄像,很快把我这儿的一景一物传到他们的朋友圈和国家去了,结果我一下子出了名!后来就经常有'老外'来。看着我这儿生意好,村里的人非常羡慕,说我命里注定好福气,因为我名字里就有金银财宝。"老实巴交的俞金宝其实还有幽默的一面,他的话惹得众人哈哈大笑。

俞金宝的农场正院,是个"井"字形中式庭院,看上去很土。"'老外'喜欢这个样儿!"俞金宝一笑就露出一对虎牙,显得格外憨厚。他掀开侧屋的后门，引我踏进他的"暖房"。此处真是别有洞天：塑料暖棚下，有小桥流水，有鲜花盛开的花圃，有挺拔的松柏，有沾露滴翠的笋竹，以及茶座、居室、观景亭……与之连成一片的是葡萄园、蔬菜园、茶园、竹林，还有一条两岸盛开着油菜花的清澈河道。

"原来'金宝农场'的宝贝全在这儿哪！"凡第一次观光者不可能不被眼前的这番景象所感染。

"在我这儿，所有的东西都是'生态'，都是我自产、自种和自养的。"俞金宝很自信地介绍。他随意推开一间客房，指着床上用品、地上的木凳桌椅，又推开后窗往外望，指指几十米外的家禽养殖场，说："住在我这儿，一切尽可放心，我自家的东西，都是纯天然的，而且保证所有庄稼地里采摘来的、河里抓来的、棚圈里揪来的，不会沾半点农药，绝对生态！"

"名不虚传的'俞生态'呵！"抓过放在桌上的煮笋，我边吃边夸这四季如春的"生态房"好。

"你们看到的景观，都是我女儿设计的。"俞金宝骄傲地告诉我，"她在南京上大学，学的是园林设计。"

"我说嘛，外行哪能设计得这么有品位这么专业！"终于明白是怎么回事了。

俞金宝的生态农场最出彩之处，也是令他远近闻名并且大把赚钱之处，是他的"金三宝"。

"金宝，你快给何作家亮亮家底！"村干部俞小平扯了扯俞金宝的袖子，农场主竟然满脸羞涩地喃喃道："就是地里的这点白茶树、葡萄园，还有山上那些毛竹。"他指了指青山上绿油油的竹海。

　　白茶、葡萄、毛竹，这三样东西确实是俞金宝的"三宝"，因为它们是让这位余村人致富和成名的金贵之物。青山上的百亩毛竹，不仅可以满足俞金宝一家最基本的需要，还可以保证他开设的农家乐饭店常年有吃不完的鲜笋及菌类菜品，更重要的是能让远方来的洋客人和城里人能一年四季有的玩、有的看。这不是"宝"是什么？第二个"宝"，是百亩白茶树。白茶树是余村人除毛竹之外最重要的"宝"，俞金宝自然知道，百亩白茶园就是一个小银行。但这都不是俞金宝的得意之作。

　　"葡萄园才是。"俞金宝说到葡萄，好比说到他在南京上大学的闺女，立即喜形于色。

　　"我的葡萄跟人家的不一样，他们是在路边摆摊卖，十块钱一斤，我从不拿出去卖的，是客人到我葡萄园里采摘后称重算钱。"俞金宝很得意这一点，"我的葡萄比城里和路边卖的要贵，一般都在三十块钱左右一斤，而且供不应求。"

　　"为什么？越贵越有人要？"我有些不解。

　　俞金宝憨笑中有几分狡黠："不是。是我的葡萄生态。"

　　"怎么说？"

　　"我的葡萄园里从不喷洒任何农药和添加剂，一般的葡萄种植做不到，可我就是做到了，而且一直坚持下来，所以葡萄的口感和含糖量绝对与众不同。"原来如此，长着一对虎牙的俞金宝还真不一般哩！

　　"可据我所知，凡是农作物，免不了招虫啊蝶啊的，你怎么消除这些危害葡萄的坏蛋呢？"我的问题虽然有些"少儿"，却是农民无法回避用农药的关键所在。

"你跟我来——"俞金宝说到这里,领我到几十米远的葡萄园去看。

此时的葡萄园,新苗还不茂盛,只长到藤架上,不够壮观,廊架间显然有些空荡。俞金宝走到葡萄架中间,一边掐着葡萄嫩头,一边对我说:"在地里种庄稼,少不了虫子啊草啊,一般都靠农药来解决,但那样结出的果实里肯定残留些药物,对人体多少有些危害。可不打农药,不施一些添加剂,作物产量又不高,怎么办?尤其是像葡萄这样蛮娇气的植物,你还得经常松土除草,地里的营养不能被茂盛的杂草给抢了去。但葡萄园里又是棚棚架架的,人在里面活动多了,不仅会破坏葡萄架,还会撞坏果实。"

可不,还是不小的难题呢!"你怎么解决的?"我好奇。

"我在葡萄园里养鸡,让它们吃虫子、吃草。"俞金宝说这话时一脸憨笑,"结果虫子除了,草除了,鸡长大了,还生蛋,可以给客人供应味道不一样的土鸡、咸蛋什么的。它们拉的屎又都留在田园里,成了葡萄的肥料。这不是一举三得嘛!"

原来如此!"俞金宝啊俞金宝,你太厉害了!你不发财谁发财嘛!"我听后,不由得连连瞪眼惊叹。这个余村人太不简单,别看他一脸憨相,其实精明至极。

"也不是啥精明,当年听了习书记留下'绿水青山就是金山银山'的话后,我就在想:咱是农民,怎么能把环境和生活弄成生态好的环境和生活呢?农民种地,过去没有想那么多,只是想有个好收成,没人去想种的东西、吃的东西生态不生态,或者说生态不生态跟我没关系。可后来不一样了,我们余村以前靠开山挖矿挣钱过日子,后来矿关了山封了,靠啥过日子?干部说一句靠青山绿水,我们农民养家糊口过日子可不能只凭纸上几个字、嘴上一句口号,得想招……"

俞金宝其实很能说,尤其说自己的事,能滔滔不绝。

"在村里的企业关停后,开始几年我自己也办过厂,在外地跟着人家学。后来听说村里的胡加兴搞漂流,人气旺得很,就有点眼红。于是就回到村里,也想着搞点既生态又赚钱的事。'绿水青山就是金山银山',在我们这些农民眼里,就是想办法让自己的地里、家里变得干干净净、清清爽爽,能让城里人到这儿来吃喝玩乐,蛮开心地住上几天;就是人家一批一批地走了,一批一批地又来了,自己一口袋一口袋装钱的光景……不知我这样比喻对不对,反正我是这样走过来的。"农民的话很朴素,但道理深刻。俞金宝用自己的实践,抓住了"两山理论"的根本。

"我感觉'绿水青山就是金山银山',就是个生态问题,就是让不好的生态变成能够变金子换银子的好生态。"俞金宝说,"照着这么个理解,后来我们就在村上先把百亩毛竹管理好,让它一年比一年茂盛,而且利用竹林的优势,开辟了一些让城里人游玩的小项目;再把茶园建设好,有了较高的固定收入。在这两个基础上,开设了农家乐,有了来自四面八方的客人后,我的葡萄产量上来了,采摘的人就一批一批地来了,客人们回城的时候又要带十斤八斤回去,这样我的葡萄不用到市场上就已经销售完了……现在每年的产量供不应求,价格也不低。"

这就是俞金宝的聚金蓄银之道。

"其实就是两个字：生态。我赚的都是生态钱！"在余村，在安吉，像俞金宝这样赚"生态钱"的人很多，甚至可以说，在这块美丽的土地上，讲生态，行生态，将自己的生存与生活融入生态环境，具有生态心理和生态学问的人和事，比比皆是。

# 4. 安吉大竹海的故事

　　春到余村，问你最喜和最爱之物，除了白茶，必定是满山遍野的挂着晶莹露珠的毛竹及春天的新笋——新笋假如不被当作佳肴，它也应是毛竹。

　　"修竹拂云当户耸，暗泉鸣玉绕亭飞。"那挺拔、俊秀、茂盛、葱翠、接天曼舞、一派生机的青竹，是这块土地的衣裳。唐代大诗人白居易用"此处乃竹乡"五个字对安吉大地做了精确的概括。春夏之季来此，观新竹接天之景，纳清爽怡人之凉，为与竹共舞最佳时节。而安吉人自古就过着"食者竹笋，庇者竹瓦，戴者竹笠，烧者竹薪，衣者竹皮，书者竹纸，履者竹鞋"的生活。竹，融入了安吉人的生命与生活。

　　正如苏东坡所言，对生活在南方的人来说，"宁可食无肉，不可居无竹。无肉令人瘦，无竹令人俗"。竹是南国居者一年四季的伴侣，尤其是春天，你可以在竹林里看到万千尖头的竹笋破土而出，一日长几十厘米，你甚至可以听到小笋往上蹿长的声音……余村的一位老乡告诉我，他曾在自己的竹山上测量过，长得最快的一根新竹，一夜长了 103 厘米！我开始不信，后来向安吉的毛竹专家求证，那专家告诉我，安吉林业局有人发现过 24 小时内长了 110 厘米的毛竹。天！相比之下，人与竹相比，显得何等俗气。问题并不在于成长速度上的巨大差异，人们对竹子情有独钟，在于竹的精神。一是竹有"竞将头角向青云，不管阶前绿苔破"的势不可挡的生长劲儿，而且从来都是"咬定青山不放松，立根原在破岩中。千磨万击还坚劲，任尔东西南北风"。二是竹的"清廉"形象。元代吴镇有诗赞竹："虚心抱节山之阿，清风白月聊婆娑"。竹在深山幽谷抱朴守拙，虚心若愚，与清风白月相互吟唱交流，构成一曲天地间最动听的守节清歌。竹子与生俱来的虚心抱节的特质，对人的生活态度有着一种神圣的启示。

说起安吉竹子，安吉人特别感谢著名电影导演李安。安吉语出"安且吉兮"。安吉竹子出名，可以说某种意义上是"李安吉兮"。

安且吉兮。李安来之，安吉大吉兮。

电影导演李安曾说："是安吉的好山好水，让《卧虎藏龙》名扬天下。"安吉人则这样说："是李安让全世界的人认识了安吉和安吉大竹海。"我的看法不同，准确的说法应该是：安吉的竹子和安吉的人让李安出了大名。难道不是吗？如果没有安吉诗意般的大竹海，如果没有仙境般的安吉竹浪托起周润发与章子怡龙腾凤舞的打斗戏，那些外国电影评委能看懂中国含蓄独特的古装戏剧情？《卧虎藏龙》能获奥斯卡最佳外语片奖，戏中的"景"远超了"情"，这就是李安先生为什么说是安吉的好山好水让他和他的电影名扬天下。其实,李安还少说了安吉最重要的一"好"——人好!

安吉确实有好山好水,但更好的是安吉人。

包括许多安吉人在内,并不知道《卧虎藏龙》最初并没想与安吉的竹海结缘。李安拍《卧虎藏龙》最早选择的是杭州城内的九溪十八涧为拍摄地。

李安是大导演,让《卧虎藏龙》借安吉大竹海一举成名。但李安心里清楚:没有安吉人的"导演",他李安或许到现在都不知道安吉还有那么美的竹海,那么好的山水。

李安导演的"导演"确实是一位安吉人。我在采访安吉"中南百草园"旅游景区的时候,见到了县委副书记、政法委书记赵德清,当地领导很重视我的采访,哪知我的采访在这个晚上有了意外的收获——赵德清书记竟然就是"两山理论"产生时的现场亲历者和李安导演的"导演"。

同行的县委宣传部陈部长催促道:"赵书记,你赶紧把怎么将李安引到安吉的事说给何作家听听。"

"是这样的。"赵德清清清嗓子,才开始他的讲述,"1998年时,我在港口乡当党委书记,搞了安吉第一个旅游景区,还连续搞了两届生态文化节。搞第三届的时候,听我一个同学说香港导演李安准备在杭州拍一部武打片,还要冲刺什么奥斯卡奖,说里面的武打场面要到杭州的九溪景区的竹林里拍。一听李安要到竹林里拍戏,我的心就动了一下:那杭州竹林怎么可能跟我们安吉大竹海比嘛!这么一想,我心里就有了小九九:如果能把李安拉到安吉来拍这电影就好了,可以好好宣传一下我们安吉的竹海了！我的'私心'一下就膨胀起来了！饭后我悄悄问同学：'有没有可能让李安到我们安吉看看？说不准他就喜欢上了我们的竹海。'同学笑笑，说：'没问题，好导演对好景致特别在乎。'我一听赶紧说：'那你无论如何也要想法给我把这个关系接上。'就这样，没过几天，李安手下的工作人员便来到安吉。又过了一个星期，他的副导演来了。再过十几天，李安亲自来了。那天我特别激动和紧张，跟在李安身边陪他看我们的竹海。哪知他才看了十来分钟，就朝助手一挥手，说：'走吧！'我在一旁看这情形，心都凉了！这可怎么办？我心里苦啊，赶紧上前拉住李安，有些乞求似的说：'李导，您是大导演，您得说一句话，我们安吉的竹海到底哪个地方您不中意？我们可以帮助您解决，您尽管说出来。'谁知李安回头郑重地看着我，说：'还有什么可说的，就这么定了呗！过些日子我们要过来拍了！'"

"哈哈……"没等赵德清说完，我们在场的人都大笑起来。

"看看人家大导演的风度！"众人七嘴八舌地议论道。

"确实。"赵德清的头像摇拨浪鼓似的，继续说，"后来李导他们在安吉共拍了 22 天。周润发、章子怡、杨紫琼等大腕都来了。李导拍得很顺利，临走时他的助手跟我算账，说按规矩，他们用我们的场地，要付酬金，说给我们六十万元。在当时，对一个乡来说，就差不多是我们一年的财政收入，而且我当时主政的港口乡的财政已经负债二百多万元！李安的这六十万元等于是'救命钱'呀！"

"还不赶紧多要点嘛！"有人插话。我们众人跟着起哄：

"对,多要点!至少要他一百万、二百万的!"

赵德清笑而不语,摆摆手,又摇摇头。"最初一刻,我跟你们想的一样,但后来一转念,立即放弃了原先的想法。回头我跟李安的助手说:'谢谢你们的好意,我呢这六十万元不要了。'人家觉得奇怪,问为什么,是不是钱给少了。我赶紧说:'不是的不是的,我是想能不能在你们电影的协拍者名单上加一句话:安吉县政府和拍摄地安吉大竹海……'当时我说这话时心里十分忐忑,怕他们拒绝。哪知人家哈哈一笑,一口就答应了!后来的事大家都知道了,《卧虎藏龙》得了奥斯卡最佳外语片奖,我们安吉和安吉竹海就出名了……"

"我没说错吧,赵书记是李安导演的'导演'!"宣传部陈部长很真诚地说。

在场的人都对赵德清这位曾为安吉大竹海做出特殊贡献的幕后"导演"表示深深的敬意。事实上,安吉的"绿水青山"能够变得如此美丽,与安吉一届又一届领导的心血和智慧及敢于担当有着直接的关系,没有他们无私无畏的奉献,安吉的美丽也许仍在"深闺"藏着,或者被彻底毁"容"了。不是吗?这样的例子在中国并不少。这也是让我今天格外喜欢安吉这个地方的原因之一。

当我再举目望向一片片郁郁葱葱、随风荡漾的竹海时,心潮变得更加澎湃:呵,我的江南故乡,如今都能像安吉一样山清水秀、地美村丽,该有多好啊!你那千千万万奋斗一生的游子们,在回归故里时,将会怎样欣慰与安然!

安吉安吉,安且吉兮……

# 第二部：

# 与"小岗村"别样的分田到户

本文采写于 2008 年。

# 导　言

　　1978年12月，安徽凤阳小岗村的十八个农民按下手印，签订了一份分田到户的包干"契约"。一年后，一位新华社记者将小岗村的事迹写成一组"内参"送到中央领导手里，小岗村从此成了中国农村改革的"发源地"。

　　其实，中国农村改革的真正发源地并非在小岗村，而是在一个更边远和偏僻的山区农村——浙江台州的皂树村。这里的分田到户和大包干，比小岗村更早、更广泛、更彻底，并且经受的波折也更激烈和痛苦。皂树村和台州农民应是中国农村改革真正的发源地和急先锋！中国改革开放史需要将这一事件认真补上。

# 1. 真温州，假温州，原来是台州

2006 至 2008 年的三年时间里，我先后在一个过去根本不熟悉的地方进行采访，缘由是时任中共浙江省委书记习近平同志的一个提议：浙江是中国民营经济的主要发源地，应当请作家和学术界的专家们好好总结一下。于是，我成了这一提议的主要执行者之一。

还是让我们先来认识一下台州吧。台州是浙江的一个地级市，地处温州和宁波中间。其面积比温州和宁波要小，陆地面积为 9411 平方公里，而它的海域面积则多达 80000 多平方公里，相当于 1.2 个宁夏的面积。由于历史和独特的地理原因，台州几乎一直远离华夏文明的中心而不被国人所识。从中国的版图看，台州北有以强大而文明著称的宁波，南有喜欢张扬而躁动的温州，西面有大雷山、天台山、括苍山和雁荡山等大山，与金华、绍兴等著名地域相隔，所以台州在历史上几乎不被人所熟识。从地形上看，台州很像挤压在周围群雄中间的一把太师椅，三面高，中间低，唯有一面向着大海敞开。这种独特的地理环境，在交通落后的岁月里，很自然地被隔绝起来。唐代之前的台州因此一直被官府作为贬谪罪臣的流放地。这一历史渊源，使得台州人养成了不愿张扬的习性，即使干出了惊天动地的伟业，也不会沾沾自喜地向外人张扬，甚至宁可让别人摘去头彩，自己甘愿沉默。也正是因为这一点，邻近的温州和宁波人得了台州人许许多多的"好处"，这些都是他们"邻里"之间心照不宣的事。

台州东面临海，在落后的时代，滔滔大海成了另一种阻隔台州与外界相通的屏障，倒是常有海盗和倭寇侵扰沿海庶民，弄得人人恐慌不已，纷纷内迁或逃跑。清初，台州又是张煌言、郑成功反清复明的重要基地。清朝政府实行坚壁清野，撤尽沿海三十里内居民，并禁止片板入海，台州又一次成为与世隔绝的荒蛮之地。

从历史的行政演变看，台州更是个忽隐忽现之地。新石器时代，台州就有人类活动，唐高祖武德五年（622）时台州第一次正式得名，明太祖洪武元年（1368）又在台州设州府，清代也基本一直沿袭此制未动，但终因"台州地阔海冥冥，云水长和岛屿青"（杜甫）而不被世人所铭记与熟识。

但正是这独特的自然环境，加上历史上几次大规模的流民的迁入，使台州人渐渐孕育出既有北方黄土高坡般的粗犷、雄豪和野性，又兼备江南水乡般的清秀、细腻和灵动的性格。

如山一样的硬气，如水一般的灵气，决定了台州人不畏强权、敢于冒险、勇于闯荡又富有创造进取的精神，造就了台州的昨天和今天，也为我们合理地解释了台州为什么能够成为中国民营经济的最早发源地,以及它没像温州那样早已被外界熟知的原因。

　　了解了这样的背景后,谁都会对台州和台州人刮目相看。然而,当我们再深入到台州这块神奇的土地时,我发现的却是另一个令人震撼的现象:默默无闻而又绝顶聪明、坚忍不拔的台州人,在最近三十余年的历史里,为中国社会和现代化建设事业创造了无数极其珍贵的精神财富。而这些精神财富,在我看来,是必须进入党史和中国社会主义现代化建设史册的内容,否则中国的当代史将有着严重的缺憾。

　　所有从事党史和国史研究的学者与专家,所有想了解当代中国农民发展史的人,都应该怀着虔诚的心,与我一起走进由台州人民建立起的创新与求索的精神圣地……

## 2. 皂树村：孤独而沸腾的农民革命策源地

2006年4月23日，我采访完台州诸多现代化的先进企业后，想到台州比较落后的山区看一看，于是朋友们带我来到临海、天台和仙居三县市交界处的白水洋镇。与高度发展的台州市区相比，偏僻的山区小镇白水洋确实更像我记忆中的20世纪七八十年代的南方小镇。虽然这里的居民也能通过电视看到大洋彼岸的奥斯卡颁奖典礼的现场直播，但街边商店里陈设的基本是些日用品，时尚的奢侈品很少见。百姓们基本上仍然处在农业社会的那种逍遥自足的状态，让人有种怀旧的感觉。

来到镇政府会议室，一位叫王植江的老同志说，20世纪70年代他当双港区副区长时，这会议室和办公楼就是这个样，快四十年了，镇政府的办公条件没有什么变化。"我们白水洋历史上可是蛮有名气的呀！方圆几十里，就这儿街市热闹，有'台州京城'之称的临海的城里人，都称我们这儿是'小上海'。"老区长的话让我对白水洋刮目相看。一个山区小镇竟有五万人居住,仅凭这一点,我相信它在方圆几十里的百姓心目中有着特殊地位。

白水洋镇现在管辖原来的两镇一乡,即原来的白水洋镇和双港镇及黄坦乡。与中国农村乡镇变革一样,这些年里白水洋镇并并合合,管辖的行政村也由过去的145个撤并成了122个,双港和黄坦也不再叫镇与乡了,改为白水洋镇下属的办事处。

我们这些当年的"人民公社"社员,自然知道三四十年前"人民公社"的情形,然而当我离开白水洋,往大山深处的双港和黄坦两地再一次参观"公社"时,仍然不敢相信中国之大、中国农村与农村之间的差异之大。

双港小镇还算说得过去,有一些街道和居民。可黄坦的办事处所在地我就无法辨认了,竟然只是一座半山腰的破落的小院子。有人告诉我,现在的白水洋黄坦办事处和过去的黄坦公社,都是在这座小院子里。与我小时候所看到的"公社"和近些年走过的江浙小镇相比,黄坦实在是"大西北"水平了!由此我想象得到,双港和黄坦在20世纪六七十年代里所发生的一切何以可能和必然。

白水洋、双港和黄坦三地,在中华人民共和国成立之后的几十年间,曾经一次又一次地演变过行政管辖权。白水洋镇凭着历史悠久、镇大人多,从来都是以"中心镇"的优势在这一带雄踞龙头地位。"老二"双港则一度作为县下面的区政府所在地,而"小弟弟"黄坦始终受白水洋和双港领导与管辖。现在从台州市中心到白水洋,汽车路程也就是三四个小时,从临海到白水洋也就两个来小时,可在交通并不发达的一二十年前,别说台州市领导,就是临海县的领导能够跑一趟双港或黄坦,也实在太不容易了。难怪当我把黄坦和双港人在20世纪六七十年代就大面积分田到户的史实,告诉曾在临海当了十几年领导的台州市宣传部常务副部长朱广建时,他十分惊诧地说:"我怎么不知道黄坦和双港有这么伟大的事情?"

"他们当然不知道!因为在十一届三中全会之前,我们这儿农村的分田到户大包干,从公社和区委、区政府的干部开始,所有人都是瞒着上面干的,根本不会让上面听到一点风声,知道了麻烦就大了!"王植江这样解释。

"难道就没走漏过风声?"我问。

"也不能说上面没发现过。我经历的就有两次:一次是1976年底,一次是中央出台农村包干政策之前的1979年。"王植江一讲起当年的大包干,顿时情绪高涨起来,"先说1979年,因为我们双港和黄坦的土地基本分光了,所以附近乡镇的干部就向县里报告了。有一天,县里的领导就把我和区委书记卢凯同志叫到县里询问。当我们承认有这回事时,县领导就责令卢凯书记在全县三级干部会议上做检查。那会儿改革开放刚刚开始,谁要搞分田到户,就是'资本主义复辟',是要坐牢杀头的事。我们的卢书记真是一条硬汉,他理直气壮地告诉县领导:'做检查可以,但把分的田再收回来,我不干,我也干不了!我这个书记的乌纱帽你们可以随时摘掉,但你们谁也无法阻止农民分田的行动!'卢书记的态度让这事闹大了,周围的地方怕我们的分田到户风刮到他们那儿去，就在我们双港、黄坦通往外面的一个叫花冠岩的地方特意竖了一块巨大的牌子，上面赫然写着十个大字：堵住花冠岩，防止双港烂。意思是我们双港已经被资本主义腐蚀掉了，现在紧挨双港的花冠岩村是其他乡村的最后防线，一定要守住。"

我们现在想到当年发生的那一幕，不禁会捧腹大笑。"后来呢？"我问。

"那个时候，农民们想过好日子的心早已像干枯的水秧苗盼望大水一样，靠一块牌子、一个命令是挡不住的。没过多久，我们双港、黄坦周围的河头、沿溪、张家渡等山区乡村，也有不少农民偷偷仿效我们把地分了。但分得最多、最普遍的还是我们双港和黄坦两个地方……"王植江老人谈起那一段往事，颇为得意。

"你们的分田到户，到底比安徽小岗村早多久？方式有什么不同？"这是我所关心的事。

"我们这儿的分田到户，最早的开始于70年代前，我敢说要比小岗村早出几年，甚至十几年！我们这儿的包干、分田是大家的一种默契，一开始就是按人口分的，不像小岗村，他们是那种几个农户联合起来实行的一种大包干的形式。"

"那你能说说自己是什么时候开始知道并支持农民们分田包干的吗？"

"可以。"王植江告诉我，"我第一次清楚下面分田包干的事是在1976年，当时我任双港区副区长。"

"你是怎么发现的呢？"

王植江很骄傲地说:"我还是先介绍一下我们这里农业生产方面的一些基本情况吧。"老人到底是农村干部出身,知道应该先让我明白些什么。"当时的双港区除了白水洋镇情况好一点外,双港和黄坦是临海最穷的地方,尤其是黄坦,基本都是山区,又是天高皇帝远的偏僻地方,农民们一直吃国家返销粮过日子。但'人民公社'后,土地归了集体,农民们吃返销粮仍然不能吃饱,所以早在20世纪60年代初就有生产队把土地按人头分给了各家各户。可那时毕竟全国农村都是不允许分田到户的,因此上面听说有人分田分地后,就要求我们去'割资本主义的尾巴'。1976年夏,我当副区长时,上面又要求我们组织工作组下乡,对那些分田的农民动粗。当时上面给我们工作组的精神是:只要共产党在,就绝对不允许任何一个人搞单干。就是说,我们能不能制止和刹住单干风,是关系到能不能保住共产党政权的天大问题。老实说,当时我带着工作组,就有种同单干风生死斗争的味道。可一下去,我们才发现农民们分田单干的实在太多了,多得让我们简直无从下手。为了给那些分田搞单干的人点颜色看看,工作组也曾采用专政的手段,揪了几个人,像斗地主、斗走资派一样,押着游街和游村。但这些措施还是不管用。一方面搞单干的人太多,我们不可能把所有搞单干和分田的人都抓起来;另一方面你今天到某一个生产队把他们分的地合起来,明天你工作组离开村子,他们又把地分了。于是我动员工作组人员,把白天从地里收来的黄豆全部倒在生产队的晒场上,这样黄豆是谁的就分不清了,想单干也单干不成。我自以为这样就可以让农民们没辙了,哪知他们笑着将我领到晒场，然后用脚轻轻扒开满地的黄豆。我一看，顿时恍然大悟：原来，农民们在黄豆下面或放了几根稻草，或放上几块小石头，将张家李家的黄豆分得一清二楚。"

"哈哈，农民们就用那么简单而充满智慧的做法蒙混过关了！"我听后忍俊不禁。

老人也笑了，说："没办法，他们的招数太多了，无论我们工作组想什么法子来'割尾巴'，最后还是一点效果都没有。在这种情况下，我们工作组开始反思了：为什么农民们那么强烈地坚持要分田到户搞单干？我们从调查中得出结论，凡搞单干和分田到户的地方，农民们的日子就相对好一些，基本上没有出去讨饭的。相反，那些靠吃国家返销粮而不分田的村子，每年会有很多人出去讨饭。基于这种情况，我立即向区委和卢凯书记做了汇报，结果其他几个工作组了解的情况跟我们一样，农民们就是愿意分田单干。基层生产大队的干部也都支持分田单干，而且这些基层干部明确告诉我们工作组，如果一定要让他们去阻止农民们单干分田的话，他们就全部自动辞职。这一态度在基层干部中占了90%以上，也就是说，如果我们坚持要求基层干部执行所谓的'割资本主义尾巴'、动员农民们上交土地和停止单干的话，那么乡以下的基层组织将基本瘫痪。在那个年代，如果我们共产党领导的天下出现这种情况，谁也担当不起，所以区委，尤其是本就想支持农民分田的卢凯书记，后来完全站在了农民这一边。但我们作为负有一定领导责任的负责人，毕竟还要对上面负责。而在当时的政治形势下，如果哪个地方出现成群结队的外出讨饭和流浪的老百姓，才是最大的政治问题。所以我们几位工作组的队长约定：在我们负责的那些区域，对农民们的单干和分田分地现象，睁一只眼闭一只眼，基本上不再去管他们了；工作组向上面保证，所进驻的地方，如果出现外出讨饭的人，我们将负政治责任。当时我们还向上级保证，要让所进驻的农村，少要或不要国家的返销粮。县上听说我们双港派到下面的'割尾巴'工作组能够保证上面的两点，自然非常高兴，之后也就不怎么逼我们了，最多问问现在又收了多少土地，至于分掉了多少土地似乎并不在统计之列。这种情况一直延续至1979、1980年……所以后来听说安徽小岗村分田到户，有人跟着学他们时，我们这儿的干部和农民们只是笑笑而已。因为到那个时候，整个黄坦的土地早就分光了，双港和白水洋的土地也都分得差不多了。"

王植江说到这儿，突然想起一件要事似的，抬头瞅了瞅我们身处的白水洋镇会议室，说道："大概在1979年吧，有个经济学家叫薛暮桥的，在《人民日报》上发表了一篇关于'社会主义经济是一种商品经济'的文章后，引起了全国大讨论。当时我们区里各级的干部都坐在这个会议室开会讨论，议题只有一个：分田到户到底是资本主义还是社会主义？这场讨论涉及的是农民们的大事情，所以我们干部在会议室开会，老百姓也来了不少人，他们在外面听着我们到底是什么态度。讨论整整持续了一天，当社员们听我们会议室的干部说分田到户没有什么错时，他们立即兴高采烈地回家去了。等我们会议结束时，那些没有分的土地，几乎在一夜之间又全部给分掉了！"

"有这么快吗？"我有些不敢相信。

"一点没错,就分得这么快。"王植江瞪大眼睛向我证实,"分不分土地,对当时的农民来说,是有没有活路的大事情,他们太关心了!所以听我们干部说没什么不对时,他们一下把消息散了出去。你想想,咱们这儿虽然是山区,可一传十、十传百……一顿饭的工夫,区委干部赞同分田到户的消息就传遍了每一个角落!"

原来如此!

"王老,据你所知道的,当时分田搞单干的,在咱们双港、黄坦两个地方,哪个村最早、最典型?"

"黄坦的皂树村。"老人不假思索地告诉我。

皂树村从此烙在我的脑海中。

2006年5月22日上午,在我第二次采访台州抵达目的地后,立即请市委宣传部的同志安排我到皂树村的采访事宜。下午3点40分左右,我们到达皂树村。

这正是个山清水秀的"世外桃源":四面环山的小村庄,坐落在半山腰间,背靠的大山顶峰,有一块冲天巨石,十分雄壮巍峨。皂树村的正面,有一块小盆地,种着绿油油的水稻,满山都是绿林。那天我们去时,正是雨后,所以整个村庄和盆地飘舞着云雾,空气特别清新。村边的一条小溪,响着潺潺流水,无论是举目远眺,还是低头观草,都让人心旷神怡。

村民们告诉我,皂树村得名于村子后面大山上的一棵两人合抱的大皂角树。这树的荚果像肥皂一样,能用来洗衣服。据老者讲,这村子有一百多年历史,过去住在这里的没有几户人家,抗日战争后,山下搬来不少怕打仗的人,所以慢慢村子就大了。现任村支书李方满接待了我。

"我当会计那会儿,村上的人最多时共有296人,101户。现在少多了,常住在这儿的有70来人,其他的都出去打工了,有65户到临海、台州买了房子,甚至还有到杭州、上海买房子的,他们都不会回来了。别看我们村小,现在也有人当千万富翁了!"李方满向我介绍说,并指着村中央的一栋新楼房,说那家主人就是个"千万富翁","在杭州和台州等地搞建筑的"。

台州农民就是了不起,连这么一个大山深处的穷山村,竟然也会冒出富商。

"我们皂树村都姓李。全村有100亩粮田,其中旱地30亩,水稻田70亩,还有460亩山地,是个很小的山村。'人民公社'时,我们曾经是一个行政生产大队,根据自然村又分了三个生产小队。因为都是山地,种植的粮食不够全村人吃的,在吃返销粮的那些年里,全村每年得到的返销粮在一万斤左右。到了'文革'后,返销粮断断续续,村里百姓的日子就难过了。可日子总得过,怎么办呢?光靠外出讨饭不是个事,尤其是'文革'那阵子。社员出去讨饭,是要生产大队开证明的,那会儿谁也不敢给社员开证明,你一开证明等于说你允许坏分子出去给社会主义抹黑,这个责任干部是担当不起的。外出讨饭不行,国家的返销粮不来,'人民公社'大集体种田的收成又不够大伙儿吃,最后只有一条路可走——把地分给社员自己去种……"

"这么说,分田到户,其实都是逼出来的?"

嗯，也有客观条件。我们这儿天高皇帝远，大山沟里，以前上面的干部一般不会走到我们这儿的，最多区委和公社的干部几年来一趟，偶尔来一趟也不会待上几个时辰，他们说什么我们听听而已，该做什么还是自己的事。再说，当年我们的区委干部、公社干部都是些非常不错的人，他们跟我们农民有感情，他们只要不是睁着眼睛说瞎话的人，最后看到我们农民们过的日子，他们会真心体谅我们的。王区长就是个很好的例子，可以问问他是不是这个情况。"李方满指指身边坐着的王植江。

"是啊，我们最好的办法就是睁一只眼闭一只眼，谁也不得罪。"王植江抽着乡亲们递上的烟卷，点头道。

乡亲们顿时哈哈大笑起来。"他们干部和工作组只要睁一只眼闭一只眼，我们就有日子过了！"有乡亲站起来，给王植江敬烟敬茶。

"那——你们能不能准确地说出你们是什么时候正式开始分田到户的呢？"这是个关键性问题，我希望皂树村的乡亲们能够准确回答。

"不是 1965 年，就是 1967 年！"有人马上说。

"应该是 1967 年。"有人则说。

"那到底是 1965 年还是 1967 年呢？"我想弄清楚，因为这很重要，如果这一时间成立，等于说皂树村的分田到户，其实要比安徽小岗村早出十多年！

"这是肯定的。我们可以拍胸脯保证比他们那儿分田到户早得多！"

"早得多……后来报纸上说学习安徽人分田的事，我们这儿早就把地分掉多少年了！"

乡亲们你一言我一语，有一点是共同的，即这儿的分田到户总的时间远比小岗村要早。那么到底早多少年呢？现任村支书李方满的话可能比较接近事实。他说："我是1966年底1967年初当生产队会计的。在这之前，我们村上在三年困难时期搞起来的食堂已经停了几年，记得1964年、1965年，村上的粮食还是不够吃。我当会计时，队上就研究决定了先把三十亩旱地和山前坡下的零碎地全部分到各家各户。但这一招还是没在根本上管用，第一、第二年下来，社员们普遍反映粮食还是不够吃的。这可怎么办呢？这时我们发现一个情况，就是村上还有七十多亩好田好地怎么种就是上不去产量，而相反已经分掉的那三十亩旱地和山前坡下的那些零碎地倒是产量挺高的。总结来总结去，只有一条理由，就是大田好地是集体在种，不如分到各家各户的那些旱地和边角地种得认真，所以生产队的粮食总产量还是上不去，社员的口粮还是不够。针对这个情况，生产队最后决定把剩下的七十亩好田也按人头，全部分到了各家各户……"

原来如此。"这事上面一点不知道？"我问。

"知道。公社知道的。"

"知道了他们还同意分？"

"怎么会同意呢？"李方满说，"那是'文革'最疯的时候，是打击资本主义最严厉的年景！我们哪敢顶风公开分田嘛！"

"那你们采取了什么招数?"

"这你得问问我们这些老干部。"李方满指着隔我而坐的一位老汉,说,"他是大队的副大队长,又是三队队长,他知道。"

有人马上告诉我,老汉叫李文君。我便让李文君老汉坐到身边,请他讲讲当年是如何分那些大田的。老汉说:"公社才不会让我们分田呢,分了大田就等于是'反革命分子'!我们是以种菜籽地和猪口地等名义分的……"

"啥叫猪口地?"我不懂了,便问。

"就是猪的口粮地。当年'农业学大寨'时,我们农村养猪支持社会主义建设、支援'文化大革命',这是上面号召的,还有种菜籽地也是上面号召的,所以我们借上面的号召,以多种菜籽地、种好猪口地的名义把地分了……"李文君咧着掉了好几颗牙的嘴巴,憨厚地朝我笑着说。

中国的农民们其实一直很聪明,当苦难的生活逼得他们无路可走时,人间的许多奇迹便被他们创造出来了。而人类文明史的推进,靠的就是他们的这种创造力和发誓改变命运的积极性。而今中国发展到高度文明的工业化和信息化时代,许多人似乎正在忘却农民的功劳,这是非常幼稚的。

"当时我们还利用政策,掩饰了我们分田到户的做法。"李方满说,"'人民公社'讲的是队为基础,三级所有。于是我们根据这一政策,把原先的三个生产队,又三分为九,成了九个小小生产队,这一分,全大队等于把所有的地通过合法的政策,全都分给了各家各户……"

"我不太懂这层意思。"我被聪明的农民们搞糊涂了。

全屋人大笑,他们七嘴八舌地告诉我,他们皂树村本来就都姓李,基本上是一个族的本家人,再分成九个小小生产队,便成了以"父子队""夫妻队""兄弟队""亲戚队"为主的"分田到户"和"包产到户"了。

真是聪明绝顶!合理合法的分田到户到人制度,与当时的社队三级所有制又相符……

"后来公社知道了,又派人来,要求我们合并。在上面看来,三级所有制是大事,不能随便再分什么小小队,所以我们不得不在形式上重新合并成原来的三个生产队。这大约是1973年、1974年的事。"李方满回忆说。

"公社的人走了后,我们几个干部坐在一起又商量,这回采取新办法:按耕牛分田!"李文君介绍说。

"按耕牛分田怎么讲?"我又不懂了。

李方满忙接过话茬,解释道:"我们是山区,基本上家家户户养着一两头牛。当时上面根本不会同意按人、按户分田,一听按人头、按户分田,那就是了不得的'搞资本主义'!所以我们就想出了个办法,你不是不让分成小小队吗?那我就按耕牛来分田,牛是'农业学大寨'时的主要生产工具,政策鼓励大力养牛,按牛分田,上面就没法说不同意,因为中央文件上没有哪一条规定不能按牛分田,只有鼓励大力养殖耕牛的精神。我们就是借这一个精神,来了个按牛分田……"

"高,实在是高!"我忍不住伸出拇指把皂树村的农民们夸赞。他们笑着说:"这是没有办法的办法。"而我听后,说这是"真正的高明办法",因为它既没有与当时的政策相抵触,同时又结合了皂树村的实际。

"那会儿,政治形势非常紧,别说是分田到户,就是发现谁种了几棵丝瓜也算是资本主义。农民们辛苦干一天只有0.24元收入,根本没办法过日子。上面又不让我们劳力外出,谁外出干活,就是不正派的人,就是流氓、盲流和'坏分子''反革命'。政策是把所有劳动力都捆在土地上。如果是田多人少,或人多地好,可能还过得去。可我们皂树村是人多地少,而且田地又都是非常差的山地,二三百号人捆在这么一块山窝窝里,不想点法子,真的不行哪!分田到户是逼出来的。"李方满说。

"如果就从1967年算起或者以耕牛数量分田的1973年、1974年算起,到中央决定可以分田的1980年,这中间有六七年、十来年,是中国政局比较复杂的'文革'时代和'文革'刚结束的'两个凡是'阶段,你们分田到户搞包干,有没有因此受过牵连?"我进而问。

"有,越到后来斗争越艰巨!"李方满指着李文君说,"老队长最清楚了!"

李文君点点头,抽着闷烟。我突然发现,老汉的眼里闪着泪花……

"老队长您能说说吗?"

屋里顿时静了下来。李文君猛抽了几口烟后,瓮声瓮气地说道:"那应该是1976年五六月份的事,我记得非常清楚。当时村口有块半亩来大的坡地种了包心菜,全村每人十五株,人人都有份。菜地长势好,又在村口,刚巧被下乡检查工作的公社新上任的那个姓金的书记发现了。其实全村的其他一百多亩大田早就分了,他没发现。这个姓金的书记原来也是区委派到我们黄坦工作队的,后来他留在黄坦。这个人'左'得很,他发现我们的那块半亩地分掉了,就把我揪到全公社干部大会上批斗。那是个现场会,放在黄坦最高的山顶上开,那儿有个茶场,叫安基山茶场,批斗会就在那里开的。他们在我的胸前挂了一块硬纸牌,上面写着'分田头子'。还让我手拿着一面小铜锣,一边走一边敲,从山底下的公社所在地一直往山上走,走到安基山顶的茶场,算是游山批斗吧……"

李文君说了十几分钟,说得并不复杂,也并不太悲凉,但在他讲完后,整个屋里的人都不说话了,沉寂了很久。

"作家您想想,这仅仅是因为我们村口的半亩地被发现了,就要出现这么大动静的批斗,如果上面真要知道我们把村里的田地都分光了的话,那不知要落下什么大灾难啊!"是李方满打破了沉默的气氛。他的这一句话,让李文君重新开了口:"我敢说,全大队的干部都得下台,几个主要的干部得坐牢去。"

"老队长说的真有可能。"我点头道。

"可不,才半亩地他们就批斗了几次,也停了我的职,假如他们知道全村的地都分了,那性质就不一样了!"李文君告诉我,就为这半亩地,他除了受到批斗和撤职外,还被罚了十五元钱。"管具体分田的另一名队长李义洪也被罚了十五元。他家情况好一点,交了现钱,我家穷,没有钱,只好把家里的一只木箱子拿出去抵了,那箱子是我老太婆当年的嫁妆。"老队长补充道。

他的话再一次让一屋子的人沉默了，而我听后差点落泪，心想：当年的生产队长也是穷人，甚至比一般社员还要穷苦，可就是为了能让自己的乡亲们活下去，而落得个又是批斗又是撤职的境况……这是中国社会曾经发生的一幕，离今天并不远。

然而，因为苦难，因为要活命，因为想过得好一些，皂树村的干部和群众，并没有被一次次的批判和惩罚所吓倒。他们顶着坐牢甚至可能被枪决的风险，早在"文革"最激烈的年代，便以各种非常智慧的办法，瞒天过海地将土地分给各家各户种植，使得这个小山村的百姓得以繁衍生息。这难道不是一场看似无声却比万钧雷霆更巨大的震动吗？难道不是一场伟大的革命吗？难道我们书写党史和社会主义国家史时该遗漏这段历史吗？

中国人多地大，尤其是广大农村。像台州皂树村的农民分田到户事件，我想也许还有不少，他们或许也同皂树村一样，远比安徽小岗村分田到户要早、要彻底。我后来知道，仅台州地区，像皂树村这样的分田事件还发生在不少地方，他们的革命精神同样可贵，并值得我们铭记。

# 3. 一台补鞋机掀起的"中国制造"巨浪

在20世纪七八十年代的中国,有不少这样的人,无论在炎热的夏天,还是在寒风刺骨的冬季,三三两两地散落在城市的马路边、商场的路口或学校的校门前。他们的身边,是一台手摇的补鞋机,几乎席地而坐的他们以最低微的姿态、以最热切的期待,招揽着每一个需要补鞋或者擦鞋的人。这种情形在北方居多,在寒冷的冬季居多。在那个多数中国人还不知道做生意,甚至把做生意当作"搞资本主义"的改革开放初始阶段,我们到处都能看到这些补鞋匠,他们遍布每一个城市的街头……这样的补鞋匠,有姑娘,也有小伙子,有三四十岁的小媳妇,也有四五十岁的庄稼汉。他们总是出现在我们的视野中,并且深深地烙在我们心中,因为没有哪类人能像他们那样不惧严寒酷暑。当早晨第一辆公共汽车驶过行人稀少的马路时,路边的补鞋人已经静静地守候在那里;当风雨交加、寒气逼人的夜晚驱赶着街头最后一位行人时，你只要想补鞋，就能找到补鞋匠，他们正在那儿等待你……在那个年代，我在北京多少次看到冬天的寒风里，街头的那些补鞋匠，哆嗦着一双冻得红肿开裂的手，一手捏着鞋，一手握着针为别人补鞋。他们只收一块钱，有人看着他们可怜，想多给一块钱，可补鞋匠们会毫不犹豫地把多收的钱还你。对这样的情形我觉得不可理解，于是特意去问，他们的回答让我更加吃惊："这回多收了你的钱，下次让我怎么再跟人做生意呀？"

在绝大多数中国人尚不知做生意为何物的年代，浙江人就已经在神州大地的每一个角落开始了为赚一分钱而不顾艰辛、不知疲倦的劳作。

从遍布全国的补鞋匠到振奋中国民营经济并形成举世瞩目的"浙江精神"，温州人扮演了前台的主要角色。然而中国人至今仍然并不清楚，在这影响中国现代化进程的"浙江精神"中，其实最重要的角色应该是台州人，因为在当年的温州补鞋匠中，至少有近一半人是台州人而非温州人；而更加重要的是，那台引领浙江人走遍全国的补鞋机，其发明人是地地道道的台州人！

制造第一台补鞋机的人叫管康仁。

我见到管康仁时，这位曾经引领浙江人走向富裕的"浙江制造之父"，正住在他老家台州市椒江区下陈镇的一个叫水仓头村的地方。椒江区原属黄岩市，这里有着传统的经商风气，民间经商之风在数百年前就很有影响，与下陈镇近在咫尺的路桥,是浙东有名的商贾重镇。那天我去见管康仁时,对一个现象很吃惊:在弹丸之地的下陈镇水仓头村,竟然看到了中国驰名、打下世界缝纫机市场七分天下的"飞跃""杰克"等几十家缝纫机厂!

现在的管康仁管着一家很小的缝纫机企业,每年生产约两万台缝纫机,与如今年产量已达百万台、销售额超百亿元的"飞跃"等企业相比,管康仁的"求精针车有限公司",既显得落后又显得很不起眼。但在台州、在有"中国缝纫机之都"美称的水仓头和台州下陈镇,谁也不敢轻视管康仁。1941年出生的管康仁,对我的来访感到有些突然,他在那间窄小脏乱的办公室外接待我时,第一句话便问:"您大作家怎么不到'飞跃'那儿去?来我这儿干吗?我这里没啥可采访的……"当我告诉他"到台州,不采访你这位'浙江制造之父'就是一种对历史的不负责任"时,他老人家显得很激动,忙说:"我有啥值得您劳神的?实在没有啥说的。"

"就说说你当年是怎样搞出第一台补鞋机的。"我直奔主题。

管康仁显然动心了,这可能正是他一生中最得意的事。"这个可以讲讲。"管康仁的脸上露出了一丝微笑,看得出他对自己的现况并不满意,对自己的历史倒是另一番态度,并且一说起来便滔滔不绝:

"我高中毕业后到了浙江水泵厂工作,可是不到一年就碰上了国家精减国营和集体企业职工的政策。我父亲解放前到了台湾,又是国民党员,还当过校长和保长,所以我这样出身不好的人就成了第一批精减对象。1965年，我回到了家乡下陈水仓头村。我们过去就有'扁担两头尖，出门针线鞋'的传统，就是在农闲时，许多人挑着担子外出当手工补鞋匠，赚些钱补贴生活。还有一种生意就是挑担卖豆腐。可卖豆腐受天气和季节等条件的影响，相比之下，补鞋生意更适合走得远些。但因为是手工补鞋，又慢又粗糙，尤其是天寒地冻的季节，外出补鞋格外辛苦，钱也赚得少。我在水泵厂时就爱捣鼓，特别是对缝纫机械的修理热心钻研，拆拆卸卸，掌握了一些缝纫机的构造和修理技术。当时还不敢说自己制造缝纫机，可看到乡亲们外出给人手工补鞋很辛苦，赚钱又不多，就想能不能搞个机器，代替手工补鞋，如果成了，可以减少乡亲们一针一线缝补的辛苦。于是我就先从路桥市场上买回些旧钢板、铁皮和螺丝什么的，开始利用劳动之余，一个人躲在家里，关上门敲敲打打捣鼓起来。没多长时间补鞋机就搞出来了。不是我聪明，因为补鞋机的基本原理就是缝纫，靠机械操作代替人的手工缝补，所以我把自己掌握的那点缝纫机构造知识搬到了相对简单些的补鞋机上。成功后，我很惊喜，先是把自己家的一双双破旧的鞋子拿来缝补，后来又试着把邻居的鞋也补了，感觉针脚比手工缝补的要好，效率就更不用说了，至少比手工缝补快几倍。带着这样的补鞋机外出做生意，一是省去很多手工缝补的辛苦，二是哪里都可以去，这样不就可以赚更多钱吗？那时我兴奋得很，心想如果多做几台卖给那些经常外出补鞋的人，他们一定非常欢迎。于是，我白天参加生产队劳动，晚上就偷偷在家里关起门敲敲打打起来，制造第二、第三台补鞋机……"

"你有制作车间和模具什么的吗?"

"没有,完全靠手工敲打出来的。"

"手工能敲打出来吗?"我想起20世纪80年代初在北京街头随处可见的那种与缝纫机差不多的补鞋机,觉得它还是蛮复杂的一种机械,于是便问管康仁。

"能。没听说最早的汽车也是手工敲打出来的吗?补鞋机还是相对简单些。"管康仁很得意自己的技术,说,"我喜欢捣鼓机械,特别是缝纫机制造,再复杂也难不倒我。可惜我对现在的电脑缝纫机不感兴趣,他们搞的那一套我不喜欢。"管康仁指指窗外,我知道他说的是同在水仓头村的"飞跃"等现代化缝纫机企业。看得出,管康仁是个非常有个性的人。

"你后来是不是就开始将做的补鞋机卖出去了?"

"是。那个时候,一方面我们农民穷得很,我家里也需要钱,另一方面我为了制造这补鞋机要时不时地到路桥旧货市场上去买破铜烂铁什么的,得花钱。另外我也确实想把自己制造的补鞋机卖出手,赚点钱,好养家糊口。我前后卖了三四台,一台卖给了本地的一位补鞋匠,两台卖到了温岭。"

"每台能卖多少钱?"

"三四百块吧!"

"赚点吗?"

"赚,一台赚二三百块呢!那时二三百块相当于两三个壮劳力干一年农活的收入,蛮可观了!"管康仁又一次露出了笑容。

"后来呢?"

"后来就惨了……"老人的脸阴沉下来,"后来就有人知道了,告发到大队、公社领导那儿去,说我是破坏'农业学大寨'。"

"这哪儿跟哪儿的事嘛!"我觉得很荒唐,但荒唐年代就有荒唐的事。管康仁说,在那个年代偷偷做补鞋机就已经被视作"搞资本主义"了,将机械卖出去,就是鼓励那些不安心农业生产的人出去搞副业,这不是破坏"农业学大寨"是什么!于是当时的干部把他赚的1200元钱全罚出来了。换了别人早甩手不干了,可管康仁觉得自己好不容易搞出了补鞋机,而且要货的人也很多,自己赚钱不赚钱是一回事,能够让那些走南闯北的乡亲用补鞋机代替手工补鞋总归是件功德无量的事吧!他管康仁是个认死理的人,心想:你们不让我在水仓头卖,不让我在下陈和黄岩卖,我就卖到温岭那边去……

"温岭那边的人活泛,用现在的话说,那边的人思想解放,敢干冒险的事,所以后来我把做出来的机器卖到了温岭的牧屿。"管康仁说。

"没再被人发现?"

"我换了制造的方式。在自己家里做肯定不行的,就是关起门再敲敲打打也会被人盯住不放的。我不在自己家里做,而是跟牧屿那边的合作伙伴联手干,我把图纸给他们,他们就在牧屿那边制造,再由他们卖出去。他们每台给我150元。做完一台,我再教他们技术。就这样一直做了好几年,他们那边也就慢慢做了起来。牧屿现在是有名的制鞋业基地,就是那会儿我们打下的基础。浙江各地后来出了几千几万的补鞋匠,遍布全国各地，就是因为他们手里有了补鞋机。别小看这补鞋机，这带给我们浙江人致富的第一桶金，意义可不一般。你们都说浙江人或温州人民营经济做得早、做得好，说白了，就是因为我们浙江人靠一台补鞋机比别人先一步走遍了全国各地，先一步有了一些原始积累，先一步比别人知道啥叫市场。啥叫市场？就是我们这些补鞋匠到哪儿补鞋时，知道哪个地方缺啥东西。知道以后就多了心眼和想法去搞那些东西，因为从我们这里出去补鞋的人遍及全国，而且相互之间有联系，一封信、一个电话，就相互之间把商业网络给建立起来了。在补鞋的同时把一些北方缺的商品从南方调配到了北方，又把南方缺的货物从北方发到了南方，这样就慢慢地形成了一种赚钱机会，慢慢地从补鞋变成了做贸易、搞企业的风潮。我们台州人和温州人是同步走向全国的，而最早的一批人应该说是我们台州人，因为浙江人的经商之风是从补鞋开始的。补鞋能够形成风潮，就是因为有了补鞋机这个关键性的环节。补鞋机是我们搞出来的嘛！"

管康仁对自己的历史性贡献很是自豪。

我之所以特别敬佩这位时下在台州并没有多少光环的老人，就是因为他制造出的补鞋机，对后来浙江民营经济和"浙江精神"的形成起了奠基性作用。绝不要小瞧管康仁当年那台粗糙的补鞋机，在我看来，它的成功制造和之后在民间的广泛运用，直至造就了几万几十万甚至上百万的浙江帮补鞋匠，其意义并不比当年英国的瓦特改良蒸汽机小多少。瓦特改良蒸汽机，使落后的欧洲乃至整个世界从农业社会开始走向工业社会，人类文明史从而以比以往快几倍、几十倍的速度向前发展。浙江补鞋匠遍布全国各个角落，他们以最原始的方式建立起的商业网络和商品意识，以及由此发展起来的中国民营经济模式，不仅影响了整个中国的今天，甚至影响了整个世界的今天。

　　这就是台州人——确切地说，是台州农民们所掀起的那一波又一波惊天动地的春雷，这春雷如今仍在中国大地上回荡着……

# 第三部:

# 广东开放的大门是这样撬开的

本文采写于 2008 年。

# 导　言

　　这是一片让人心动的土地。它是中国改革开放伟大进程的典范。它的人民和各级干部依靠智慧和奋进，将一隅昔日默默无闻的南国之地，建设成富裕开放、充满活力与朝气、名扬全球的现代化城市。它就像东方的一束光芒，让整个世界感到了中国的绚丽与灿烂。

　　东莞与"东莞模式"，如今已成为中国改革开放的一个象征。这个象征，刻烙着中国人的探索与智慧，辉映着民族的复兴与崛起！

# 1. 率先开门

命运常常会跟人们开一些恶毒的玩笑。

1979年5月的一个傍晚，东莞虎门沙角海边，两三百人的送行队伍黑压压地站成一大片。在无数遍离别的叮咛声和哭泣声中，提着包裹的小伙子们陆陆续续跨进一只简陋的机动船里。

船就要开了，突然，由远而近传来汽车喇叭声，一辆破旧的吉普车开了过来。人群躁动起来，公社领导来了。车还没停稳，虎门公社党委书记黎桂康便跨出了车门，看着眼前这一幕，他扯着嗓门大喊："不要走！大家不要走……"

江边的空气倏然凝重起来，但很快出现了反弹——短暂的沉寂后是更大的喧哗，此起彼伏的人声淹没了黎桂康的声音，人群里传来愤怒的吼声："我们就要去香港！""我们要到那边去活命！"

焦急的黎桂康走上前，试图拨开人群走到岸边，但几百人的队伍不约而同形成一堵人墙，使他难以前进。黎桂康急得振臂高呼："大家不要走，千万不要走，我们这边已经好起来了，你们不要走……"然而他的声音很快就被疯狂的嘈杂声给淹没了，他那瘦高的身躯被人群推了出来。黎桂康无奈地退回来，钻进车里。他站到车座上，举起喇叭对着大家说："乡亲们，你们听我说，不要走！我们现在改革开放了，我们的日子一定会好起来的。你们一定要相信政府，相信我们的党，我们将来会更好……"

突然，人群中有人发出"少管闲事"的怒吼，接着，人们纷纷围了过来，情绪激动地挥动着拳头，向他威逼着。不知是谁带的头，转眼间，那辆破旧的吉普车被推倒了。人群那头，载满五六十人的船在隆隆作响的马达声中义无反顾地起航了。长长的白浪一浪一浪地卷过来，波涛声中，黎桂康孤寂的声音仍久久回荡在海面上："你们会后悔的，你们会回来的！你们总有一天会回来的！"

浸透着泪水的那一幕，终于随着潮水一起退去了。

时光流逝，多年之后，命运的波涛将当年的逃港者陆陆续续卷了回来。每当他们路过这里，回想起当年那一幕场景时，都会禁不住摇头叹息："人生如戏啊！"

且看这样几个历史镜头——

1978年7月6日，是一个并不特别的日子，然而这个日子对于广东、福建两省来说却意义非凡。这一天，国务院特别对这两省制定了《对外加工装配和中小企业补偿贸易办法试行条例》（东莞人称此为"22号文件"）。1979年国务院又将该试行条例变为正式条例。"22号文件"引出一个叫"三来一补"

的名词，即来料加工、来料装配、来样加工和补偿贸易的简称，正是这个极具争议色彩的名词改变了东莞的命运。可以说，东莞改革开放这扇门的打开就是从这个"22号文件"开始的。也可以这么认为：如果说党的十一届三中全会吹响了中国改革开放的号角的话，那么东莞人则是在这个号角下走在最前列的那群勇敢的改革先锋！

1978年7月30日下午，太平公社农民李玉龙在路上碰到村里的一个老光棍，悄悄告诉老光棍一件事，说他今晚要去东南角。

李玉龙所说的东南角指的是海那头的香港。那年头当地人不敢直接说"香港"，都习惯称"东南角"。晚上，人们只要在自家的窗口处，就能远远看见东南角的上空一片红光。那片红光对他们来说，意味着天堂。

向老光棍打听清一些事后，李玉龙沿着太平公社那条窄窄的路往回走，心情不知不觉沉重起来，今晚不知能否走成，凶吉未卜。这两天母亲一直哭哭啼啼，如一切顺利，这一别不知何年才能相见……走着走着，迎面走来三个男人，一看就不像本地人，其中戴眼镜的高个男人尤为引人注目，40岁模样，从衣着上看，没准是东南角那边的人。他正琢磨着，那人冲他走过来，打听太平服装厂怎么走。

李玉龙给他们指了指路。看着这三个人的背影慢慢消失后，李玉龙这才慢腾腾地往家走。

那天晚上，天黑下来不久，李玉龙就出发了。

2007年11月15日，时光消逝近三十年后，年近五旬的李玉龙在长安镇的一家茶楼里，向我详细回忆了那晚的惊险偷渡："我们是晚上11点左右出发的，我们就往香港发电厂那个方向划，划了六七个小时之后，也就是凌晨5点多的光景，我们的船就到了香港。下了船我们分开走，我和另外一个人沿着一条山路往前走，没想到刚走了不到半个小时，突然冒出好多香港警察。在香港被关了两三天后，我就被遣送回来了。回到内地又关了一段时间，先在广州三河收容站关了七天，然后又转到东莞樟木头关了几天，接着又是在大朗，前后关了一个多月才放回来……"

李玉龙被放回太平公社没几天，在路上又见过两次向他问过路的那个戴眼镜的中年人。一打听，果然是个香港人，现在和太平服装厂做起了生意，开了一家叫太平手袋厂的企业。

这个香港人叫张子弥。

事实上，如果没有"22号文件"，张子弥很有可能破产，变成一个一文不名的穷光蛋。然而，命运却使他阴差阳错地成为中国"三来一补"的第一人。

当时的张子弥是香港信孚手袋有限公司的老板，手下有两三百号工人。这一年来，张子弥焦头烂额，正深陷因香港人工成本提高公司面临破产的困境。他每天绞尽脑汁，挖空心思企图摆脱困境，也曾把心思动到内地，只可惜内地的大门一直紧闭。当张子弥在1978年7月中旬无意中听说内地出台了"22号文件"，规定广东可以试点搞"三来一补"时，他意识到自己咸鱼翻身的机会来了，于是第二天便匆匆跑到广东打探情况。经打探得知，对于国务院"22号文件"，广东省委、省政府已快速做出反应，将东莞、南海、番禺、顺德、中山五个县定为试点。

张子弥心花怒放，他立即通过广东的华润公司找到广东省轻工局进一步了解相关情况。也巧，广东省轻工局接待他的工作人员正好是个东莞人，便引荐他来东莞发展。在东莞考察几天后，张子弥这天来到了太平（该地于1985年和虎门合并为虎门镇）。在这个到处是农田的地方，他一路打听下来，终于找到一个叫太平服装厂的小作坊。

1978年9月，中国第一家"三来一补"企业——太平手袋厂在虎门成立。

在此，我们再来关注一下1978年7月30日逃港的太平农民李玉龙后来的人生命运。因为谈广东的开放，不可能回避"逃港人"的前后命运。

李玉龙1978年逃港未遂后，又逃过两次，最后一次终于如愿以偿，于1980年10月4日成功逃到了香港。但后来在香港的命运并未如他所梦想的那样，工作不好找，断断续续干过一些建筑工的苦力活。倒是东莞长安这边的弟弟先是搞运输，后来开公司做生意，很快发了财，早就在长安盖了幢四层小楼。李玉龙在1999年便从香港回来投奔弟弟，给弟弟打工，目前帮着照管弟弟在长安南城边上开设的一家洗浴中心。

听着李玉龙这充满传奇色彩的人生故事，我在想，有一点，李玉龙可能一生也不会意识到，那天在太平公社唯一的窄道上，他和张子弥擦肩而过的那一刻，充满了怎样的戏剧性——在中国改革开放这道无形的国门前，一个人正往门里迈，一个人正往门外挤。

其实，这个场景又何止发生在李玉龙和张子弥身上。

门外的人往里走，门里的人往外拥，这种颇有戏剧色彩的情景竟成了东莞这扇门刚刚打开时的真实写照。在香港人纷纷进来办厂的同时，东莞进入了又一轮的逃港高峰。《东莞志》的大事记中有这样的记载："1979年上半年，全县又出现逃港高潮……"

好日子即将开始，在中国经济最活跃、管理最开明的地方，为什么会发生疯狂大逃港？假如说是因为贫穷，但这种贫穷并非一日之寒，为何在1962年第一次大逃港的十七年后再次出现一个逃港高潮呢？那是一个何等让人困惑和忧愁的谜呀！

东莞市文联原副主席邓慕尧，在本地是个颇有名望的文化人，他帮我解开了这个谜：1978年，中国打开国门后，那些去香港多年没回来的人可以回来了，他们这次回来探亲，一下子把大家的心给搞乱了。尤其是第一次大逃港出去的那批人，去香港多年，很多都挣了钱。他们回来后大包小包的，有的带回了电视机，有的买辆货车送给村里。大家看到这些事后，突然发现香港实在是太令人向往了。

疯狂的大逃港就在这样一个特定的历史背景和特定的心理状态下形成了。这一次，干部们千方百计的围堵、苦口婆心的劝阻说服完全失效。眼前摆着一个个鲜活的教材，谁还会相信干部们空洞的语言？没人相信。理论太苍白了！

　　他们带着改变命运的梦想开始了重寻人生价值的航程，尽管他们没人知道，在到达黄金彼岸前，是否会被暴风、骤雨、旋涡所吞噬。他们不在乎这些，只要能逃走就行。逮住之后遣返回来，再逃，周而复始，只要有一口气，他们就要逃往天空泛着红光的东南角。大逃港一发不可收拾。这次出逃的大多是年轻人，仅长安在1979年前后就一下子跑了4600多个青壮年，占本地总劳力的一半，丢荒土地5000多亩。

　　1979年5月初，一则谣言将大逃港推向疯狂。谣言说，在伊丽莎白女王登基纪念日当天，香港实行大赦——凡滞港人士可于三天内向政府申报香港永久居留资格，于是闻讯后的人们匆匆赶往深圳。仅1979年5月6日这一天，来自东莞、惠阳、宝安等地的七万群众，像数十条凶猛的洪流，黑压压地扑向深圳，两个海防前哨不到半个小时就被人山人海吞噬了。

　　不能不说是一种命运的巧合，历史老人让东莞就在这样浸透着苦难和血泪的时刻艰难起步，踏上改革征程。

　　如今，逃港早已成为一段历史。

　　当年大逃港的那些人很多都回来了。他们发现，命运跟他们开了一个天大的玩笑——他们曾经冒着生命危险，不惜一切代价，怀揣着梦想奔向天堂，殊不知，天堂就在他们出发的地方。

　　虎门也是邓慕尧先生的家乡，他现在就住在虎门，身边有不少人是当年逃港回来的。"现在很多虎门人都拿着香港居民证。他们回来开个小店，做点小生意，因为他们在香港没法待，连一些香港本地人也跑到虎门来安居。你现在去问问虎门人，问他们愿不愿意去香港，他们的回答肯定是不愿意。实际上，70年代末走的这批人到香港后，大多数都没发财，日子都不好过。"

不能不感叹命运的力量。这股力量正来自中国伟大的改革开放。多少年之后，也许他们能够清晰地看到自己戏剧性命运的脉络图：在他们纷纷拥出国门后不久，中国以一股强劲的伟力，吸纳了世界产业大转移的浪潮。在这股浪潮中，无力承载高劳动力成本的港商纷纷将企业转到东莞等地，于是他们梦想中的金矿也随之移到了内地。

似乎幸运女神特别眷顾东莞这块土地。因为在这里，即使一滴滴苦难的泪水，在时间的河流里，也能慢慢凝结成一颗颗闪亮的宝珠。

## 2. 脚下的地在变

20世纪80年代中期，东莞县悄无声息地做了一件惊天动地的事。这把大学问家于光远给惊动了，时值1985年。

于光远来东莞的这一天，中共东莞（县级市）市委书记李近维碰巧有要事缠身，他吩咐别人带着于光远下乡考察。晚饭时分，李近维还在紧张的忙碌中，他正在整理向于光远汇报的材料。先前，李近维让人给于光远放了一段介绍东莞发展的录像，估计时间差不多了，李近维这才抱着一大堆材料匆匆走进于光远的住处。

看到李近维怀抱的一大摞材料，于光远微微一笑，朝他摆摆手说："李近维，你把材料先放一边。我今天跑了一天，还有点感冒，身体不舒服，所以我今晚不能听太久，你汇报五分钟就行了。"

李近维愣住了："五分钟？于老，五分钟您让我汇报什么？"

于光远说："来东莞之前我听说了很多，今天来你们这儿我也看到了很多，看到你们农村盖了许多新房子，刚才的录像我也看到老百姓增加了很多存款,也就是说,你们这几年的收入增加了很多。现在你就用五分钟的时间给我讲清楚这些钱是怎么来的就行了。"

李近维为难地说:"于老,我一下子没有准备。您让我五分钟把这个问题讲清楚啊,我怕自己准备不足。"

"对!就是要你没准备。你越是没准备就越真实,你做了准备的,那就有很多加工的成分喽。"

"好!于老,如果您让我五分钟内把这笔钱讲清楚的话,那我只能跟您讲两笔账。"李近维天生对数字敏感,在东莞待了这么多年,东莞的每一笔账他都了然于心,"第一笔,东莞有一百多万亩耕地,我们腾出了三十多万亩耕地改种水果、蔬菜等经济作物。同样一亩地,改种经济作物,可以增加收入近两千块钱。三十多万亩地,一年便可增加收入六七个亿。第二笔账呢,由于落实了联产承包责任制,调动了积极性,农村劳动力开始过剩,东莞有五十多万劳动力,我们在不影响农业生产的前提下,转移了二十多万的劳动力去搞工副业,以人均月工资二百元计算的话,一年的收入又增加了四五个亿。仅这两笔账,我们一年就可以增加十几个亿的收入。再说我们已经干了好几年,这些钱不断转化为新的投资,又得到更多的收益。盖房子的钱也好,存银行的钱也好,包括一些基础设施启动的钱,都是从这些钱里来的。"

听完李近维的汇报,于光远的脸上露出欣慰的笑容,他点点头说:"这样好啊!我们今天晚上算达到目的了。你们做得非常好!"

那个晚上，于光远并没有很快休息，他兴奋地拉着李近维谈了很久，浑身的疲劳和不适似乎一扫而光。

说起来，东莞农业商品化最早还是受了黄江镇北岸村的启发。

20世纪70年代中期，几位北岸村农民便偷偷尝试着将一块山沟地栽种上了橙子树苗。几年过后，那些橙子树上竟缀满了黄灿灿的果实，像一个个鲜艳的小灯笼悬挂在林间。他们悄悄将橙子摘下拿到附近集市上去卖，一个季度下来，他们的腰包竟也鼓了不少。

从这个事情中，村里人发现了一些门道：同样的土地，换了品种来种，收入却高出一大截。很快，其他村民也买了树苗种上了。

大伙儿心照不宣地悄悄做着这一切，村领导也睁一只眼闭一只眼，只不过是招呼大家别将这种事声张出去，千万不能传到上面去。

然而，事情还是传到了县上。

县里的领导听到消息，眼前顿时一亮。好事啊！现在已是"春到人间草木知"，1979年9月，中共十一届四中全会刚刚出台了《中共中央关于加快农业发展若干问题的决定》，其中最重要的是两条：一是尊重生产队的自主权和所有权；二是大幅度提高农副产品收购价格，增加农民的收入。前者可谓"松绑"，后者堪称"让利"。仅这两条，足可以使大家欢欣鼓舞了。农民的好日子要来了！

这个政策就像一股清新的春风,吹进了东莞领导们的心里。此刻,当他们听说下面群众已经蹚出了更好的路子时,精神一振:这不正是农业发展的一个好办法吗?换种思路,把结构调整一下,同样的土地,改种不同的农作物,那产生的经济效益就完全不一样了。这就如同一场及时雨呀!

又是春风,又是春雨。欧阳德、李近维、郑锦滔等东莞县领导兴奋地围坐在一起讨论开了。李近维脑子灵,立马算道:"一亩水稻,收三百块钱,改种橙子,收益为两千元……"相差这么多!大家一个个茅塞顿开,似乎突然间发现了一块广阔的新大陆。

领导班子进行了一番热烈的讨论之后,觉得这绝对是一个很好的发展方向。哪种赚钱就种哪种!说干就干,经过认真的调研考察后,1979年起,东莞县委、县政府开始对全县农民进行政策引导,对土地做了相应的结构调整,尤其把大量不适合种水稻的地方都改种水果。

过去,农村生产力总是上不去,总是在生产关系上做文章,折腾来折腾去,穷了山穷了水,也穷了农民们的积极性。但眼前的神奇思路一下子给农民提供了一个从未有过的想象空间。在对新生活的渴盼中,农民们积极性空前高涨,纷纷引种经济作物。

地还是那些地,人还是那些人,变换一下机制,土地就能生钱、长钱、钱上滚钱。

这一切现在看似简单,但一下子打破沿袭多年的以粮为纲的农业生产格局,这在当时的中国,不得不说是一个思想大突破。

我在翻阅当年的一些资料时，也陷入沉思：东莞最初的农业商品化改革确实在全国先行了一步。先说1979年，中央出台的《中共中央关于加快农业发展若干问题的决定》，给东莞农村自发先行继而政府引导的农业经济商品化的改革，提供了政策保障。然而此后不久，中国迅速进入一个调整阶段。直到1984年10月，中共十二届三中全会通过《关于经济体制改革的决定》，使中国改革总体思路有了重大的突破性发展，中国终于在前几年"收"与"放"的徘徊中选择了后者。

我惊叹的也正是于光远感到欣慰的：从1981年到1984年间，在中国改革大方向不甚明朗的状态下，其他地方无所适从，大多采取"开而不放，改而不革"的观望态度，东莞却没有停止改革探索的步伐，率先走在改革前端，大胆在农村改革上进行了尝试。

发生在东莞农村土地上的这场改革不仅使东莞的百姓收获了实惠，也造就了一个又一个的创富神话。一个又一个万元户在东莞这片土地上诞生了，新时代的朝阳已经升起……

左拉说："生活的全部意义在于无穷地探索尚未知道的东西，在于不断地增加更多的知识。"李近维对此深有感受。在他看来，探索未知，不仅是生活的全部意义，更是一种责任。

李近维生于农村，长于农村，东莞又是一个农业县，所以他对社会的观察点更多落在农村和穷人上。长期以来，他一直在琢磨一个问题：人力是一种资源，但东莞农村人口过多，都挤在有限的土地上，实际上是一种隐性失业，这是农村贫穷的症结所在。当务之急必须先把人口多这个包袱变成财富，让农民富起来。那么，如何变？

1984年，李近维终于琢磨出自己的一套想法。

是年8月，时任中共广东省委书记的任仲夷来东莞视察。李近维不失时机地将自己的这些思考向任仲夷和盘托出。

任仲夷边听边点头，他深知中国农村历来有着"多子多福""人多力量大"的传统观念，然而，生得越多就越难富裕起来。老年人多了，社会负担就更重；文盲、半文盲多了，社会发展就难以前进；农村剩余劳动力多了，社会就更加动荡不安。中国农村的人口问题长期以来一直是一个老大难的问题，任仲夷问李近维有什么想法。

"想法是有。我觉得关键是两条：一是增加就业机会，二是提高人口素质。如果人口素质不高，当然难以富起来，但就当前来说，就业机会更重要。一个小学生就业，十年八年后有可能是个车间主任、厂长，是个人才，一个大学生毕业五年没有工作干，就可能是个废材，因为知识会老化，人也会衰老。解决农民就业，这是眼前最实在也最迫切的问题。"

"嗯，那你打算怎么解决农民的就业问题？"任仲夷往前欠一欠身，目光盯着李近维，来了兴趣。

"还是在劳动力和土地上做文章！"

"好，你往细里说说！"

"要想解决这个问题，必须拓宽生产领域，不要老是把农村人口束缚在农业和有限的土地上，应该拿出一部分土地来作为工商业用地，把农业中多余的劳动力逐步解放出来，发展二、三产业。东莞通过这几年的发展，我觉得向农村工业化进军的时机已经成熟了。书记，您觉得呢？"

任仲夷一边听着，一边不时地点头，听到这里双目炯然一亮，他也有些兴奋："农村工业化？好！好想法！"

"在今后几年内，我们的目标是从农业转移出70%以上的劳动力搞工业和服务业，逐步实现'农村工业化、城乡一体化'……"

"很好，你们就这么搞，我支持你们。"任仲夷的脸上露出欣喜的笑容，他说，"希望东莞发展得更快一些，东莞要争取成为'东冠'！"

1984年9月，在中共东莞县第五次代表大会上，刚刚出任中共东莞县委书记的李近维代表县委做了题为《改革、开放，向农村工业化进军，促进经济建设全面高涨》的报告，正式提出了东莞"农村工业化"的发展思路……

写到这一节时，我始终处于一种不可思议的惊叹中：究竟是哪一种神奇的力量给了东莞人一双能够看清未来的慧眼？

想当年，毛泽东曾提出"以农村包围城市，最后夺取全国胜利"的设想，在农民的推动下，这一宏伟设想终于得以实现。但在中华人民共和国成立后的那么多年里，中国却始终采取向城市倾斜的政策，"工农业的剪刀差"使得城乡之间的差距越拉越大。然而，中国伟大的改革开放这一重要转折，给了东莞改变自己贫穷落后命运的历史性机遇。怎样彻底改变东莞农业县的命运，改变东莞农民的命运？东莞原来是从解决穷人问题、农村问题和恶性循环问题着手,一步一步地试着把人口包袱变为财富。也可以说,东莞的工业化构想也是"以农村包围城市"开始的,进而夺取全面城市化的胜利。

在这个关键时刻,"农村工业化"的决策是多么具有前瞻性!没有站到历史高度的人是不会有这等视野和决策能力的。

改革开放以来,中国发生了翻天覆地的巨变,这样的巨大变化令人惊叹。然而,中国的城市化进程却速度缓慢,严重影响了中国的现代化步伐。更为突出的是,中国的城市化模式不尽如人意,很多专家呼吁:中国以这种大量流动人口的充斥来促进城市化的发展模式已经走到尽头,中国必须以一种历史性的眼光来重新审视农民工问题。

实际上,这一切可以归结于一个根源性问题:农村剩余劳动力向何处去,即如何通过经济增长创造更多的就业机会吸纳农村剩余劳动力。关键一点,农民是留在本土就业,还是涌入城市。我们发现,改革开放以来,许多地方选择的大多是后一种途径,农村剩余劳动力纷纷外流,这便形成了中国特色的农民工现象。这种畸形的转移方式所产生的诸多矛盾已日渐明显,已然成为影响社会稳定和社会发展的问题。

透过沉重的现实背景,让我们把目光再转回到1984年前的东莞。当我们重新审视东莞当年提出的"农村工业化,城乡一体化"的发展思路时,便再一次感觉到这十个字那沉甸甸的分量——东莞当初转移剩余劳动力的方式,在土地上就业,在家门口就业,是一项多么具有历史眼光的决策呀!难道东莞人有先见之明,提前预测到了中国现代化进程中将产生的难以化解的一系列问题,便提前做出令人惊喜的尝试?

我心存疑惑。

2008年初,李近维解答了我的疑问:"东莞在落实联产承包责任制、调整种植业结构之后,农业中富余的劳动力一下就凸现出来了。当时我们在想,如果让这批农村剩余劳动力去大城市就业,肯定会增加大城市的就业压力。话说回来,即使大城市能够承受这种压力,我们也要把这些青壮年留在家乡,因为财富是人创造的。如果农村只剩下'6138部队'(儿童和妇女),连我们的农村干部也留不住,那农村的发展不就会更落后吗?所以,我觉得与其让他们到大城市就业,不如就地创造就业机会,离土不离乡,把家乡建设为城市。"

可不!只需细细琢磨,人们不难发现:正因为把工厂建在农村,才使得东莞的工业化路径富有特色。中国很多地方的工业化模式大致相同,都是将工厂建在城里或城郊,即使建在农村,也跟当地的农村经济并无太多关联。东莞的与众不同之处,就在于他们在实行农村工业化过程中,一开始就让农民们"洗脚上田",从而让农村经济真正插上了腾飞的翅膀,这也给东莞后来的全面城市化奠定了根基。

说到城市化,在中国人印象中大多是在城市里建设城市,至多也就是将城市向外扩张,但农村永远还是农村,城乡之间永远隔着一条难以逾越的鸿沟。随着改革开放的深入,发展最快的是城市,受益最多的是城市,农村的田野因为没有工业的滋润,难以生出富裕之花,这也许便是最早包产到户的小岗人至今尚未摆脱贫困的根源。也因此,城乡差别、贫富差距越来越明显。

在东莞采访，我们去过不少村镇。每到一处，绿树掩映、马路宽阔、高楼林立、人流穿梭，很难找到传统意义上的农村的景象，我常常会有一种"幸福的迷失"。不得不承认，东莞的城乡差别和贫富差距是全国最小的。有一些数字极能佐证上面的说法：2001年，东莞仅镇、村两级可支配的财政收入为122.6亿，而整个广东省同期74个县或县级市（不包括顺德和南海），加在一起预算内财政收入才94.6亿，东莞镇、村两级可支配的财力相当于全省74个县或县级市预算内财政收入总和的1.3倍。东莞的经济之所以如此厉害，主要来源于镇、村集体经济收入这一块。

值得在此插上一笔的是，在东莞的发展历程中，县改市是非常重要的一个步骤。特别是东莞的行政架构很独特，东莞由县级市升格为地级市后，只有市、镇两级行政架构。这样的行政设置目前在中国只有东莞和中山。

"我听说当初把东莞设置成这样的市镇行政，就是您最先提出来的。当初这样的想法在全国可是前无古人的呀。您怎么会有这样独特的构想？"我问李近维。

李近维回答说："当初我之所以向省委提出这个要求，是这样想的：改革开放，百业待兴，处处都要用钱，要加快发展，必须降低行政成本，减轻老百姓负担，提高行政效率。在机构的设置上，我认为最好是纵向减少层次，横向扩大分工。按当时的经济总量，要多养几个县级的四套班子，行政成本有多高？群众负担有多重？而且层次越多，办事就越难，效率就越低。所以我当时说,市委书记讲话,你讲给32个镇委书记听和讲给四五个县委书记听,你所花的力气是一样的,何必中间多一级行政机构呢?再说,只那么几个县,那比赛的气势就不够,你看我们现在是32个镇在那里你追我赶,多有气势呀!"

东莞人就在这样的发展思路下,以坚实的步伐向农村工业化进军。

## 3. 开路升级

1988年1月7日,东莞升格为地级市。

沉浸在东莞升为地级市的庆典鼓声中,东莞人的心底深处也突然激发出一种以前从不曾有的梦想:既然东莞成了真正的地级市,那么,一个市哪能是现在这副小县城的格局和模样,我们应该有更高的目标,应该就地城市化,搞成一个真正的"市"才行。

此时的东莞人,一心求变,却不知怎么个变法,满身干劲,也不知使在哪里。于是,一个个摩拳擦掌的东莞人在喜悦和期盼的同时又陷入茫然之中。

有一个人却不茫然,此人就是一个月后回东莞出任市委书记的欧阳德。

欧阳德此前在惠阳地区任行署专员,1975年至1981年,他曾在东莞担任县委书记一职,此前一直在东莞工作,是一个土生土长的东莞人,放牛娃出身,16岁便参加了革命。

如何让东莞的发展跃上一个新的台阶,新的领导班子一致认为，第一步就是深入调研，问计于民。于是，东莞市委书记、市长、副书记、副市长等领导各带一班人马分头下到基层，广泛收集意见，摸清东莞现在的发展情况，掌握和了解东莞目前的困难以及制约东莞发展的瓶颈。

经过一两个月的调研之后，各路人马返回，集中意见。先后几次研讨会，都开得非常热烈。大家首先达成的共识是，尽快加速发展，要发展必须要发展工业，无工不富，要发展工业必须把外资引进来。有了这种共识之后，大家又开始围绕如何才能更多更快引进外资等问题畅所欲言，畅谈改革。

迫在眉睫需要解决的几大难题分别是路、电、水、通信等。

先说电的困难。电不够用是所有镇反复抱怨的事。实际上，这方面的困难不仅是电量不够，配电设施也相当落后，因变电站少得可怜，故东莞通往各镇的电网完全不成体统。说白了，即使东莞有电，也送不出去，更何况东莞没电。加快发展怎能缺电？电的问题必须解决！

接着是水的问题。当时东莞市区里只有两家自来水厂，加起来一天最多也就万把吨的供水量。要想尽快发展工业，毫无疑问，水也是一个大问题。

问题的症结找到了，接下来便是对症下药，即拿出规划方案。

规划方案交给各相应部门落实，电的问题由供电局拿方案，人才的问题由人事局拿规划，不一而足。于是，各个部门立即加班加点认真研究讨论。

不料，规划方案拿出后，到了欧阳德手上，统统又给否掉了。理由是视野不够，眼光短浅，得重新规划。

比如说水，当时东莞市供水局提交的方案是将每天的水产量提高至一万至五万吨。欧阳德说不行，应该要上二十万吨。电也是如此，大家开始提出的方案非常保守。欧阳德则在图纸上大笔一挥，说是要修建两个大电厂、一大批变电站，还要建设一个22万千瓦的大变电站！

不难看出，东莞地级市第一任市委书记是一位魄力十足的改革家，采用的是大规划大建设的发展方式。欧阳德甩开膀子大干了！

改革家的一个共同特点是超前。事实证明，也正是因为有了这一点，东莞才走到了今天这一步。

电的问题相对好办。通过努力，省电力局对东莞的支持很大，不仅对变电站的项目进行投资和改造，联上电网，也做了许多技术支持工作，毕竟东莞用电量大，抵得上中山、佛山、南海几个地方的用电总和。水的问题也容易解决，向银行贷款，建个水库，此后以收缴水费的形式还款，再说22万吨的水源当时投资仅需一亿多。通信问题也得再上一个台阶，当时整个通信项目改造需要十五亿，但因有银行贷款，这个问题也不算太难。

难就难在路上。

众所周知，东莞最大的发展瓶颈就是路，虽然80年代初、中期也开始把一些泥泞小道铺上一层柏油，但那种路的承载力实在有限。

随着农村工业化的推进，许多来料加工厂也顺着那些窄窄的简易公路进到了乡村，几年发展下来，问题也随之而来。许多集装箱车必须来来回回出入东莞，那些司机一说起东莞的路就摇头叹息：东莞的路实在太难走了！当时在香港货柜车司机中流传着这样的话：不怕东莞佬，最怕东莞路。

东莞当年打下的这些微循环的根基实在太薄弱了！

路这个难题明摆着，肯定是东莞发展的一个拦路虎。

起初公路局拿出的方案是在原来的道路上加以拓宽，可欧阳德大手一摇：不行，应该建四条主干道，而且要把路拉直拉平，标准拉高，搞成国家一级公路！还要在全东莞建十三条联网公路！

这样的大动作分明是一场"大跃进"呀！

有人心里犯嘀咕：好事是好事，可事情哪那么容易？

事情的确不容易，因为四条主干公路和十三条联网公路的投资需要近二十个亿。

二十个亿！天文数字啊！

愿望是美好的，现实是冷酷的。东莞的财政收入只有几千万。

让几千万变出二十个亿？怎么变？东莞的这些干部都茫然地看着书记。

欧阳德说："事在人为嘛！"

有了书记的这句话，于是大伙儿开始充分开动脑筋，一番热烈的讨论后，一致认为最佳方案是去银行贷款。然而此方案很快就被推翻，因为大家跑遍银行，所有的银行都无奈地摊开双手：上面有政策，我们没法放贷给你们呀。接下来，大家又开始热烈讨论，讨论的结果是找外商合资，于是大家又分头行动，通过各种关系去游说外商。可外商们对此并没有多高的热情和积极性。再次讨论时，大家总算想了一些对策，和以前修路的形式一样，采用土办法：市里面出水泥，镇下面出劳力、出土地……

但还是不行，钱差得远着呢！

这一天，东莞市委大楼的会议室里，气氛异常凝重。欧阳德一上来就说："同志们，时不我待呀，关键是我们要有变的决心，才有变的行动。抱残守缺是活不出个人样来的。"说到这儿，他扫视着在场的每一个人，目光中透出一种威严。停顿片刻，他抛出了一个令所有在场的人大为震惊的构想：由市财政来做担保，用民间集资的办法，筹集十亿元，以后再用收过路费的方式偿还借款！

向企业以及老百姓借钱？这个动作太大了！立马，东莞市委这套班子就形成两种意见，赞同的自不必说，反对的则主要着眼于风险。

实际上，东莞的领导都不是胆小保守瞻前顾后之人，他们乍一听这个方案，也是怦然心动，因为经过前段时间在基层的调研考察，他们也目睹了东莞的窘境，也清楚问题的症结所在，也希望能找到一个快速解决问题的良方妙策。但，这个别出心裁的集资方案也太离谱了，那可不是一般的风险啊！

首先，全国上下正在搞宏观调控，不主张搞大规模的基础建设，在这种大气候下，我们这么做不是和国家政策背道而驰吗？关键是现在进行宏观经济调控后，外商对中国的投资也开始谨慎起来，很多外商开始往回撤资。在这样的形势下，你怎么就能保证将来会有外商进来？

不光风险大，实施难度也大，老百姓的工作肯定不好做！这种担忧不是没有根据的：前几年就有氮肥厂之类的东莞国有企业搞过集资，开始许诺得天花乱坠，可后来，这几个厂效益不好，亏了，老百姓的钱也没了影子。为这事老百姓怨声载道，还来过市里上访，到现在这笔钱还没还上，现在又向他们搞集资，他们还肯掏钱吗？

总而言之，不合时宜，集资大搞基础设施建设这条路看上去前景并不乐观，何不等等再说？

这事要是搁在一般人头上，也就几声浩叹，等等再说也不迟。但欧阳德不是一般人，认准的事绝不会轻易退缩，他当即表态，不能等，这个项目一定要上，这个款一定要筹！

紧接着，在进一步细化具体操作方案时，欧阳德又提出一个更令人咋舌的想法：所有东莞的车辆包括摩托车都要交费。理由是"你这些车辆要走这些路嘛，既然你要经过的话，你就得交费，只不过现在我一次性地提前把你的过路费收上来了"。还有人头费，比如说企业的打工者，向他们每人收一百块钱，这笔钱跟企业的老板要；有固定工作的人，向他们每人借一个月工资……

所有人都感觉到，欧阳德此举乃背水一战。

集资方案向社会推出后，造成的强烈反响，完全没有出乎人们的预料。欧阳德立马陷入了老百姓口诛笔伐的围剿中。车主们骂爹骂娘，老板们牢骚满腹，老百姓更是难听话满天飞。一所学校的老师们因操作者没讲清缘由，看到自己无缘无故被借去一个月工资，愤怒了，一封揭发信告到了全国人大……

此时的欧阳德穿行在人们的不解和谩骂之中，在一个又一个巨浪的拍打中艰难前行，内心承受着巨大的压力。然而，无论如何，他必须把这件事往前推进。万事开头难，欧阳德便从动员机关人员做起，他要求大家"带头交钱，有多少钱交多少钱"。

为了吸引更多的人入股，市委又开出比银行利息高一倍的优厚条件，年息十四厘。欧阳德说："我们也要给东莞人做点好事，利息高一点，给群众一点好处。另外，我们通过集资款把基础设施修好了，岂不是一举两得？"

这波未平，那波又起，老百姓的积极性又引发出银行战线的不满情绪，因为这一集资影响了他们的存款业务啊，于是东莞几家银行的领导便私下联合起来，也准备来封告状信。欧阳德听说后，赶紧召集他们开会，耐心向他们解释："东莞的存款递增了一百个亿，我们的集资才十个亿，这根本不会影响到你们的存款啊……"欧阳德说得有理有据，几位领导听后，思想竟也通了很多，算了，不告了。

正当集资风波闹到中央还没完全消停时，偏又冒出另一档子麻烦事来。

这档子麻烦事和刚刚开工修建的第一条路有关。

第一条路叫莞长路，起于莞城止于长安镇，途经大岭山镇。

这条路在外人看来没什么问题，可稍一打听，问题就来了，因为那个大岭山镇偏偏是欧阳德的家乡。于是乎，"欧阳德徇私舞弊、以权谋私"之类的话就一传十、十传百地传开了。

为此，在省长梁灵光的办公室里，东莞市市长郑锦滔一五一十地向省长汇报起事情的来龙去脉："省长，其实一开始我们的确没打算先修莞长路，也是想要先修107国道那条路的。但后来我们发现一个问题。您看，这是107国道，如果先修这条路，那么修路时，这条路的交通肯定要受影响，但是这条路对我们来说非常重要，从莞城、厚街、虎门、长安这些地方去深圳都必须经过这条路，是唯一的路，而且从这些地方去深圳的车最多。车一多，我们再修路，那么，这条路就很容易被堵死，这样外商的货车就麻烦了，问题就严重了，肯定会影响生产。所以我们就琢磨，应该先修好莞长路……"

梁灵光一直聚精会神地听着。听完郑锦滔的汇报，他点头表态："我明白了。你们这么做是没问题的。"

回到东莞，郑锦滔立即组织召开全体干部大会，把修这条路的原因又向大家做了详细解释，让基层干部再逐一将这件事向群众解释清楚，把误会消除。

"路开通后我们才发现，市里面的做法是完全正确的。东莞到广州，从莞长路出发比绕到虎门、长安走，短了13.5公里。从长远来说，节省多少油量，节省多少时间啊。"一位老东莞人这样告诉我。

种种风波尘埃落定，东莞升为地级市后第一场声势浩大的基础设施建设大战开始了。

从1989年初开始修路，到1994年，四条主干道和十三条联网公路才全部全线贯通。不要小看这几条路，这可是东莞交通的大动脉，也让东莞的城市建设上了一层楼。所以，很多人都说，东莞路网的正式完善，还是从四条主干道修成才开始算。1995年，东莞公路密度每百平方公里达到92.9公里，而全国平均公路密度仅为每百平方公里11.6公里，东莞公路建设居全国领先地位。

1992年，对改革开放的中国来说，是个让人们难以忘却的年份。这一年的年初，邓小平同志来到湖北、广东、上海考察，发表了一系列的讲话："改革也是解放生产力"，"改革开放胆子要大一些，敢于试验……看准了的，就大胆地试，大胆地闯……"

小平同志的话如同一股暖流，一下子温暖了东莞大地，也使得持观望态度的外商们立即行动起来。

东莞人这时发现，东莞的这一特立独行可真是占尽了便宜。在当时治理整顿的背景下，全国各地的基础设施建设处于缓建状态，故而当时的水泥、钢材价格猛落，东莞此时不但捡了个成本低的便宜，一公里的公路成本仅四百万元左右，同时还救活了自己的一些水泥厂。东莞的基础建设响起凯旋之歌时，中山、南海等城市的领导过来一瞧，纷纷发出"东莞超前"的感叹。当他们也回去跟进时，成本已翻了一番，建一公里公路八百万元都打不住。

不仅如此，此时的东莞更是抢足天时，成了外商们的首选之地。在这么一个明朗化的喜人形势下,"大路大富,小路小富,无路不富"这句话的效应在东莞也变得立竿见影。

短短两三年的时间差,东莞一个龙腾,一下子跃到了"广东四小虎"之首。

这一跃,跃得漂亮,跃得奇丽,跃出了东莞改革开放史上的又一个新篇章!

## 4. 不作为的大作为

1994年4月,李近维再次回到东莞出任中共东莞市委书记,9月,兼任东莞市市长。

时隔六年,今非昔比,东莞的一切都发生了巨大变化。

这次回来任职的李近维也发生了巨大变化。外表虽还和六年前差不了太多,除了眼角略添几道皱纹外,没长胖没增高,但做事风格却明显让以前的老同事们感到了异样——李近维不再是六年前的李近维了。

1983年,在中央举办的学习"一号文件"座谈会上,李近维曾和主办方有过一段语惊四座的对话。李近维发言说:"如果我们在执行好今年'一号文件'的基础上,还能执行明年的'一号文件',那才符合改革开放的大潮流。"主办方诧异:"那你怎么知道明年'一号文件'讲什么?连我们都不知道,你怎么执行啊?"李近维一本正经地说:"但我知道每年'一号文件'的形成过程,是你们不断总结全国各地的成功经验,通过认真归纳分析论证,才把它写成新一年的'一号文件'。如果我们在贯彻今年'一号文件'中创造性地进行工作，为改革开放探索出一些新的路子，中央认为可以在全国推行而写入了明年的'一号文件'，那不就等于我们今年执行了明年的'一号文件'吗？"全场一片哗然，这个小个头的东莞人说出来的话可够狂妄的！

当年如此"狂妄"的李近维，在1988年初离开东莞前一直是生龙活虎、胆识俱全。1984年他就提出"农村工业化"这个具有深远意义的开拓性发展思路，并积极鼓励大家贷款投资，硬是让东莞在短时间内摘掉了贫穷落后的农业县的帽子，没想到这次回来却跟换了个人似的。

所有的人都明显地感觉到，李近维变了！话说得再直白一点，李近维变得保守了，变得缩手缩脚了。

有例为证。

有香港大老板前来谈判，想要出资收购东莞的电厂。李近维的回话只有两个字：不卖！

又有香港大老板放话过来说要收购东莞的一条公路。手下的人眉飞色舞地过来汇报："人家大老板这次很有诚意，价格出得很高。您说几个亿人家都说可以商量啦，而且……"汇报者特意略做停顿，故意把"而且"两字拖长，"人家还说要把这条路反承包给我们，只收17%的回报。而且，人家老板说了，二十年后还把这条路送给我们！"汇报者紧盯着书记，希望自己的兴奋和喜悦也能尽快地感染他，"书记呀，我们东莞的好机会来了！您算算，我们现在集资款的利息普遍是年息十八厘，甚至二十多厘，人家的回报只要十七厘，比通常的还低呢，再说二十年以后这条路又是我们的了……"汇报者以略带夸张的激情说了半天，期待着李近维能够附和他。可自始至终，李近维一直平静地听着汇报，脸上没有任何表情。临走时，汇报者又言："李书记，您快表个态吧。事不宜迟，别的城市也都跟我们抢这桩生意呢。您就快决定吧！"不料，李近维最后的决定还是两个字：不卖！

李近维到底想干什么？他跟钱有仇？难道六年过后，他开始在意起自己头顶上的乌纱帽了？他当初的胆识和魄力哪去了？

眼睁睁地看着别的城市乐颠颠地忙着跟那个大老板签约汇款，也眼睁睁地看着有的城市欢天喜地地向香港大老板们纷纷卖这卖那，很多人暗自嘀咕开来：这么好的买卖不做，傻不傻呀？

不但别人不明白李近维为什么犯这个傻，就连李近维身边的秘书也不解，好奇地问书记为什么要放弃这笔天下最划算的大生意。

李近维没有立即回答秘书的问话，拿笔低头在纸上算着什么，不久，回过头来问秘书："你想不想变成百万富翁？"

秘书莫名其妙地看着书记，如实回答："想啊，但不敢想，那是不可能的呀。"

李近维说："那有什么不可能的。你要成为一个百万富翁很容易的呀！刚才我已经替你算好一笔账了。只要你从家里凑够五万块钱参股买我们一条公路，我们给你17%的回报率，获得的利润能以17%回报率继续投资的话，那么二十年后你就是一个百万富翁了。你知道五万块钱17%的回报率，复息计算，二十年后是多少吗？是本钱的二十多倍啊！都超过百万了。到时候你还可以把那条公路送给我们政府,我们政府多感激你呀!"

秘书似有所悟,但还是不解:"问题是我们目前的利息本身就很高,十八厘或者二十厘呀,甚至还有更高的,我们怎么会亏呢?"

听到这话,李近维的眉头渐渐拧了起来,他背着手在办公室里慢慢踱起步来,似乎对秘书说又似乎在自言自语:"是呀,我们现在的利息是那么高。但这样下去行吗?那么高的利息是绝对维持不下去的,将来肯定要出事的!"

秘书看着神情严肃的李近维,默默地听着,不知道该如何回答。

半响,李近维突然停住脚步,问秘书:"我问你一个问题,你知道困难的爸爸妈妈叫什么名吗?"

秘书困惑,不知书记这个葫芦里又在卖什么药:"困难怎么会有爸爸妈妈呢?"

"有!"李近维一脸认真,"困难的爸爸妈妈就叫做昨天的失误,同样,今天的失误就是明天的困难。你看呀,以前我们运用的发展手段,不就是从外面拉一些企业进来,从农民那里拿一些土地,从本地和内地再招一批劳动力吗?更值得注意的是,我们大量利用高息贷款建这建那。但你知道吗,现在这种发展手段已经走到极限了,再这么下去就会成为困难的爸爸妈妈了。我们决不能制造明天的困难。现在必须消除各种隐患,把对明天产生不利影响的种种隐患都认真消除!"

"怎么消除?"

"我心中已经有一个方案了。"

李近维所说的方案就是后来他在东莞市第九次党代会上提出的"第二次工业革命"。关于"第二次工业革命"提出的背景和思路,李近维这样告诉我:"我1994年再调回东莞工作时,就感觉到东莞原有的发展模式即将走到极限,再不转变,就不能继续前进。但转型升级是需要时间的,首先要提高经济管理水平,从内涵挖掘潜力,提高经济素质,眼下最关键的就是要解决经济风险这个问题。其实我在惠州时就开始思考这个问题了,这不是个别地方的事,不少地方都存在。我们的经济建设中隐藏着巨大的风险,尤其是高利息集资发展,利息那么高,甚至年息三十厘都有。回过头来再看看我们的这些工业,能够拿到那么高的利润吗?我感觉这样发展下去肯定是要出问题的。虽然当时我还不知道后来会发生金融风暴,但我觉得我们必须得为明天排除困难。该怎么排除呢?首先是要心中有数,要让大家知道自己底子怎么样,所以我就给每个单位发了张表。"

东莞市委、市政府给每个单位发表的行为被称为"摸清家底",即摸清各政府、企业等所有单位的资产情况。

不料,李近维"粗略"的这一"摸"引发了不少意见。谁愿意把自己的家底亮个底朝天?先不谈企业,首先各镇掌门人就思想不通:别的城市都在热火朝天地大搞经济建设,你追我赶,较着劲地加快发展步伐,你李近维新官上任要烧火我们能理解,可要烧火也应该在发展速度上猛烧几把才是,那些送上门肥得流油的大买卖你不做,现在却关起门来搞清查,这算哪门子事嘛!有这个必要吗?

在一次书记会议分组讨论的时候，有些镇委书记终于忍不住，直言不讳地提意见了："李书记，您去惠州以前不是一直思想很开放的吗？不是总鼓励我们贷款吗？这次回来之后，我们怎么感觉您变得保守起来了呢？"

"是呀，李书记，您现在是怎么了？"另外一个镇委书记也出声附和。

闻及此言，李近维没有立马回答，片刻，他站起身来，把自己坐的椅子往旁边挪了挪，抬脚跨到椅子上蹲了下来。

大家观察着李近维怪异的一举一动，心中纳闷：书记今天要演哪出戏？

这时，蹲在椅子上的李近维开腔了："你们大家看着，我蹲在这张椅子上，现在呢，我可以蹲到椅子的最边边上，我都不怕。你们说为什么？"

会场上一片寂静，大家你看看我，我看看你，再看看蹲在椅子上的李近维，觉得这场面有些滑稽。

见无人搭腔，李近维便自己作答："因为这椅子离地面近嘛，我即使摔下来最多也就是擦伤一点点皮，感到痛一点而已。但是，假如你让我蹲在一个离地面十几层楼那么高的地方，没有墙挡着，也让我这么蹲到边边上，你们说我敢吗？"

会场开始有了骚动，还有一些交头接耳的议论声，也有人笑出了声。

李近维却一脸严肃地说："我不敢啊！我害怕啊！因为这个危险就大了嘛！我蹲得那么高，又没有墙挡着，蹲都蹲不稳，我的心能不慌吗？不错，我去惠州以前，确实鼓励你们贷款,但我现在又要求你们了解自己的底子,尽快减轻债务。这是什么原因?在这里,我希望同志们清楚负债量和负债率的关系,就像蹲得离地高与低,有没有墙壁挡着那样。负债量少时,负债率低,不怕;负债量大的时候,如果我们集体经济的管理不那么到位,这就非常危险了,就像蹲到几十层楼高的边边上又没有墙壁挡着一样了。"

说到这里,他站起来,提高嗓门对大家说:"我所做所讲的这一切,为的是请同志们注意和更好地应对面临的经济风险。从现在开始,我们每一步都要力求稳重。最关键的一点,先全部清还高息集资款和逾期被罚息的贷款,逐步把资产负债率给降下来。当年我是主张贷款,市里还帮你们贴息。那时候情况不一样,刚刚起步,需要贷一笔钱来启动经济。但经过这么多年的发展,又用了农民那么多土地,现在就要特别强调增强自我积累自我发展的能力,增强防范经济风险的能力,要从靠举债建设转向以自我积累为主进行建设了。改革开放政策那么好,我们只能为国家为集体为人民创造财富,而绝不能把一堆烂债留给后人。我们从弄清家底做起,为的是心中有数,提高经济管理水平,堵塞各种漏洞,把防范经济风险的工作做在前头……"

各镇领导领会了李近维的意图之后,接下来的局面也就顺利打开了。

作为一个外地人,我在采访李近维前,对他的了解和印象非常模糊。在东莞采访期间,我强烈感受到的都是东莞人的胆识和魄力,他们敢想敢做,敢闯敢冲,尤其东莞的领导更是思想开放，所做的事情大多是石破天惊的大手笔。然而，从1994年起，东莞突然沉寂下来，前几年高歌猛进的发展步伐在此时好像突然放缓。

的确，1994年到2000年是东莞无声无息的几年，然而此刻，当我写到这里时，不由得有些动情。殊不知，这种无声无息，差点掩盖了一个真正的英雄时代！此时无声胜有声啊！

东莞人不知道，他们记忆中那风平浪静的几年，曾躲开了一个怎样的暗礁呀！

1997年，一场突如其来的金融风暴在泰国悄然登陆，很快席卷整个亚洲，使全亚洲的经济遭到毁灭性打击。这场风暴给中国也带来了巨大的打击。虽然在朱镕基总理经济软着陆的政策下，风暴对中国的影响被减到最轻，但对经济的冲击仍然是巨大的。中国的广东省首当其冲。1998年，广东省的经济形势十分严峻，出口下降，内需不足，投资增长乏力，经济增长的速度不容乐观。

面对这种形势，党中央、国务院采取各种应对措施，并给广东调拨了380亿的借款。广东的各个市都纷纷地向省领导伸出了手。

只有一个城市，没有在这个艰难时刻伸手。

领导把疑惑的目光投向东莞。个头不高的李近维坦然回答："我们东莞不需要！一分钱也不需要！"

这怎么可能？领导一下子惊呆了！东莞这些年发展那么快，发展路数和其他城市大同小异，现在这么多城市出现了危机，你东莞怎么就能安然无恙躲过劫难？不可能呀！

李近维接着说:"我们不但不需要借钱,而且东莞的金融部门还欢迎你们来拆借!"

各市的领导惊呆了!

省里的领导惊喜了!

中央的领导笑开了!

不可思议呀!这样的事只有东莞人才能讲得出来,而且他们确实有这实力!

1999年5月,中国人民银行广州分行专门组织有关人员,对东莞市金融运行情况进行了全面调查,撰写了系列调查报告,证实东莞是金融安全区!

真是太不可思议了!

回想起前几年李近维的"不作不为",人们渐渐领悟过来,原来这种不作不为正是大作大为呀!东莞人在骄傲和自豪之际,更感到了幸运——庆幸他们在这个特殊的时期拥有一个料事如神的当家人,一个精打细算的好管家!

有着远见卓识的李近维,成功地让东莞躲过一劫。

让东莞人更感幸运的是,东莞因此在外商眼里成了"金融风暴避风港"的代名词。东莞凭借着金融安全区的独特优势一下子把台湾的大批企业吸引进来。

台商们这时候涌进,不仅带动了东莞的经济发展,更使得东莞的产业迈上了一个新的台阶,因为此时进来的大多是电子通信方面的企业,科技含量高啊!东莞的工业开始升级了!"第二次工业革命"的产业转型也因此迈开了新的步伐。

李近维新官上任时的几把火直到三年之后才让所有的人看

到了熊熊火光。

东莞这只凤凰在这迟来却绚丽无比的烈火中开始了又一轮的涅槃!

1999年,东莞市以工业总产值、外贸出口总值、全市公有资产、金融机构人民币存款余额等四项首次突破千亿的骄人业绩,迎来了新世纪的曙光。

新千年伊始,李近维躲在办公室里拨打着算盘偷偷在乐!他的乐是东莞老百姓无法知晓的。东莞不但不需要像兄弟城市那样向国家伸手借钱,而且还悄悄攒下了一大笔发展资金。

接下来真正该乐的是东莞的老百姓了,从城市居民到农村农民,每个老百姓在心底深处乐开了花。2000年12月25日,东莞市16.2万农村老人喜气洋洋地领到了他们一生中的第一笔养老金。这个举动标志着东莞市农民基本养老保险制度宣告成立,也标志着东莞市成为中国首家建立农民基本养老保险制度的地级市。紧接着,东莞市委、市政府又相继推出了全民社保和全民医保等一系列的重大举措。

阳光照射到身上才会让人感到温暖。东莞,让全国的老百姓都羡慕不已!

驰笔至此,我突然又想起李近维当年在学习中央"一号文件"座谈会上的那个"狂妄"的发言,细琢磨,突然有所感悟:东莞这些年的巨大变化,不恰恰印证了东莞所走的每一步,都是在执行明年的"一号文件"吗?!

东莞由此踏上全面发展壮大、再创辉煌、再写风流的新征程。

第四部：

# 对外开放从"中国海"启航

本文采写于 2008 年。

# 导 言

1977年，中国要成为现代化强国的目标已经确定，然而中国的经济以何种方式前进，掀起了当时最激烈和最热闹的冲撞与交锋，这就是：表面上热气腾腾、实际上危机四伏的"十年规划"与表面上冷峻、实际上在聚集冲刺力量的"调整、改革、整顿、提高"之间的冲撞与交锋。前者，显然有过多的"左"的印迹，后者则贯彻了"实事求是"的精神。但两者之间哪一个更符合当时的国情，统统都将在1978年得出结论。

此时的农民革命，尚在边远和落后的安徽小岗村及浙东的台州一带孕育小股旋风，并没有形成暴风骤雨。而作为工业战线的"领头羊"和国家经济生命线的石油工业，已经成为以上两种方针冲撞与交锋的中心地带。

任何回避都无济于事。中国的经济巨轮要启航，石油旗舰必须先行。于是，要不要西方石油公司进入中国领海作业，成为那时我国对外开放首先要考虑的问题。其过程，曲折而精彩！倘若不记载这段光阴，将是严重的历史缺憾。

# 1. 墨西哥湾的海风

1978年1月5日下午3时40分，华盛顿杜勒斯机场，TWA891航班徐徐降落，以时任中国石油部常务副部长孙敬文为团长的"中国石油公司代表团"抵达美国。时任中国驻美联络处主任韩叙、美国能源部官员柏尔格德和美中贸易促进会及华侨代表数十人到机场迎接。

代表团秘书长秦文彩及其他代表团成员开始并不知道，他们的到来，在当时的美国尤其是在美国石油界引起了一场巨大"地震"。这是因为美国石油界一直是引领合众国工业与经济的火车头，从某种意义上讲，美国的石油界还是整个世界经济的火车头。这个以输出技术和设备换取巨大利润的国家，在20世纪70年代初之后，他们的石油工业战略分为两大块：一是石油资源的获取，二是发展石油勘探开发技术。前者，美国在本土的石油资源开发搞得不多，主要在海外获取；后者，则大量输出，甚至基本控制了全球的石油勘探开发的技术与设备供应。说白了，就是把石油从国外拿回来，供全体美国人使用并适当储备起来；技术装备则由美国供应全世界，赚足别人的钱。所以，石油工业界的商人们见自己的政府向中国这个还在沉睡的东方巨人开启合作之门时，他们赚钱的欲望被一下激活了！于是在中国石油公司代表团访美的那些日子里，秦文彩他们的一举一动，受到了全美石油工业界的关注，特别是那些大公司，他们想尽办法接近中国代表团，一旦有亲近机会，必紧紧抓住不放，甚至表现出一些过头的殷勤。其实对资本家来说，这并不算什么，到手的钱不去拼命地抓住，那就是头等傻瓜！美国商人的行为逻辑非常直接和简单，同时也极为执着和赤裸裸。

也许美国人已经摸透了中国石油公司代表团的意图，知道这个来自东方的未来石油大国正在酝酿一场波澜壮阔的石油工业革命，而且种种迹象表明，开发海上石油将是中国石油工业的一个新方向。海洋石油开发，必定需要海上石油钻井平台。伯克特芒特造船厂的老板怎能放过做大生意的机会呢？

"中国朋友们，我们老板为了让你们更好地了解我们厂生产的钻井平台，决定破例邀请你们到海上现场参观我们的钻井平台设备。瞧，直升机来了！"主人突然告诉孙敬文一行。

"时间不会很长的，而且保证安全！"正在他们犹豫时，主人再次热情邀请道。

孙敬文说："去吧，既然人家把直升机都开来了嘛！"于是，秦文彩带领部分代表团成员迅速登上伯克特芒特造船厂的商务专用飞机，向墨西哥海湾飞去。

美洲著名的墨西哥海湾，是个神秘且曾经无比辉煌的地方，这里曾创造了令世人瞩目的玛雅文明。墨西哥海湾又是世界著名的石油资源富区，现代海洋石油工业就是从这里开始起步的，所有从事石油工作的人都知道这一点，所以秦文彩他们作为中国第一个石油公司代表团，自然不会轻易放过一个这样的学习机会。

中国的陆地石油工业从1907年延长油田开发出第一口油井之后，经过六七十年几代科学工作者和工程技术人员的努力，特别是中华人民共和国成立后经过克拉玛依、大庆和胜利等油田的开发，已经有了长足发展，使中国摆脱了依赖进口石油的历史，但海洋石油工业仍然处于非常初级的阶段。

担任石油部生产司司长相当长时间的秦文彩，非常清楚中国海洋石油工业所走过的历程，那几乎可以同战争年代"小米加步枪"的历史相提并论，而美国等西方发达国家的海洋石油工业在20世纪六七十年代，基本都已进入了"航空母舰"时代。

身临其境，秦文彩真正感到了我们与西方工业水平的巨大差距。

那一天，代表团成员们走出直升机舱门，踏上停泊在大洋之中的钻井平台时，他们个个都被眼前的情形震撼了——瞧这"航母"般的钻井平台，简直就是一座海上的钢铁巨城。高高的平台，耸立在大海的碧波之上，至少有十几层楼高。那钻机旋转时，其轰鸣声震动四面海洋，可站在平台上你并没有感觉地动天摇，相反既平稳又安全。钻井台虽是一个工地，却同时拥有各种生活设施，工人和技术人员可以在这里生活几十天甚至半年都不会感到乏味……秦文彩他们抵达海上平台时，正值傍晚，海面上一座座钻井平台，仿佛闪耀的璀璨星辰，在大海中交相辉映，形成了海市蜃楼般的奇景，甚为壮观而神秘。

要是我们也有这样的"海上不夜城"该多好啊！秦文彩等中国石油人感叹着眼前的一切，联想着自己祖国的海洋石油工业——我们真是太落后了！落后不是几年、十几年，而是几十年甚至上百年啊……

来到墨西哥湾，美国人告诉秦文彩等中国同行，美国是在1947年就首次于墨西哥湾成功地运用钢制钻井平台，钻出了世界上第一口海上商业油井的，随之促使海洋石油工业风靡世界。

"自1947年我们在墨西哥海湾用钻井平台打出第一口商业油井后，世界的海洋石油业发展之快，超出了我们的想象，尤其是我们在中东波斯湾连续发现海上大油田后，世界海洋石油业的影响之大，几乎可以像一战、二战那样的战果一样，影响着人类的发展……"美国人谈起由他们缔造的海洋石油业时，总是眉飞色舞，趾高气扬。

中国的海上找油是什么时候开始的？这天在去伯克特芒特的路上，代表团中就有人问过这样的问题。

"唉，落后多了！"当时孙敬文团长重重地叹了一声，说："人家美国人在海湾一年打出几十口高产井时，我们的海洋找油还处在奇妙的幻想之中呢！人俊，我说得对不对呀？"孙敬文转头问李人俊。

李人俊直了直脖子,说:"没错。我第一次听人报告说,中国的海上发现石油,应该是在1956年……"

"1956年——那应该说也不算太晚呀!"代表团中有人听老部长李人俊这么一说,便兴致勃勃地围在他身边听他讲述中国海上找油的那段"古老传说"——

"想听?那我给你们说说。不过,你们可能也许想象不到,中国的海上找油并不是我们石油部的人最早参与的,而是老百姓们!"李人俊卖了下关子,说,"文彩他们知道,我们的海上找油最早是从南海那边开始的。在海南西南有个突出的'犄角',那里有几个散落的小村寨,统称叫莺歌海渔村,离三亚那个'天涯海角'不远,一二百里路。1956年,当地驻军在那个村里放了一场电影,电影的名字叫《海上巴库》。巴库是苏联著名的油田,这大家都知道,这部电影讲的是苏联在海上发现了一个大油田的故事。村里的老百姓看电影时兴奋了起来,说他们莺歌海海面上也有冒黑油气泡的地方呀!这下热闹了!老百姓的话传到了干部耳朵里,干部们又将这消息报告给了当地的盐场,盐场又报告给了广东省和我们刚刚成立的石油部。我们听到这个消息后非常高兴,立即就向离渔村最近的盐场发了一封信,请求他们的勘探队帮助我们到海上取份油气样本。盐场很重视这事,因为当时毛主席曾经有过一个号召,要求全国各地群众踊跃参与报矿,所以盐场很快找到当地熟悉水性的渔民万来弟,出海到那个冒气泡的海面潜水探情。万来弟没带什么装备,就戴了一副防水镜。在海底,他看到了一个石头缝隙里冒着油气,但取样挺难。盐场勘探队最后想了个法子:他们自制了一只漏斗,在漏斗上接一根皮管,然后将漏斗倒扣在冒气的地方,让油气顺着橡皮管子进入漏斗……油气苗的样本后来送到了我们部里。经化验,确认是油气,大伙儿非常高兴。当时的勘探司司长唐克,就找到了正在北京石油学院参加培训的四川石油管理局的地质师马继祥,把摸清莺歌海油气的任务交给了他。找马继祥是因为四川局找油气有经验。于是春节一过,马继祥便到南海边的渔村去了。后来小马在海军的帮助下,完成了对莺歌海油气苗的初步勘探,几个月后他拿回部里的报告我还记得有这样几句话:在冒气的地方,海底岩石坚硬,是第三纪的地层;海底裂缝走向110度–120度,与海岸露头走向一致;采集的气体可燃,火焰蓝色,有硫化氢气味……这是典型的油气嘛!李聚奎部长和康世恩同志都很兴奋。1958年,余秋里部长上任,他很快听取了康世恩同志的意见,立即决定派出一支专家队伍前去莺歌海调查,这事与广东省陈郁省长一拍即合,所以我们的人立即动身去了那边,同样取得了一些成果。这年秋天,正在北京石油学院任苏联专家组组长的乌克兰利沃夫石油学院教授、地质系主任司那尔斯基来到了莺歌海,我们部里也派出了勘探司副司长崔振东、北京石油学院地质系主任张更和地质研究院余伯良等专家陪同。司那尔斯基一到莺歌海就听当地百姓说,晚上能看见海上的一种美丽奇观——幽暗的海面上会出现一片片如萤火虫翩翩起舞般的景象,于是便要求去海上观景。在海上,司那尔斯基真的看到了大片大片的'萤火虫'——那'萤火虫'像海空流星一样,闪闪发光,还似乎在飘。苏联教授兴奋地大叫:'太美妙!太美妙了!'司那尔斯基考察回来,做了一个令我们万分鼓舞的断言。他说:波斯湾和墨西哥湾是两个'石油极',中国的南海也可能是另外一个'油极'。什么叫'油极',你们都知道,就是世界超大级油田!"

"后来我们在莺歌海打出了大油田没有?"代表团中几位在西北工作的同志迫不及待地问道。

李人俊摇摇头,瞅瞅孙敬文和秦文彩等人,颇为失望地道:"后来我调到计委了,石油部的事就不太清楚了。"

"秦司长,你说说,后来到底啥结果?莺歌海有没有大金娃娃?"有人缠住秦文彩了。

秦文彩苦笑了一下,说:"如果在莺歌海抱到了大金娃娃,我们可能就不会来美国了……唉,可惜啊,我们也没那本事哟!"

这话,一下让团员们感到很泄气,再也没有人重提此事了。

其实秦文彩心里十分清楚中国海上找油的艰苦与辛酸历程。中国的南海、东海和渤海湾有油的事实,早已在20世纪五六十年代时就被我国石油部门和地质部门所证实,但由于我们自己没有海上勘探石油的基本设备,工作进展基本停顿。中国的海上石油勘探靠的啥设备?秦文彩知道。1960年,石油部在莺歌海打的第一口海上勘探井叫"英冲井",用的竟是一艘方驳船装上陆地用的那种最简陋的三角井架打的一口井,该井水深15米,捞得原油150公斤。这就是被石油人戏称的"中国海洋石油第一吻"。1964年,在石油部和广东省及南海海军的共同努力下,用两个500吨浮筒作基础,上面连接钢架制成的一个宽17米、长22米的平台,这就是中国的"南海一号"。它后来打的"海一井",就是中国人第一次用自己设计的海上钻井平台,第一次按照严格的科学程序进行的海上石油勘探。康世恩后来常说的"中国海洋石油靠的是两个筒筒起家",指的就是这个。南海石油勘探后来一直断断续续地进行着,但因南边的战事连绵不断,加上我国的海上勘探设备和调查装备都不能适应海洋石油勘探的特殊性,所以一直到"文革"结束时,整个中国海洋石油事业仍没什么大的进展。

在另一个海域——渤海湾的情况也与南海相差无几。一句话:中国的海洋石油勘探设备太差,根本无法实现大的突破。甚至有外国专家断定,中国即使能在大陆上找到像大庆这样的世界级油田,而海上找油则还需要沉默一个世纪。

一个世纪?秦文彩和中国石油人以前听人说这样的话时,会有种愤怒和不服气的感觉。可当他们站在墨西哥海湾的现代化钻井平台上,看着灯火辉煌、如梦如幻的异国海上石油城时,他们内心的震撼远远超过了原先的想象:是啊,中国的海洋石油技术和装备真的同先进国家差距太大了,这差距或许不到百年,但至少也有五十年啊!

秦文彩的心头有些隐痛,同时又有几分庆幸:我们终于可以出来看一看外面的世界了!

"小心!"突然,一阵强劲的海风在海面上卷起,钻井平台上顿时听到骇人的呼啸声。"快进舱内去——"有人在大声喊着。秦文彩等中国代表团成员被迅速领到风平浪静、暖气融融的舱室。当秦文彩隔着玻璃窗再向大海看去时,除了掀天的巨浪外,什么都看不到……

"好可怕!看来今晚不能与孙团长他们会合了!"代表团中有人颇为忧心地对秦文彩说。

"十分抱歉,没想到天气会变化得这么快!"美国人觉得很过意不去。

秦文彩连声说"没关系",其实他内心巴不得有这样千载难逢的机会——有一夜的时间在人家的海上平台上,也许终身受益。"李先念副总理不是让我们出来学点真东西吗?既来之,则安之。"秦文彩对几位团员说。

"走,我们去找船长聊聊。"秦文彩对翻译姜顺源说,随后他们一起来到餐厅。

"欢迎欢迎!"船长见中国朋友要跟他聊天,格外高兴。他对秦文彩能够适应海上的飓风感到有些意外:"你的同事们都倒下了,可唯独阁下平安无事,了不起啊!"

翻译告诉船长,秦文彩是中国很出名的石油系统的领导干部,同时也是钻井现场的灭火专家、指挥,还经历过海上抢险战斗。老船长立即竖起拇指连声夸赞。

秦文彩谦和地摆摆手,说:"中国的海洋石油工作基本上处在刚刚起步阶段,要好好向你、向你们美国学习。"

"其实海洋石油勘探,从地质工程上讲,跟陆上差不了多少,可海上的钻探施工难度就要大得多了!你看,我们这么大的钻井平台，一旦遇上风浪，就像一只竹篮子漂荡在海中，说不准就会被冲倒、冲垮……"船长的年岁其实比秦文彩小不少，但从他一脸深深的皱纹和那张黝黑的脸庞上所显露的自信，可以看出是位多年与墨西哥湾的海浪打交道的"老把式"了。

"如果飓风来了，平台又无法抵御时，你们怎么办？我相信，一旦遇上大风，墨西哥湾的上帝也不会保佑你们的。"秦文彩想弄明白美国人是如何来实现事故过程中的人、井、机三保的，即人不死、井喷要压住、钻井平台要保住。

船长耸耸肩，双手一摊："这很简单，我们不会有这样的问题。大风来了，我们停止作业，撤人！"

"撤人？"秦文彩心中顿时冒出一个"国家财产怎么办"的念头，哦，他们的财产是资本家的，可资本家也不会不珍惜这价值一两亿的钻井平台呀！"那……井台怎么办？"他的眼睛盯着比自己年轻的船长。

"船嘛，当然是交给上帝了！"船长一脸轻松地回答道，好像井台与他毫无关系。

"美国和西方的石油公司都是股份制，他们的设备也都是投了保险的，一旦井台发生沉没事故，其损失完全由保险公司承担，业主根本不用担心什么。"翻译悄悄向秦文彩解释道。

原来如此！可……可我们一直奉行的是"人在，设备在"啊！结果一旦遇上不可抵御的自然灾害时，通常人也没保住，设备更不用说了，统统去见上帝了……中国和西方在经营制度与管理理念上的差异，真可谓天壤之别啊！

"过去我们从不提以人为本的思想,其实从这一次夜访西方石油公司的船长后,我的脑海里深深地烙上了搞石油尤其是搞海上石油,必须坚持以人为本的思想。"我在采访秦文彩时,老部长反复讲了这句话。他也一再感叹如今党中央以人为本的治国理念之英明正确。

墨西哥湾的那晚,船长见秦文彩对西方海上勘探的这种"三方责任"管理模式特别感兴趣,便进而介绍道:他们所属的钻井公司,作为一个专门从事钻井作业的承包商,主要为石油公司提供钻井作业服务。至于其他相关作业的支持保障,则由多家不同的专业承包公司来完成。合同是唯一联结各个专业服务公司的纽带。这其中,合同就是法则,就是作业的最高指令、管理目标与实施标准。效益则是石油公司以及相关专业承包商追求的终极目标。

原来如此!秦文彩猛然感到多年来在石油勘探和管理上一些经常无法解决的症结,在墨西哥湾的海洋上一下找到了"药方"!

这就是资本主义的先进管理机制?这样的管理机制为什么不能为我社会主义事业服务呢?难道先进的东西不属于全人类的文明范畴?秦文彩的脑子乱成一团麻……

"我们的井是石油公司投资的,钻井船和钻井队是承包商雇来的。不仅如此,钻井工程设计、技术服务、海上配餐,都有不同的承包商。我们的石油公司和承包商签订严格的合同,承包商要是没有履行合同,业主都可拒付承包费或处罚承包商。因此,承包商都会千方百计按时保质做好工作,不用你催促和一遍遍地检查，他们不敢怠慢，怠慢了就是自己砸自己的饭碗！"船长娓娓道来。秦文彩听得如痴如醉，有时甚至不敢相信此刻双脚踏在墨西哥海湾的钻井台上。在中国石油战线工作了许多年，尤其是在油开组任职的那些年里，秦文彩对中国石油开发与勘探过程及管理方法了如指掌，中国的以生产调度为中心、以石油钻井为龙头的习惯做法，早已作为一种传统，成为不可动摇的工作制度。而这一天一个西方世界的石油钻井船船长的话，让他内心卷起了滔天巨浪——太不可思议了！大千世界，路路通天堂，可抵达的方式则完全不一样啊！

邓小平同志在科学大会上说的"认识落后，才能去改变落后。学习先进，才有可能赶超先进"，是不是我们这次出国访美就是一次有针对性的实践？秦文彩心头的疑团渐渐有些明朗起来……难怪中央对中国石油公司代表团访美如此重视！李先念同志一再指示说："应派懂得的同志去，学点真东西！"

墨西哥湾的一夜飓风带来的意外收获可是代表团正常安排中无法看到、听到和学得到的。美国石油公司经营海洋石油开发的理念、模式、体制……对秦文彩这位日后执掌中国海洋石油工业船舵的"中海油"老总来说，意义可谓太大了！

……

## 2. 谈判一波三折

"当！当！当……"北京长安街电报大楼上的钟声，这一天敲得格外清脆和洪亮。告别具有划时代意义的 1978 年的中国人民，突然发现扑面而来的新一年的阳光和空气是那样温暖与清新。

紧张战斗在对外开放第一线的秦文彩和张文彬等石油部的同志，自然是备受鼓舞的，是中央给了他们最有力的支持，他们已经预感到新一年的中国海洋石油事业将有伟大的突破。此时，秦文彩也被任命为石油部副部长兼外事局局长，与张文彬等一起领导和主持我国石油行业对外开放事宜。

经过为期半年多的学习与考察，中国石油人已经基本了解和掌握了当时国际海洋石油勘探开发的相关合作形式，接下去要做的是先期合作项目——物探工作的合作意向书签约。

按照中国政府和石油部确定的对外合作方针，凡是想在中国获得海洋石油开发项目的外国公司，必须首先获得在中国规定的海域进行物探的项目。因为物探既是海洋石油勘探与开发的技术先行，更关键的是中国政府有言在先：所有外国公司只有在取得物探成果后，才有可能进入下一步的实质性海洋油田开发。这成为外国公司叩开中国海洋石油开发权的"敲门砖"，谁拿到了"敲门砖"，谁才有可能踏进中国海底石油世界。

但是，以为对外开放就是把国门轻轻地一开就可以高枕无忧，那未免太天真和幼稚了。

"从某种意义上讲，对外开放，尤其是它的进程，其实比自力更生所经历的还要复杂和艰巨得多。"经历中国对外开放初期的秦文彩体会深切。

"第一次看外国公司拿来的合同文本时，简直不能多看一眼，多看一眼，你就会发蒙……他们的条款搞得太细太细，如果你没有按条款规定的去办，就得罚你款。外国人的思维模式与我们很不一样，而且国际公司的合同条款文本，有时一个很小的具体事宜，他们也会拿出一本厚厚的文本，少则几十页，多则几百页，甚至上千页，别说通篇看完，就是让你看几页，也非得把你整头痛了不可。可你还必须一个字一个字地看，而且必须看明白，如果稍稍疏忽一下，你可能就掉进不知有多深的陷阱里了……研究合同文本，是我感觉最头痛的事，但这又是对外合作中最重要的一件事，丝毫马虎不得。"秦文彩深有感触地向我吐露了十余年主持中国石油对外合作过程中最苦恼、最劳神的一项工作。

"可以这样说，海洋石油开发中的对外合作，比任何中外合作项目都具有挑战性，因为除了双方利益外，我们头顶上还悬着一把利剑，它便是国家的主权问题。"秦文彩说，为这，他和康世恩、张文彬等中国石油人，在改革开放初期不知被多少人骂作"卖国贼"，然而因为中国共产党人的高度组织纪律性和党性原则在心中，他和同事们又为了不做"卖国贼"而不得不一次次地忍辱负重、义无反顾地捍卫国家和民族的利益，与诸多外国公司展开无数艰苦而不懈的谈判与较量。这种谈判桌上、桌下的较量，有时甚至比战场上的厮杀还残酷。"欲哭无泪，生不如死的滋味都尝遍了！"秦文彩坦言。

"但在国家的尊严和民族利益面前，你个人的委屈和无奈又算得了什么？你还得平静下来，调整好心态，捂住伤口，舔干血迹，重新振作精神，再去战斗和拼搏，甚至有时需要违心地去执行……"这就是秦文彩等第一批从事中国海洋石油对外开放工作者所练就的品质与人格。

外交家的智慧，石油人的豪气，中国人的热情，在对外工作中，你得发挥到淋漓尽致，越发挥到极致，你越能收获尊重与喜悦。

进入第一轮合作开发的国家是法国和日本，中国政府之所以选择这两个国家，在当时既有业务上的考量，更有政治上的考虑。在西方世界的对华事务中，法国一直与我国保持良好关系，在中华人民共和国成立之初，便与我国建立了友好的外交关系。与邻国日本的关系则要复杂得多，但在我国改革开放初期，以田中角荣为首相的新一代日本政要顺应世界历史潮流，于1978年同我国缔结了《中日友好条约》。这一具有深远历史意义的友好条约，为中日两国间的经济合作扫清了障碍。

当中国海上吹起强劲的开放东风之后，资源严重依赖进口，又一向看好中国海底石油资源的日本政府，听说中国正在与西方各国开展大规模的海上油田合作开发后，实在坐不住了。时任首相的大平正芳亲自出面，通过日中友好议员联盟会长滨野清吾于1979年6月访华时传话给中国最高层，希望尽快就日中共同开发渤海湾石油事宜正式签约。其实中日就合作开发海上石油的事宜在这之前已经有过多次讨论，从1978年开始的一年多时间里，日方曾派过八个代表团到中国与秦文彩他们进行谈判，并达成初步协议。最后形成的协议内容也是非常可观的，中国将渤海湾地区的渤南一带海面划给日本石油公司进行物探并许可随后参与招标开发，日本方面最终也同意拿出五亿美金作为开发投资。

渤海湾的石油开发项目一直在紧张的谈判之中。而关注这一进程的不止两国间的石油公司，两国高层领导同样十分关注，尤其是日本方面，合同文本很快经执政党——自民党掌控多数席位的议会通过。双方希望正式合同文本的签订时间，放在华国锋1980年5月访日期间。

1980年5月，中国石油公司代表团在李景新、赵声振、钟一鸣的带领下，先于华国锋的国事访问之前到达了东京，就两国原先达成的合作协议的一些细节做最后的敲定。代表团到东京后，几乎每天向北京汇报。秦文彩等随时把握着大方向，坐镇总指挥的是国务院副总理康世恩。

华国锋已经启程，这是中日两国之间中方最高领导人的一次历史性访问。中国石油公司代表团兴奋而激动，日本方面的石油公司也异常欢欣鼓舞，历经两年多谈判的两国海洋石油合作是象征中日友好的重要项目之一，现在只等两国领导人的签字仪式了。可就在这时，北京方面突然向中国石油公司代表团发去一份急电，上面共八个字："中止谈判，马上回国。"

这是怎么回事？当电文放到李景新、赵声振和钟一鸣手上的时候，他们简直惊呆了："这……这不是开国际玩笑吗？"

"什么事都与日本方面谈妥了，现在突然要中止谈判，怎么向人家交代啊？"代表团中有人发牢骚了。李景新、赵声振和钟一鸣也异常伤感地互相看着，不知所措。

"马上给北京打电话，问问到底怎么回事！看看还有没有回旋的余地……"有人说。

一会儿，赵声振耷拉个头，有气无力地回来告诉大家："北京方面说，一两句话说不清，让我们回去再说。"

一份重要的协议被突然取消，不仅震动了中日两国石油界的谈判人士，也同样震动了两国政界。

回到北京的第一件事，就是打听到底为了什么！

秦文彩告诉他们："事是我汇报的，决定是康世恩副总理拿的。"

为什么？于是秦文彩不得不把前因后果向他们解释清楚。

原来，在同日本谈判的同时，秦文彩正在主持同法国道达尔公司的谈判。几乎是在李景新他们在东京与日本方面达成最终协议的同时，作为中法谈判的首席代表，秦文彩也正在细细地看着中法石油开发协议的最后文本……

协议文本太厚了，足有上百页，密密麻麻的。秦文彩拿在手上的第一感觉就仿佛自己的心头一下压上了一块大石头，特别沉，特别闷。作为主管海洋石油对外合作的石油部副部长兼外事局局长的他，深感责任重大。已经戒烟的秦文彩，为了这些难嚼的协议文本，不得不重新当起"烟鬼"……在烟雾缭绕中，翻着一页又一页合同文本的秦文彩，一双浓眉越来越紧锁起来：这个协议，我们中方的风险太大了！这样的合作，我们不知要损失多少呀！秦文彩越看越觉得合同文本里面的"名堂"太多！一句话：中国吃亏的地方太多！

不能签这样的合同！强烈的责任感和使命感，涌上这位老战士的心头。

"秦先生，你是不是有些不舒服？"法国道达尔公司首席谈判代表戴尔先生见烟雾中谈判对手的表情越来越严肃，便悄声问道。

"我是看了这个合同文本后感到不舒服。"一向彬彬有礼、时而也会锋芒闪现的秦文彩直言道。

戴尔先生一惊，说："这个合同文本是经我们双方多轮谈判后形成的共识，我看不出什么问题。我们应该可以在上面正式签字了。"

秦文彩抬起炯炯有神的双眼看着对手，掷地有声地说："这确实是我们经历艰苦谈判得出的共识，但我认为合同文本里面的经济条款，还值得认真研究。"

"什么，还要研究？"戴尔先生差点跳起来，他在原地连转了几个圈。

秦文彩点点头,说:"是的,我们中国人许多事情还不十分有经验,研究研究是必需的。"然后他站起身,拿起合同文本出了门,又回过身向戴尔说了声,"不过,戴尔先生别着急,我们会研究出结果的,请耐心一点。"

"我够耐心的了!"戴尔心头恨恨道。

秦文彩离开戴尔,回到家匆匆吃了一点晚饭,然后夹着合同文本,直奔秦老胡同的康世恩家。

"来啦!坐坐。"刚吃过晚饭的康世恩一见自己的亲密部下,便指指身边的沙发。都坐下后,康世恩瞅了瞅秦文彩,说:"怎么今天的气色有些不太对劲?那个法国人是不好对付的谈判对手?"

秦文彩皱着眉头,没有说话。康世恩似乎意识到什么,便对家人说:"搬两把椅子,我跟文彩到院子里坐坐。"

院子里有凉风,比起屋里多了一丝凉爽。秦文彩迫不及待地向康世恩汇报道:"我越发觉得与法国人谈判的工业合作模式,必须重新进行思考。前几天,我们几个人交换了一下意见,韦布仁和唐昌旭等同志也是同样的意见,都认为这种工业合作方式对我们不利!"

"为什么?"康世恩的眼睛一下瞪圆了。

"再谈下去,我们可能吃亏,吃不少亏。"秦文彩说。

"说,细细说一说。"康世恩知道,与法国进行的工业合作模式,是参考了国外海上石油开发的做法的,而且中法之间的谈判也有一年多了,秦文彩他们在最后时刻提出这个问题,一定非常关键。他认真地听着秦文彩所说的每一个字:

"今天我在谈判桌上,反复看了他们起草的合同文本中的经济条款。对他们来说,依据这种经济条款,没有任何风险可以承担。他们只提供装备、技术、贷款、专家以及技术服务。不管其勘探前景、效果如何,找不找得到油,他们都没有任何损失。可我们还必须按合同规定偿还给他们的贷款、利息及装备、技术和服务等等全部费用。这种结果,等于他们所谓的投入就是毫无风险的嘛!"

"等等,你再给我说一遍!"一边听着一边抽烟的康世恩被秦文彩泉涌般的话语触动了,触动到一个很深的问题当中了——同外国的石油合作项目,是不是都存在同样的问题?

秦文彩见老部长完全理解了他的意思,便擦了擦已经淌到脖子的汗珠子,又将要害问题说了一遍。

"原来如此!"康世恩从椅子上站了起来,闪着锐利的目光问秦文彩:"日本的总承包合同是否也存在同样的问题?"

秦文彩点点头:"问题基本差不多,我看过同日本合作的协议文本。一句话:无论是法国人还是日本人,他们都是旱涝保收,我们呢,如果碰巧找到了油田的话,还有可能获得收益,但如果没有找到油的话,外国公司便会在投资完成后,把专家一撤,拍拍屁股走了。可到那个时候,我们还能往下做些什么呢?弄不好等于白忙了几年,啥事都得从头做起!"

康世恩听罢,快速地在小院子里来回走动着,思考着……突然,他停下步伐,右手在空中用力一挥,命令道:"中止谈判!立即中止!"

这一天晚上,北京六铺炕的石油部办公会议室的灯光一直亮到深夜。关于中外合作谈判相关事务的紧急会议正在这里召开，康世恩副总理与宋振明、张文彬、秦文彩、邹明等石油部领导经过紧急磋商后，正式做出一项关键性决策：中止正在进行中的海洋石油中外合作模式的谈判，重新选择最佳合作方式。

这一夜，东京收到的紧急电文就是这样产生的。

秦文彩在第二天再次来到法国道达尔公司的谈判代表团所住的北京饭店。

上午 10 时许，焦急等待了一夜的法国代表团戴尔一行刚刚落座，便向桌子对面板着身子坐着的对手秦文彩来了个软中带硬的先声夺人："秦先生，想必经过一夜的研究，今天我们就可以草签合同文本了吧？"见秦文彩不动声色，戴尔进而道："我们的谈判时间已经不短了，来帮助中国发展海洋石油事业的道达尔公司，是非常真诚地希望能够早日展开实质性的野外工作，所以请阁下充分理解我方的一片诚意。"

戴尔说完，打开协议文本，便要往秦文彩这边推。"等等！"秦文彩伸出右手，轻轻将协议文本挡在了谈判桌中间，说："尊敬的阁下，十分抱歉，对于贵方起草的合同文本中有关经济条款与工业合作的方式，我们中方经过进一步的研究认为不能接受。为此，我郑重地告诉阁下和代表团的先生们、女士们：按照现在的合同文本再继续谈判，已经没有必要了，我们不可能签字。"

"什么？秦先生，你在说什么？你们懂不懂……"戴尔显然被突如其来的结果搞晕了,本想说:"你们中国人到底懂不懂国际商务谈判的游戏规则?"可最后还是强忍着把这话咽了回去,但他无法接受秦文彩的通告,于是拿出咄咄逼人的腔调道:"秦先生,我们的文本内容,是经过双方多次谈判的结果,这并不是我们单方所强迫的,是这样吗?"

秦文彩点点头,先示意恼怒的戴尔坐下,然后说:"这一点我并不否认。但尊敬的戴尔先生,我想阁下很清楚一点:既然它是谈判所得出的结果,那么只要双方还没有正式签字之前,是不是双方仍然可以提出自己的意见和想法?嗯,阁下您说呢?"

戴尔被秦文彩彬彬有礼的回应给问愣了:"嗯,秦先生说得没错,协议没有正式签订之前,谁都可以发表建议和意见。"

"那好,我们中方正是基于这一点,所以提出了我刚才向阁下通告的意见。"这时秦文彩语气已经很平和了,他甚至微笑地看着戴尔,看着法国所有代表团成员。

秦文彩的微笑和眼神是真诚的,也充满了友好。

然而戴尔仍然无法接受,如同蒙受了奇耻大辱,突然从包里拿出一大摞笔记本和资料,高声冲秦文彩说:"这是我们一次次谈判的记录和证据!你们中国人说话还算不算数?啊,算不算数?"

屋子里的气氛顿时紧张起来。所有人的目光都投向秦文彩……只见"国"字脸、板寸头的秦文彩,微微动了下身子,继而又泰山般地坐定在椅子上,一只右手伸向桌上的茶杯。"嘭"的一声,这声音不大不小,却让全场的谈判成员多少有些心惊肉跳。

"谈判就是谈判，是一个双方不断取得共识的过程。在没有正式签约之前，所有的文本和意见，都不具备法律效力，难道颇有国际谈判经验的戴尔先生不懂得这一点吗？我在此可以郑重地代表中国石油公司代表团告诉所有法国朋友，一旦在协约上签字，我们中国人是一定会信守合同的！"秦文彩的话掷地有声。

"可我们的工业合作模式，在世界许多地方都取得了成功，如非洲、中东等地方，我们的这种合作都是双方满意的。"戴尔已经变得不再那么恼怒了，但他仍然力图挽回些什么。

"中国就是中国，我们是一个年产亿吨的石油大国，我们不是非洲，也不是中东。"秦文彩不卑不亢地回应道。

中法谈判与中日谈判一样，都在同一时间被暂时中止。这两波近乎重启的谈判历程，让外国诸多石油公司对刚刚开启对外开放的中国有了一个新的认识，同时也对秦文彩等一批从枪林弹雨中走过来的中国石油工业领导人多了一份敬畏。

不过，中国海洋石油的对外开放是走在了整个中国对外开放前列的，因而它在总设计师邓小平的统一领导下，并没有停止脚步，相反走得更快、更稳健了。与法国和日本的海上石油合作，后来经过康世恩和张文彬、秦文彩等人战略与战术上的调整后，采用了分阶段勘探开发的风险合同，简单地说，就是合作双方共同承担风险责任，获利后按比例分配。这一方案最终在中法、中日之间达成共识。

中国和法国道达尔的协议正式签订之前，日本方面得知消息后，强烈要求中日合作协议必须"第一个"签订。

"日本方面很讲究'头彩'，所以他们提出这样的请求。"外事部门来向秦文彩报告。

这些日本人！秦文彩心里在笑，可毕竟人家日本与中国的合作项目投资要比法国大得多，人家提出要获"头彩"也可以理解。怎么办？与法国签协议的事已经通报给道达尔方面了，总不能让人家难堪吧？

外交方面的事就是这么麻烦！石油部有关方面的办事人员感到一筹莫展。

这样吧，我们选择好同一天时间，在北京和东京同时签字，他们两个都是"第一"！秦文彩出了高招。

OK！法国人和日本人听了都很高兴，由衷地敬佩中国人的智慧及处事艺术。

当中国石油公司代表团分别将中法、中日海上石油合作项目的两份合同文本送达秦文彩手中时，这位老八路抚摸着两份厚厚的国际合作协议书，浮想联翩……多少个日日夜夜，多少人为之呕心沥血，多少次谈判回合，秦文彩记不清了，他所想到的是辽阔的中国大海上即将掀起对外合作的惊天巨浪，这巨浪将影响中国的现代化进程，影响世界石油市场甚至全球经济态势……

## 3. "渤海论证会"

一心一意想为国家石油事业杀出一条对外合作之路的秦文彩他们,无论如何也想不到,他们呕心沥血、赤胆忠心地干了几年对外合作工作,竟然一夜之间被骂成是"彻头彻尾的卖国主义行为",这种否定渐渐演变成对整个石油部的工作及中国对外开放的全面质疑。真是山雨欲来风满楼,一时间,石油部上空黑云阵阵,弄得正在跟外国人谈判的外事人员都像做了什么亏心事似的不敢昂首走路。

"石油部臭!"

"石油部出了一批吸血鬼!"

"石油部的人不把人民的血汗钱当回事!"

"石油部里有卖国贼!"

这样的骂声,秦文彩和石油部的人经常能在街头和公共汽车站台上听到。那时"小道消息"不比现在的手机信息传播慢,一个根本没影的事儿,用不了半天一宿,便传遍了京城,也很快传到了天南海北。

我也是那个年代成长起来的人，对那段历史条件下中国社会的种种情况大致了解。关于对外开放究竟是爱国主义还是卖国主义的争议和交锋，其实是当时中国两种观念、两种思潮激烈斗争的一种表现。它不仅仅是人民内部观念与思潮的交锋，中间也掺杂着"四人帮"残余势力的恶意攻击及"两个凡是"的持续影响。秦文彩他们面临的这场斗争，首先是来势凶猛，其次是铺天盖地，再次是里应外合，大有彻底扼杀党中央制定的对外开放决策之势。

小丑和英雄，全都在这场交锋中展露了自己的真相，一批自以为是的"正义捍卫者"也跟着凑热闹，欲在其中捞一把政治资本。然而真金不怕火炼，真卖国贼与假卖国贼在这次交锋中都是最精彩的表演者。

事件的导火线是美国纽约的一份中文报纸——《华侨日报》1980年1月25日的一篇文章，作者署名"魏宗国"（"卫中国"的谐音），发表时间在秦文彩他们与日本、法国和美国石油公司签订合作协议几个月前。

文章一上来就充满火药味，"魏宗国"出于对"卖国主义者的强烈义愤"，对石油部主持签订的中日两国之间石油合作合同进行了"剖析"，认为：中日合作勘探开发渤海石油的协议中，中方和日方的报酬比例为1∶1.35；而国外的合同资源国和外国投资者的分成比例一般是4∶1。显然，这么大的反差，说明了中国石油部和一些官员在与日本人"做着不可见人的勾当"。文章还以"事实"说明：合同签订不到几十天，日本人已将其投资的七亿美元连本带利赚回来了！"魏宗国"据此预言，中国与日本的合作，将使中国在"十五年的合同期内，损失一千亿美元"。

这还了得！当时中国人的生活水平非常低，整个国家的国民生产总值才多少？一千亿美元的概念，在大家的心目中，是个不可思议的数字。

这时候，中科院有一位女士，借着自己的工作便利，当她读到"魏宗国"的文章后，出于"爱国主义"的强烈责任感，大有拍案而起的勇气，立即将自己的一腔"爱国热血"，倾洒在笔端——她以万字檄文，向中央领导反映石油部的"卖国主义行径"和"铁的事实"。信发出的时候，还附了《华侨日报》"魏宗国"的那篇文章。

什么是检验真理的标准？"两个凡是"还要不要？改革开放到底是爱国主义还是卖国主义？什么是社会主义？社会主义能不能搞市场经济？与外国资本家合作做生意到底是什么性质的经济形式？……关于这一系列问题，在当时的中国，我们可以听到各种不同的声音，这些声音尽管十分嘈杂，但它对刚刚从封闭和饱受政治压制环境下解放出来的各界人士，都会产生不同的影响。

对"魏宗国"和中科院那位女士的"爱国主义"行为，呼应的人很多，"卖国主义者"被无情地"暴露在光天化日之下"。秦文彩、张文彬，当然还有康世恩，他们都是被人骂为"卖国贼"的代表人物。整个石油部仿佛也成了被"资本主义和帝国主义俘虏"了的阵营。

中科院那位女士的信一直到了中共最高层手里，最后到了邓小平的办公桌上——谁也不敢轻易放掉石油部那么大的一个"卖国集团"。

这回轮到邓小平沉思了：是啊，这一阵子社会上对于改革开放说三道四，讲什么的都有，其中在利用外资和对外开放问题上暴露出的是爱国主义还是卖国主义的争论，异常激烈。什么是爱国主义？什么是卖国主义？什么是真爱国主义，什么又是假爱国主义真卖国主义呢？所有这些问题一定要让我们的人民认识和了解清楚！在搞清楚这些问题时，要防止"左"的东西，同时还要防止"右"的，总之，讲改革开放、解放思想，都要从实际出发，实事求是。

小平同志静静地坐在办公室的沙发上，将那封信和"魏宗国"的文章搁在一边，开始了思忖……许久之后，他拿起一支红芯铅笔，在信的上端重重写下一行批示——秋里、谷牧同志：请你们约集一批专家，好好论证一下。

那一段时间，余秋里心情非常不好，但是在外面、在工作场合，余秋里仍然保持着副总理和老将军应有的风度。他冷静地应对着眼前的艰巨任务，思考着风雨飘摇的海洋石油对外开放之航程。他相信自己的老部下康世恩、张文彬和秦文彩他们不会做出不利于国家和民族的事，更相信广大石油工人和石油部的干部们是经得起考验的。

"文彩，你们要认真准备，做好汇报，阐述你们的意见、观点。因为这个问题很敏感。有人骂我们是'宁赠友邦，勿予家奴'。我们要认真研究，要自己心中有底，看看对在什么地方,错在什么地方。还有哪些地方有问题,一点也不能马虎和含糊。"余秋里很快把秦文彩叫到能源委的办公室,及时做了布置和交代。

一起参加谈话的还有能源委副主任杨波同志。他补充道:"这次证论,来头不小,你们要充分重视。到时候,要讲出为什么要对外合作,那些项目是怎样批准的,都要讲清楚!"

"是!"秦文彩坚定地向两位领导保证道,"回去马上着手准备,一定全力应对这次大辩论、大论证。"

"文彩啊,这一段时间你的担子比较重,一方面要有充分的思想准备迎接各种风雨和挑战,另一方面该做的事情也不能因此耽误,四个现代化的步伐是不会停止的,相反会加速前进,所以我们石油战线不能拖国家的后腿,你要和同志们多吃点苦了!"余秋里与秦文彩握手道别。

离开余秋里和杨波后,秦文彩便回到石油部,及时向党组做了汇报,随后立即组织参与中日谈判的有关人员李景新、赵声振、钟一鸣和邹明、李秉铨以及外事局主管条法合同的尤德华、唐昌旭、孙淑君等同志开了一个紧急磋商会,在传达中央领导批示的同时,布置了相应的论证准备工作。

1981年3月23日,一场声势浩大、阵容豪华、气氛异常严肃的论证会,在北京六铺炕的石油部大楼五层会议室如期举行。

所有疑惑都会在客观的和铁的事实面前获得解释。

前面说到,此次论证会的阵容之豪华是空前的,原因有二:一是参加的单位多,除了石油部,还有中国科学院、中国社会科学院、国家计委、国家经委、国家科委、全国人大法工委、中共中央书记处研究室、地质部、财政部、外贸部、外交部、国家海洋局、中国银行、中国贸促会、中国地质学会、中国地球物理学会以及新华社、人民日报、光明日报等24个国家部委及主流媒体单位参加；二是邀请了近百名国内顶级的专家，主要是从事石油和地质及经济、法律工作的专家。

第一天的会议开始。随即，身兼能源委主任的余秋里副总理做了简短讲话——因为此刻的余秋里虽为国务院副总理，其实论战的另一方早已私下里把他定位成了"怂恿和指使石油部进行卖国行为的总后台"的角色。

余秋里作为国务院领导，他的开场白说得非常有力。他说："勘探开发海上石油，是中国石油工业发展的一项重要战略，是党中央和国务院的决策，中央对此极为重视。这次论证会，应在经济、技术方面充分论证，解放思想，实事求是，研究新情况，解决新问题，目的是搞好我国海上石油勘探开发的整体工作。"

秦文彩注意到，本来火药味就很浓的会议现场，一下又显得更加凝重与沉闷。令他感到有些不舒服的是，那个写信告到邓小平那儿去的女士，今天显得十分得意，眼睛不时地在现场寻觅着什么。而新闻单位的一些记者仿佛也把她当作了"英雄"，不时地走过去与她交流并交换联系的电话号码。"沉住气，现在我们是'被告'呢！"秦文彩暗暗告诫自己。当他把这种告诫的目光传递给坐在自己身边的赵声振、钟一鸣等人时，反倒觉得有些好笑了：因为秦文彩看到赵声振、钟一鸣他们个个比自己更加正襟危坐、神情严肃,还真有点"被告"的样子。

"哎,用不着这样,我们是庄严陈述的!没什么了不起。"秦文彩胳膊和目光并用,给自己的战友们送去力量。

他看到赵声振、钟一鸣等人的脸上露出一丝宽慰和充满必胜信念的微笑。

杨波接过余秋里的话,就此次论证会的缘起和必要性,以及整个论证会的议程做了大致的安排和说明:会议可长可短,一个目的——各方畅所欲言,把各自想了解和表达的都说出来,论辩双方都要本着对国家、对人民高度负责的态度把会议开好。

"大会发言现在开始,首先我们请石油部副部长、主管海洋石油对外工作的秦文彩同志就石油部对外合作的相关问题发言。"秦文彩听到会议主持人在点自己的名了。

这是预先就知道的事。作为主要"被告",秦文彩必须首先要代表石油部做一个总体的发言。而他的发言,是经几位从事对外合作的同志共同起草完成的,当然也是经过石油部党组主要负责人审阅并同意的。尽管如此,秦文彩知道,这一次发言意义非同寻常,既要回答骂他们"卖国贼"的那些人的问题,更重要的是要用事实来回答党中央和邓小平同志主张的中国石油对外开放的决策的正确性,证明已经做的工作是完全符合国家利益、人民利益的,是与国际海洋石油开发的通用法则接轨的。秦文彩深知自己肩上的责任。

"现在,我代表石油部发言。"秦文彩从座位上站起来,一开口的这十个字,说得简洁又掷地有声。当时在许多人眼里,石油部出了大问题，但秦文彩现在要通过自己光明磊落、气吞山河的雄辩和客观事实来展现人民共和国石油部的真实形象。

"……中国海洋石油的对外合作，对中国主权没有任何损害。合同区块划分大小，都是由我们主权国来决定的。合作区块的主权永远属于我们中国！"秦文彩发言最前面的一段话，回答的是关于与外国石油公司合作勘探开发的区块主权问题。这是针对那些把石油部按照区块划分同合作国石油公司进行勘探开发说成是"出卖主权"的说法的正面回应。

之后，秦文彩从八个方面，就中方与外国公司合作勘探开发海上石油是否吃亏、合同主要内容和具体操作等问题，做了详细的阐述。他的长篇发言，简单地归结为：

一、勘探期内，不论有无商业性油田发现，全部勘探费用由日方（或其他外方）独自承担。

这么好的买卖有什么错？会场上，有人已经开始在私下里讨论和交换意见了。

二、双方投资购置、建造而形成的固定资产，最终归中方所有。

那是用人家的钱建起来的东西，肯定还是比较先进的设备和装备，我们少花钱就能得到它，这是一桩便宜买卖嘛！有人轻轻拍手叫好。

三、油田从开始商业性生产之日起，无论成本高低，也不管盈利多少，首先提取年产原油的42.5%作为中方固定留成。

这一条得细细研究，42.5%是多还是少呢？听听再说。

四、所发现的油田建成并进行商业性生产的两年中，中方可以接管操作权，操作费按年产量的15%由中方包干。

一旦发现了油田，就把操作权拿回来，这很重要。

五、油田在投产后的十五年内，日方可获得年产原油的4.8%作为投资回报。

十五年？4.8%？是多还是少了？不过，人家花了好几个亿的美金来帮我们勘探开发，风险是很大的。如果没有发现油田，所有投资都得扔在海里。找到油田让人家获得一定的回报这很正常，而且人家来投资本身就冲着要赚点钱、占些小便宜！我看这条没问题！

六、回收双方的投资和利息，其年额度不能超过年产原油的37.7%。

这又是一个什么概念？噢，就是用原油来抵偿投资方的投资与利息，可以嘛！我们就是因为国家穷，没钱，才找人家来合作嘛！国际惯例应该是多少？听听，听完再问问。

七、合同期内，每个油田的累计采出量，不得超过整个油田储量的85%；其余的15%归中方所有。

这条规定好。如果合同偿还期的十五年内把油田的油都采完了，不等于为别人开发了嘛！留出保底储量是主权的体现。好！不过15%到底是多还是少了？

八、油田建设开发投资，中、日（外方）的投资比例为51%：49%。中方的投资，原则上由日方（外方）提供低息贷款。如中方拥有自有资金，也可以不用日方（外方）贷款。

对嘛！一旦油田建设开始，我们是大股东嘛！中国就是现在穷，穷了你就得让点利给人家。我看这些都是很好的做法嘛！

可不是，这哪像是卖国行为，更没有丧失什么主权嘛！

秦文彩在台上一条条、一句句陈述的时候，台下已经有人不停地窃窃私语。然而，再看看另一方也不含糊，他们一个个不时瞪大眼睛看着秦文彩，不时又拿着笔在纸上"唰唰"地写着，并交头接耳地互相鼓着劲，全力准备着进攻。

"下面，我想用一些具体的数据和事实，来回答《华侨日报》上'魏宗国'一文中提出的那些问题。我要在这里严正声明的是，'魏宗国'的这篇文章中所列举的数据几乎没有一个是符合事实的，我可以负责任地说，他的文章是对我们中国海洋石油对外合作工作的严重歪曲！"

论战正式开始了！当秦文彩阐述完中日两国合作条款的基本内容之后，他稍稍停顿了片刻，目光炯炯地扫了会场一眼，开始了他对《华侨日报》"魏宗国"文章的反驳——

"首先我想指出的是，魏文所说的'日本在十五年内，享有石油出产的42.5%'，是完全不符合事实的。按照合同，一旦找到油田，在原油总产量中，我方享有42.5%的固定留成油，还有15%的操作费包干；而日方只有4.8%的报酬油。至于其余37%的原油，合同中也写得清清楚楚，是中方按照国际市场的价格出售给日方的——特别要说明的是，我们这样做，既得到了国务院的批准，同时又根据国际油价基本上是不断涨价的情况来确定的，所以说它的出售定价，是根据产油时的国际油价来确定的。这既合理，也总体上有利于我们这一方。至于为什么要把37%的原油卖给日方，我们在合同里也非常清楚地写明白了，产生的利润用于偿还我方投资建设和开发油田所需的贷款。一旦偿还完建设投资和利息后,原油销售收入则完全归中方所有。在这一点上,'魏宗国'的文章混淆了基本概念和基本事实。

"其次,魏文中说'中日协议中石油产权的报酬比例,双方几乎高达1:1.35',这完全是没有丝毫根据的无稽之谈。下午,我想请诸位认真看一下我们与日方签订的合同文本,便知真相。在此,我想先向大家说明一下,按中日双方签订的合同规定测算,扣除双方投资的本息及操作后,中方与日方的净收入的比例平均为9:1,如果是发现了高产油田,这个比例可以达到13.9:1;产量低的油田,其比例也可保持在8.1:1的水平上。

"你们问世界其他国家同类的石油合作合同的比例是多少?我可以告诉你们,大约在4:1的水平。也就是说,资源国和投资合作商之间的分成比例一般为4:1。请听清楚了:我们同日方签订的分成比例的平均水平是9:1,高出一倍以上!

"第三个问题是:魏文中讲到的所谓的日方'不到十几天,七亿美元的投资已连本带利全部收回',则更是违背基本事实的。按照合同规定,日方在渤海湾的勘探开发投资远不止七亿美元,且按照现在的合同规定,日方想收回其基本投资最少也得七年,怎么可能在十几天内收回投资呢?魏文的那种说法,不仅完全不符合事实,即使在国际海洋石油合作开发史上也是从没有这种先例的,而且几乎是绝对不可能的事。不知是'魏宗国'先生缺乏这方面的基本常识,还是有意捏造出这样的天方夜谭!

"哈哈哈——"秦文彩听到下面已经有哄笑声了。

突然,他提高声调:"最后我想指出的是,'魏宗国'的文章中说日方在收回投资后,'所得到的将是源源不绝的免费原油供应,是价值千亿美元的石油资源',这更是完全没有根据的。至于所谓的'价值千亿美元的石油资源',一是石油资源永远属于我们资源国国家所有;二是千亿美元的石油资源,意味着我们渤海湾要发现相当于七个大庆油田,或者说会有两个欧洲北海油田的资源量!我和我的同行对渤海湾再乐观的估计,也没有想到可能有七个大庆油田或两个北海油田这样简直是不可思议的伟大发现!"

"哗——"秦文彩结束讲话,台下顿时响起热烈鼓掌。

有几个人的脸色特别难看,其中有那位女士。

"谁对秦文彩同志的发言有异议或问题,可以自由提出来。"杨波清了清嗓子,示意会场安静。他把目光移到以那位女士为代表的"原告"一方。

"我想问:石油部在不同地质部商量的情况下,便同外国公司签订了协议,这样做是否超过了石油部管理的范围?"那位女士已经忍耐不住站了起来,对着秦文彩责问道。

"海洋石油的对外合作,是党中央、国务院的决策,石油部只是作为职能部门在行使自己的工作职责。再说,地质部孙大光部长是知道我们的工作的。"秦文彩站起来回答道。

"你们是不是在搞租让制?"另有人提问。

"不是。"秦文彩回答得干脆,"我们搞的是风险合同。它是一种中外双方平等互利的合作模式。而且,即使在合作区块内，我们中方也保留着打井的权利。"

"南海对外合作，你们有没有同总参商量过？"有人提出一个军事保密问题。

"是的，我们不仅与总参有过多次的沟通与协商，而且国务院在做出相关决定时，总参的同志是参加了会议的。"

"听说外国公司都有一批非常有经验的谈判专家和经济学家，你们都是新手，谈判能不吃亏吗？"

"这位同志提得很对。确实，我们在对外合作中深感自己的经验不足，特别是一些专业的法律和条款问题，有时被搞得头都会痛，但有几点可以保证我们在谈判中少吃亏、不吃亏：一是我们的同志虚心好学，包括我们的副总理康世恩同志，用他言传身教的作风，带领我们从不懂到懂、再到完全能懂并一直到熟练；二是我们为了避免吃亏，尽量地多选择几种方案进行比较，从中选择更有利于我们的最优方案；三是我们也请了第三方有丰富经验的国际专家帮助我们一起工作；第四点最重要，是我们参与对外合作的同志，他们都是石油部百里挑一的好同志，他们对国家、对党、对我们的人民忠心耿耿、勤劳机智，工作一丝不苟，并且不断总结经验教训，十分注意在实践中进取和提高自己的能力，所以到目前为止，我们把与外国公司所签订的合同给国际上著名的石油公司和专家们看后，他们一致认为我们中方不仅没有吃亏，而且应该说是极有利于我们中方的，属上佳或最佳的方案。"

会场上又响起热烈的掌声。

"渤海论证会"，亦称"3·23论证会"，是中国对外开放初期一次规模最大、声势空前、内容广泛的大论战。它涉及主权问题、经济问题、外交问题、军事问题和劳资问题等等方面，几乎涵盖了与外国企业合作经营的所有内容，是一次为中国全面对外开放做先导的理论与实践的大辩论、大交锋和大总结。正如后来秦文彩在向中央财经委领导小组汇报时，中央领导充分肯定的那样：渤海石油勘探开发论证会开得好，很有必要，而且这种由多个部门和众多专家参与的集体论证形式，有利于增进国家大政方针决策的正确性和可操作性。同时，中央再次充分肯定石油部所进行的包括渤海湾在内的海洋石油对外合作项目的进展，总体是好的，对我方是有利的，与外国公司签订的合同没有吃亏。个别合同缺少经验所暴露的不足和缺陷，可以通过其他形式弥补。

让秦文彩和石油人感到特别欣慰的是，中央再次强调我国海上石油开发与外国公司的合作不仅要继续，而且要坚持下去，甚至可以不断扩大范围。让外国公司有利可图理所当然，不应因此束手束脚，只要有利于加速我国海上石油开发，争取到更多的外国资金和技术，有利于我国四个现代化建设的事，石油部可以放手大胆地干。同时，在合作中，可以充分利用我国的人力和资源国的优势，比如在建设服务基地和基地服务工作方面，尽可能不雇用外国人员，由我们自己来做，争取"肥水"不外流。

中央领导十分肯定论证会上专家们提出的关于加速我国对外合作开发海洋石油的立法建议，给秦文彩留下了深刻印象。他深感对外开放的复杂性和广泛性，同时切身体会到什么是现代化，什么是国际化，什么是全球化。

没有驾过船的人，是不可能体味乘风破浪时的那种惬意和兴奋的。没有经历过在大海上脚踩平台、令一节节钻杆飞旋于千米之深的海底的找油生活的人，是无法感知那种破天拓荒的沸腾与激动的。

秦文彩和中国石油人都经历了，经历了从封闭社会迈向全方位开放与合作的新世界的过程。这中间，有好奇，有阵痛，有欢乐，有眼泪，甚至还有愤怒与烦躁、孤独与寂寞，而这都是破除一个旧的体制、旧的思维与观念、旧的行为准则的必要过程。

这就是中国石油人的又一次破天荒。第一次破天荒，是他们在松辽平原上找到了大庆油田，从而结束了中国人民"依赖和使用洋油的时代"。秦文彩他们的这一次破天荒，是用洋人的钱，为我富民强国服务。这是多么自豪和神气的破天荒！它显示的是中国人的民族自尊与主权威力。

天荒，本是凝固的、空旷的、冰冷的、残酷的，甚至就是死亡的代名词。

但秦文彩等一批开拓者们举起的是锐器，在胆识与热血凝聚而成的力量下，将一切凝固的、空旷的、冰冷的、残酷的甚至是死亡的世界，铸造成阳光普照、春意盎然、硕果累累、遍地芬芳、万物充满生机的世界……

# 第五部：

# "小康" 社会的提出

本文主要采写于 2008—2009 年。

# 导　言

　　它是一座东方水城，让世界领略了一个古老民族坚守家园与渴望通达的岁月痕迹；

　　它是一座人间天堂，让人类懂得了向往与追求的遐想之美和用智慧创造的现实之美；

　　它是一种哲学，古典园林的精巧与小桥流水的仙境映射出历史和现代的深刻与朴素；

　　它是一种情调，艳丽的双面绣和舞动的檀香扇伴着悠扬娇柔的评弹，歌唱着融和与致远；

　　它——我的故乡，我的亲人，我的生命，我的诗赋……

# 1."小康"之梦

这个地方原来到处是水,古称"泽国"。后来大海往后退了,长江入海口往东推进,于是泽国变成了沼泽与江湖相嵌的网状式冲积平原。岁月流转,整个环太湖地区,慢慢遍布湿润地区特有的灌木丛林,生长着郁郁葱葱的栎木、杉木、樟木及茂密的竹子与芦草,那树木草丛中出没着各种动物。

原始部落的先民,在这片土地上以渔猎为生,并开始了我国最早的蚕桑生产,创造了著名的良渚文化。

公元前11世纪,商末周兴之际,周太王的公子泰伯和二弟仲雍,为了让位给小弟季历,兄弟二人千里迢迢避居于江南,此举在历史上被称作"奔吴"。当时的环太湖地区,乃是蛮夷之地,泰伯与仲雍带来先进的农耕与建筑技术以及相对优秀的政治文化和新视野,很快成了当地的首领,并建立起了一个部落小国,史称"勾吴",从此开启了吴国的辉煌历史。

岁月悠悠,到了泰伯、仲雍的十九世孙寿梦时,"勾吴"开始渐渐强大起来,并将都城从太湖边的一个小镇搬到了现今的苏州城址。那时的苏州城其实只是一个小城,史称"子城",这也是苏州城的第一个名字。

子城虽小,却上演了一场宫廷政变,即著名的"专诸刺王僚"。当时吴国公子光(阖闾),因不满吴王僚的领导,招募了一名叫专诸的侠客,用事先藏于鱼肚里的利剑刺杀了僚,从而夺得王位。阖闾将中原的先进农业生产技术和农具制造工艺推广到了吴国,使这片东南水乡泽国迅速崛起,成为春秋时代的"五霸"之一。

冶金铸造与丝织产业,这一硬一软,成就了吴国霸业,也孕育了这个地区的文化精髓。今天的苏州人不也是靠这干事的硬气和成事的和气开创了新的历史吗?

钢的坚硬与水的柔性,是苏州人的性格,这二者写就了苏州的历史。

"翻两番,在中国建立一个'小康'社会。这个'小康'社会叫做中国式的现代化。"这就是中国改革开放的总设计师邓小平同志说的话。

邓小平的"小康"之梦是在改革开放初期,当他走出国门,在美国、日本等西方国家看到飞速发展着的当代文明后所萌生的。那时他强烈地感受到了自己国家的落后、人民生活的贫苦,后来的新加坡之行使他有了一个东方式的"小康"概念。然而,中国式的"小康"是什么样的呢?

1978年12月,京西宾馆,中国共产党在这里召开了一次具有划时代意义的会议,即党的十一届三中全会。会上再次向全世界明确地宣告：中国要在 20 世纪末初步实现现代化。

"小平先生，你能说说你们中国所说的要在本世纪末建设成的四个现代化，到底是个什么样子？"次年的一次会晤上，日本首相大平正芳目不转睛地盯着中国改革开放的总设计师，这样问道。

看了一眼日本客人，邓小平没有立即回答，只见他缓缓地点上一支香烟，又想了想，说："我跟你说这么一个事，你们现在有一亿人口，国民生产总值是一万亿美元，所以你们人均国民生产总值就是一万美元。那我们现在，我们的人均国民生产总值是 250 美元。我想，比如说，我们用二十年的时间翻两番，那个时候我们就是人均一千美元，是你们的十分之一，但我们的人口是你们的十倍，这样我们的总量就跟你们现在一样了。"

"是这样。"日本首相轻轻地点点头，又似乎并不太明白。

邓小平似乎看出了对方微妙的表情，道："到那时尽管中国还很穷，人均国民生产总值还很低，但是有了这样的总量，我们就可以做点事了，也可以在世界上做点贡献了。"

大平正芳的两只耳朵竖得直直的，眼睛更是盯着中国的这位巨人不放。

"那么，到那时我们的国民生活水平会达到什么样的程度呢？"小平像在自言自语道，"就是可以吃饱穿暖，我把这个叫'小康'。"说完，小平重重地抽了一口烟，向日本客人笑笑。

时间过去两年多，这个蓝图与梦境成了总设计师心中时刻挂念的治国大纲。

"同志们……这次代表大会将是党的第七次全国代表大会以来的一次最重要的会议。"这次代表大会要审议和确定党为全面开创社会主义现代化建设新局面而奋斗的纲领。

1982年9月初召开的中国共产党第十二次全国代表大会上,邓小平一再这样强调。为了他心中久酿的宏伟蓝图,他向全党同志指出:把马克思主义的普遍真理同我国的具体实际结合起来,走自己的道路,建设有中国特色的社会主义,这就是我们总结长期历史经验得出的基本结论。

"建设有中国特色的社会主义"的理论光辉,从此开始普照中华大地。

新一年的春天来了。春风首先吹绿了江南大地。

苏州美,最美在太湖。20世纪80年代初的太湖像一位刚出阁的少女,妩媚又恬静。八百里浩渺碧波,没有丝毫人为的污染。

那天,邓小平在中共江苏省委书记韩培信和女省长顾秀莲等省领导的陪同下,乘坐一条游船,缓缓地驶向太阳初升的太湖。

戴心思,中共原苏州地委书记,1940年参加革命工作的南下老同志。现年83岁的戴老在医院接受我的采访,谈起1983年春天邓小平来到苏州的情形时,依然带着几分压抑不住的激动。他说:"小平同志一生到苏州有据可查的有两次,一次是20世纪60年代,另一次就是改革开放进入特殊阶段的1983年春天。"

"小平同志来之前,省委书记就打电话给我,让我准备苏州地区的情况汇报。当时我们苏州有八个县,除了现在所管辖的几个县市外,还有江阴、无锡两地。小平同志来了以后,就对省委书记说,他要了解苏州地区的农村情况,陪同他的工作人员告诉省委书记说要听二十分钟的汇报,于是省委书记就将我准备的农村情况材料向小平同志汇报。后来汇报时间过了二十分钟,小平同志说:'你还有什么可以说吗?'这样省委书记又汇报了我们苏州地区学习落实党的'十二大'提出的翻两番的事。对这件事,小平同志似乎一直很关心,在吃饭或其他场合,时不时地问我们对翻两番怎么看。我们告诉他,在苏州翻两番绝对没问题。小平同志问为什么。我们回答:苏州地区从1976年到1982年就实现了全地区工农业生产总值翻一番了。小平同志对这个格外关注,听得特别认真。'五六年时间就翻了一番,你们把这个情况跟我好好说说。'看得出,小平同志对我们苏州在那么短的时间里能够实现翻一番,非常在意,或者说感到有些意外惊喜。"

"我们说没问题是有根据的,因为当时苏州的社队企业发展非常迅速,我们心里有底。"戴老说,"在'十二大'提出翻两番的目标后,当时社会上也有不同看法。有的认为经济底子薄的地方再用近二十年的时间,在世纪末实现翻两番是可能的,因为他们基数低,而像我们苏州地区这样经济总值相对较高的地区有难度。可我们经过讨论和研究的结果是,经济基础较好、基数大的地方反而可能会更好地实现翻两番,理由是:块头大,翻起来更有劲,所以可能好翻番。后来的事实也证明了这一点。"

那次小平同志听了戴心思对翻两番表示没问题后，似乎兴致分外高，便不时地问戴心思："你们靠什么呢？"

戴心思："我们靠一些小企业。"

"我们当时都不敢说社队企业，因为遗毒还在，社会上对我们苏州地区搞乡镇企业有不同看法，有人认为是资本主义的尾巴。"戴老回忆说。

小平同志好像也是第一次听说："小企业？"

戴心思："就是公社和生产队办的一些小企业。"

邓小平："噢，这就是社队企业。"

戴心思："我们苏州靠近上海、无锡，好发展。"

"我们告诉小平同志：在五六十年代，城市有一批下放人员，苏州地区就接收了十万人左右。这些人员与上海、无锡、常州等城市的各个单位都有千丝万缕的联系，靠这些人打通与上海等城市的关系，办些加工企业就比较容易。"

邓小平："那这样做你们花钱多不多？"

戴心思："不多。社队企业就是利用这些人的关系，到上海请师傅来当指导，他们也是利用星期天，我们只要给他们一点小钱，有的就干脆不给钱，师傅们临走时给一点农副产品带回去就算回报了，而且上海人还挺高兴。"

邓小平笑了，说："我在上海住过，上海人喜欢要你们'乡下人'的农副产品。"

"你们的社队企业现在有多大规模？"邓小平问。

戴心思："已经占全地区工业产值50%以上了。"

邓小平用炯炯有神的目光看着他，说："半壁江山了嘛！"

戴心思开心地说："对对，半壁江山了！"

邓小平转而问："你们发展社队企业对农业有影响吗？"

戴心思："发展这些企业不但没有影响农业生产，相反，有很大的支持和促进作用。"

邓小平："为什么？"

戴心思："因为一是我们这里农村剩余劳力较多，办社队企业可以分解一部分剩余劳力。二是办小企业后有了一些资金积累，可以搞水利工程，对社队的一些仓库、道路等等进行改造。而且我们还提倡进社队企业的职工每月拿出十元钱来支援农业。"

"办社队企业积累起来的钱，能够办化肥厂、农具厂。那个时候我们全苏州办了不少这样的厂子，非常有力地支援了农业生产。"戴心思总结说。

邓小平的脸上露出了笑容："好事嘛！"

"我们那时有个口号，叫做'为了农业办工业，办好工业为农业'。办社队企业后，农民获得了更多的收入，而且农业产粮不仅没减少，反而增加了。平常一般年份，我们全苏州上缴粮食在18亿到20亿斤，那些年我们最高时达到了24亿斤。当时的中共四川省委书记来我们苏州参观，我陪他参观我们的一个农具厂，他看后很震惊。小平同志说：'这就是社队办的农具厂？'我说是。这个省委书记回去后，包了一架飞机，将全省的县委书记都拉到我们苏州来参观社队企业。"戴老对那段辉煌历史记忆犹新。

1983年的苏州之行,给中国改革开放总设计师留下了深刻、美好的印象。党的"十二大",他代表中国共产党提出的要在20世纪末把中国建设成现代化社会——即后来的"小康"社会的理想,在苏州找到了印证。

"喂喂,你是苏州戴书记吗?"在小平同志离开苏州没几日后,戴心思书记在办公室突然接到一个从北京打来的电话。那边说:"我是小平同志办公室的,首长要我核实一个数字:你们苏州的农民住房是人均超二十平方米了吗?"

"对的,我们的农民住房面积确实多数实现了人均二十平方米了。"戴心思肯定地回答道。

"好的。谢谢戴书记。"那次通话后不几日,邓小平在北京找来中央分管经济工作的几位领导谈话。

邓小平说:"这次,我经江苏到浙江,再从浙江到上海,一路上看到情况很好,人们喜气洋洋,新房子盖得很多,市场物资丰富,干部信心很足。看来,四个现代化希望很大。到本世纪末实现翻两番,要有全盘的更具体的规划,各个省、自治区、直辖市也都要有自己的具体规划,做到心中有数。落后的地区,如宁夏、青海、甘肃如何搞法,也要做到心中有数。我们要帮助各省、自治区、直辖市解决各自突出的问题,帮他们创造条件,使他们的具体规划能够落到实处。

"现在,苏州市工农业总产值人均接近八百美元。我问江苏的同志,达到这样的水平,社会上是一个什么面貌?发展前景是什么样子?他们说,在这样的水平上,下面这些问题都解决了：第一，人民的吃穿用问题解决了，基本生活有了保障；第二，住房问题解决了，人均达到二十平方米，因为土地不足，向空中发展，小城镇和农村盖二三层楼房的已经不少；第三，就业问题解决了，城镇基本上没有待业劳动者了；第四，人不再外流了，农村的人总想往大城市跑的情况已经改变；第五，中小学教育普及了，教育、文化、体育和其他公共福利事业有能力自己安排了；第六，人们的精神面貌变化了，犯罪行为大大减少。

"江苏从1977年到去年六年时间，工农业总产值翻了一番。照这样下去，再过六年，到1988年可以再翻一番……"

邓小平从苏州人肯定而有力的回答中找到了翻两番的自信：经济条件好、基数比一般地方要高出许多的苏州能够实现翻两番，那么那些基数比较低的地方翻两番应该也不成问题！

邓小平为此非常高兴，回到北京后几次在有关中央领导同志面前讲：他对翻两番已经有充分信心了。1983年6月18日，在出席北京科技政策讨论会回答几位外籍专家关于翻两番的提问时，邓小平笑眯眯地说："我们搞的现代化，是中国式的现代化。我们建设的社会主义，是有中国特色的社会主义。我们主要是根据自己的实际情况和自己的条件，以自力更生为主。我们现在的路子走对了，人民高兴，我们也有信心。我们的政策是不会变的。要变的话，只会变得更好。"

当年邓小平到苏州论说翻两番和他心目中谋划的中国式"小康"社会蓝图一事，一直让苏州人记忆犹新，并且成为一种巨大的精神动力。在我采访的几任苏州市领导中，他们几乎无一例外地用这样的口吻告诉我：苏州能在今天远远地走在全国经济和社会发展的前列，应当感谢小平同志当年在苏州留下的殷切期望。苏州人欣慰地告诉我：到2000年时，全苏州的工农业总产值其实至少翻了四五番。进入21世纪的头八年，他们又再次实现了翻两番，2008年的工农业总产值高达22303.02亿元。

"到2018年，我们苏州的GDP肯定又是翻了几个跟头！"苏州老乡对我说。

## 2."新苏州"的诱惑

苏州之所以能有这样一份成绩单,离不开苏州高新园区和苏州工业园区的建立。在全球经济突飞猛进的今天,如果没有这两个园区的支撑和烘托,狭小而沉静的姑苏城的发展会举步维艰。

自1978年党的十一届三中全会后,中国改革开放的浪潮一浪高过一浪。离苏州不远的浦东开发又算是风起云涌的大浪潮,对苏州的影响和带来的契机也是最大的。

"新苏州"位于现今的苏州古城西翼,正式名字叫"苏州国家高新技术产业开发区"。

"苏州古城风貌自然不能动,但这并不意味着苏州的城区经济不能发展。我们对老城的保护,负有历史的责任。可是在全球化经济形势下,我们应当让古苏州照样腾飞起来。我们应当给古城装上翅膀,有了这个翅膀,苏州腾飞了,古城风貌的保护才能真正成为可能。这个道理要让市民们都知道。"时任市委书记王敏生在常委会上这样说。

苏州人聪明，同时又不保守。市委、市政府的决策很快得到了市民的响应，于是给古城装"翅膀"的宏伟蓝图便开始谋划起来。"翅膀"必定安在两翼，纵观古城南北，一面是傲视天下的常熟，一面是风云正急的吴江。苏州想发展，欲断两县的凤头虎尾，必影响大局。南北方向添翼被否定后，决策者的目光便自然落到了古城的东西两翼——吴县之地。

这片苏州人心目中的理想"新苏州"的建设与开发，始于1990年，正式获得国家批准是1992年，基本上是紧跟上海浦东的脚步走的。"新苏州"最初叫"河西新区"，有点效仿上海"浦东新区"叫法的意思。所谓河西，指的是地理位置，即运河的西边。"河西新区"后来改名为"苏州国家高新技术产业开发区"。这个名字来之不易，因为当时国家对开发区的政策处在紧缩整顿阶段，并明确表示不再批准新设开发区了。

"当时我们把河西新区建设是看做'苏州小特区'来搞的，而且准备大干一番，所以调来了昆山搞自费经济开发区的王金华。"王敏生回忆说。

"你的任务是：用十年时间，再造一个新苏州。"市委书记王敏生说话从来不带狠劲，他的吴语声调总带着苏州人特有的那种柔软，但这回向王金华交代任务时，口气却十分强硬。

王金华对此没动声色。

"具体一点说，市区的工业产值去年是146个亿，你新区十年就要达到这个水平：150亿元。"王敏生说完，眼睛盯着王金华，看看自己的爱将，这位昆山人有什么反应。

通常情况下，苏州人会向领导表示一番惊诧，以便给自己留一些"余地"。但这个王金华没有,他缓缓地抬起眼睛,看了一眼市委书记和一旁的市长章新胜,几秒钟后蹦出一句话:"150亿不稀奇。关键在政策,启动这关要打好……"

王金华站在荒丘上,迎着吹动自己头发的和风,目光转回到眼前的这片土地上,运河边的山与水、田野与村庄……他的胸脯在起伏,思绪在激荡。他感到了那种儿子站在母亲面前的责任和义务,非常强烈的责任和义务。

当时的新区指挥部设在苏州三元一村的一间50年代造的老房子里,好在指挥部只有四个男人,要不会有点麻烦,因为老房子里没有女厕所,只有一个"坑道"式男厕。

没有女人在场,苏州的男人说话也放粗:"别看这里不像啥样,但我们要干的是创全国第一达到世界一流水平。"王金华对自己也对手下的三个拓荒者这么说。

两千万启动资金能创世界一流的大业?有人心里发虚。王金华则泰然置之,他提出新区四大发展战略:开放战略、科技战略、人才战略、繁荣战略。

前面三个战略好理解,可繁荣战略算啥?

苏州新区建设较深圳、浦东等地是晚了,是改革的后来者,更何况,苏州处在中国丰厚的社会经济文化繁荣区内,硬拼硬杀有害而无益。一步到位,走繁荣之路,更有利于与世界文明接轨,所以苏州新区要走"繁荣战略"。

——这是王金华的思路,也是苏州改革走向世界的战略思路。

参与新区筹建的各路人马陆续报到后，王金华做了一次新区开发的动员，他一口气将四大战略的具体内容阐述了个明白：开放战略就是以引进外资为突破口，进而实施全方位的对外开放。产业进步与世界同步，具有国际运作能力才是真正的现代化开放型的经济发展。科技战略的重点是瞄准高新产业，使新区真正成为高新技术成果产业化、商品化、国际化的基地。人才战略，简单一句话就是"能翻多少跟斗，就铺多长的地毯"。目标是造就三支队伍：现代化管理人才队伍、国际化运作人才队伍和科技专业人才队伍。繁荣战略是通过"三产"和其他基础建设，促进新区的快速繁荣，将新区建设成一个现代化的新苏州城区。

为这，沉睡千年的姑苏西郊，那片曾经战马踏蹄的土地开始沸腾了——征地动迁的动员，掀开了太湖之滨的惊天巨浪……

安土重迁的当地百姓，第一次被现代文明的触角所撼动，他们有些不适应，所以也不想听王金华他们讲的那童话般的明天的故事。他们拿起种地的锄头和挑水的扁担，要与那些想让他们搬家的城里人拼死活——宁静的秩序被打乱了，告别的仪式是悲壮的，百姓们有权利与他们不了解的真相做最直接的斗争。

这时王金华来了。

所有目光凝聚到他的身上。

他说话了："搬迁，肯定是没有商量余地的，这是市委的决策，也是全苏州人民未来幸福的需要，没有商量余地。但你们为啥不愿意搬呢？是政策有问题，还是我们工作态度不好？"

闹事的农民说："我们不是有意反对，是你们说话不算数。"

"咋说？"

"你们让我们搬家，可我们搬了之后住哪儿？"

"怪了，不是已经安排你们房子住了吗？"王金华问。

"安置房子青黄不接，还有几套没落实。"相关的负责同志说。

"扯淡！"从部队退伍回乡多年的王金华已经好久没这样骂人了。但骂归骂，问题还是要解决的。于是他说："第一，尚缺的安置房，在年内全部解决，保证家家户户能搬进新房子过年；第二，现在无法安身的几户，全部搬进我们指挥部最好的这个老四合院；第三，因为水灾，老四合院周边还是一片汪洋，抽水、排水的工作全部由管委会来负责。上面哪项工作没到位，你们拿扁担打我耳光！"

"好，有你王主任这话，我们就搬了！"知理通情的老百姓爽快地答应了，他们说相信党和政府。

党和政府没有让他们失望，搬迁工作做得精心细致。

"未来的新区建设得再好，如果不把动迁户的安置做好，那等于零。"王金华把市委、市政府的要求一直挂在嘴边，每一个新区干部心里挂着这样一杆秤：新区建设以人民满意为本。

十五公里长的中环通、大环通在三个月里建好了……"苏州速度"一时在外商中传开。于是，新区的招商开始渐成一股势不可挡的旋风。

狮子山展示着苏州人的气度。那座25层高的金狮大厦象征着新区"激情澎湃岁月"的全面开始。

上海是王金华心目中永远的追逐目标。在昆山时他这样想,到了苏州他还是这样想:苏州要赶上海,但苏州不是上海,苏州是文化之城、历史古城、美丽之城。尤其是虎丘之邻、狮山脚下、太湖之滨的新苏州,它该包孕吴越的文化和太湖的水韵,该体现横塘的文脉和枫桥的辞章,在保持姑苏那份永恒的清新优雅与小桥流水的同时,寻找出东方威尼斯的巴黎风情,雕琢出具有太湖之美的现代化文明新城。总之一句话:新苏州,必须是与古城和谐共处又另显风情的新都市;必须是接连世界最前沿脉络,又能体现东方江南文化元素的国际化都市,还必须是让本土百姓时刻感受到温馨与安全、朝气与生机的家园,同时又让所有异乡新居民落脚生根在这里,有一种忘却一切的归属感。

"城市要有体温。新苏州体现的是我们对这片土地的热忱、情感和创造。"王金华平时话不多,但他的目光和思维却复杂而细腻。王金华充满追求精致的智慧。这也是市委、市政府对新区的要求,更是苏州人民对新区的期待,自然也是那些选择苏州作为发展基地的国内外企业家的兴奋点。

什么叫抓住机遇?众多外资企业纷纷在此筑巢就是最好的解释:从1992年11月"苏州国家高新技术产业开发区"的金牌挂起来那天开始,美国的普强、杜邦,日本的松下、索尼、三菱、富士通、住友,德国的西门子,英国的考陶尔兹,瑞士的罗技、迅达,中国台湾的宏碁、声宝等等世界著名企业纷纷进驻,项目达190个……这仅仅是三四年间的成效。1996年8月,联合国开发计划署高级顾问拉卡卡访问新区,这样盛赞道:"高楼林立的苏州新区有着强大的吸引力,近三百个外资企业项目和企业落户,总投资达三十多亿美元,这在世界上也是极少有的奇迹。你们这里就像一个'小联合国'。"

苏州新区的"小联合国"别称就这样叫开了。

那年春,苏州籍作家陆文夫听说苏州狮子山旁搞了个"新苏州",起初他不大相信,后来他去了。去之后文夫先生大加赞叹,姑苏建城至今2500余年,新苏州建设用了2500天。他脱口而出的一句话,成了经典之语:"2500年风风雨雨造就了一个老苏州,2500个日日夜夜创造了一个新苏州。"

"新苏州"之称一直沿用至今。《文汇报》记者到新区采访,看着太湖之滨这片耸立于山水之间的现代化新城,感慨万千地写下了这样一个标题:"真山真水园中城"。

无论是作家的惊叹,还是记者的描述,它们都给新区的崛起标注了一个共同的特点:速度与精美。

这里是公园还是厂区?是广场还是小区呢?他们被新颖、美妙的"苏式"开发区深深吸引,甚至时常怀疑自己的眼睛。"在这样的地方办企业,获得的将是生命质量与经济效益的双重丰收。"外国企业家们如此评说。

"以绿意造园,是我们新区的一大理念。这既借鉴了欧美风格,又传承了水乡苏州的特质。绿树、绿色多,又充分引入开放式大公园的格局,使得新区每年保证有三百天的绿期。古苏州是以'雨打芭蕉''梧桐知秋''岁寒三友'的千古绝唱达到一种园林文化和古典意境的结合,新区以绿意加园林,从而创造一种'锦绣大地'的气氛和特色。你看我们这里的植物造型是大色块的绿化风格,如海之墨色的雪松林,晚霞一般的红枫林,一片片桂花黄,一片片橘子红,中间镶嵌着来自美洲的美女樱,红、黄、蓝、紫组合成一体,五彩缤纷,远观如万紫千红的花地毯铺就,近看则置身于花木丛中,美不胜收。"新区人一谈起他们的美景,总滔滔不绝。

仅仅几年时间,沉默了数千年的狮子山,从冬眠似的冥寂中刚刚睁开倦眼,转瞬间这里已是天翻地覆……

## 3. 与新加坡人的亲密接触

　　1992年,邓小平南方谈话恰如春风吹拂了美丽的江南水乡和姑苏大地。这个时候,苏州市领导中,又出了两个重要人物——成功的高新区开拓者王金华当然算一个,另一个便是会说一口流利英语的市长章新胜。

　　章新胜到苏州是在1990年,这一年发生了一件大事:中东海湾战争爆发。萨达姆指挥的伊拉克军队举兵入侵邻国科威特,美国的老布什立即命令美军进行了一场摧毁伊拉克军队的"沙漠风暴"行动,曾猖狂一时的伊拉克军队不堪一击,溃败在布什手里。

　　这一仗,对许多小国是个巨大的震撼:强邻虎视眈眈,小国随时可能有被吃掉的危险……这些小国中有一位领袖怀有特别的危机感,他就是新加坡资政李光耀。

　　作为新加坡国父式的人物,李光耀对自己国家的危机感使他在那段日子里有些坐立不安。李光耀对治国有着独特的眼光,他认为新加坡经济虽然已经发展到很高水平,但毕竟是弹丸之地，抵御外力受限太大。面对复杂的国际和周边环境，李光耀认为新加坡必须寻找新的出路，以求立于不败之地。而要增强国力的唯一办法，就是内外并举发展经济，即在国内大力发展经济的同时，还必须走出国门，力求与可靠而友好的大国进行合作，从而走出一条与大国建立"战略合作"关系和将本国事业向外扩展的全新道路。

也就在这个时候，东方醒狮中国正在掀起一场更大的改革开放浪潮。邓小平的南方谈话内容也传到了李光耀的耳朵里。这位带兵出身的熟稔东方文化的新加坡领袖，得到了巨大鼓舞——南方谈话中讲：我们要赶超亚洲"四小龙"，"新加坡的社会秩序算是好的，他们管得严，我们应当借鉴他们的经验"。

南方谈话后，中国内地的官员成群结队地往新加坡飞，以便取经回来搞好自己的四个现代化。

据说，仅1992年这一年，中国中央各部委和省级以上的高官率团访问新加坡的就有98个，加上其他级别的访问团，全年共有9万余人次到这个岛国考察取经。

"这个样子，还不如我们去中国给他们也建个新加坡模式。这样一则可以回报邓公对我们新加坡的褒扬，二则可以寻得一个与我们同源文化的大国的合作！"

这个考察重担落在了时任新加坡副总理李显龙的肩上。他们从中国的南方一直走到北方，又访问了山东、上海等沿海地区。最后，苏州给他们留下了极为深刻的印象。

机会来了！1992年年底，章新胜正准备赴英国伦敦招商时，新加坡政府的邀请函也到了苏州。

"怎么办?"市政府政策研究室主任周志方问章新胜市长。

"还用说!先放一放伦敦的事,我们立即到新加坡。听说无锡人已经比我们捷足先登了,而且已经同一些新方企业家签约了!我们必须马上行动!"章新胜说。

苏州人先改道到了新加坡,立即开始"热身运动"——他们先是看望新加坡的第一代领导,然后又看望了第二代、第三代领导人。这其中,王鼎昌副总理是章新胜他们首先看望的,因为此次新加坡之行,也是应积极主张将合作项目放在苏州的王鼎昌的邀请才获得的。而王鼎昌副总理的热情与友好也让苏州人非常感动,章新胜一行到新加坡的第二天早晨8点钟,王鼎昌副总理就在飞禽公园那里等候苏州人,并共进早餐。

"当我们到新加坡时,李光耀资政在香港,新加坡国内副总理能出来接见我们已经算破格了,因为那时我们国内各省去的省部级干部有十几个、几十个,新方一般只有部长级官员出来接见,我们的待遇显然不一般。"苏州市政府政策研究室主任周志方是此次访问团的"笔杆子",他如此说。

此次章新胜一行还拜访了杨荣文、林瑞生等新加坡第三代领导人。他们都是与李显龙一样富有朝气的年轻一代,像杨荣文是文化大臣兼国防部副部长,实力派人物。经发局局长林瑞生,原来是新方驻美经济问题总代表,为了与中国的合作项目,李光耀专门将他调回国,研究两国合作事宜。但是令章新胜一行不解的是,此次访新,越到后来,新方越显冷淡。这让苏州人特别着急,怕事情泡汤了。当时的情况是:听说新加坡有大项目要同中国合作,中国国内的各个省市纷纷派出大员盯到了新加坡,有的省甚至不惜一切代价在跟苏州人争。除了中国自己人争外,还有一些发展中国家也在与苏州争。各种政治的、外交的、民族的、地域的关系,全都搅在了一起,让新加坡领导层有些吃不消了。与大省、与某一个国家相比,苏州的优势一下逊色了许多,那个时候的苏州除了"小桥流水"、历史文化名城等别人不好比外,似乎也没有什么别的可以吸引人的特别优势。章新胜一行心里清楚这一点,所以当新加坡态度稍显冷淡后,他们就非常紧张和警惕了。

"怎么办?我们不能白来呀!再说,我们是应王鼎昌副总理邀请来的嘛,他是一国副总理,不能不拿我们当回事吧!"访问团中有人沉不住气了。

大家的目光盯向市长章新胜。一向潇洒的章新胜这回也有些蔫了,他决定先去找一找王鼎昌。

王鼎昌的秘书潘先浩很快回应:"王鼎昌副总理说了,你们最好先拿个方案,看看我们中新合作项目放在你们苏州什么地方。"

"这怎么弄,我们连张苏州地图都没有带呀!"

"马上告诉家里,让他们赶紧传一份苏州的地图来!"章新胜发命令道。

这个并不难。家里人把苏州的地图马上传了过来。章新胜将同行的四位成员召集到一起,在宾馆的茶几上画出了四块地方。第一块是刚建的苏州高新区西边的那一块,理由是那边已经确定为新市区的工业开发区;第二块是吴县的黄埭一带,是离市区最近的郊区；第三块是苏州火车站北边，重要的理由之一是交通方便（那个时候苏州的高速公路还很少，只有沪宁高速）；第四块是市区东边的金鸡湖一带——这一块苏州人认为最不可能，因为那边湖多水密，地势低洼，开发的话投入成本太大。可偏偏新加坡人看中了这块烂水地，王鼎昌本人就看中这里，他前几个月跟李光耀到苏州时就看过这块地，也曾问苏州人这里离上海多少里。章新胜他们鉴于上面这个情况才把金鸡湖这一块也算在里面，而其他三块都是市西的丘陵与山区，开发成本低。苏州人有自己的算盘。

茶几上弄出来的草案转交王鼎昌后的几天里，新加坡方面没有任何音讯。苏州人想通过关系探听情况，反馈来的消息是新加坡方面的调子越来越低，这让苏州人心灰意冷——看来是白跑了。有人甚至埋怨"早知如此，不如不来"。代表团访问的日期只剩最后一天了，"这样走得不明不白，至少得有个双方出面的'声明'什么的东西发表一下吧！"苏州人彻底泄气了，"这不等于彻底吹灯了嘛！"

"走，打道回府！"章新胜也生气了，一挥手，让大家各自回房收拾行李，准备回国。几位随行人员收拾完行李后便无聊地聚在一起打扑克牌，一边打，一边生闷气。

突然，房间的电话响起："我们能不能谈一个书面的联合公告一类的东西……"对方潘秘书态度非常和蔼地说出一个让苏州人喜出望外的消息。

"市长，有好消息了！"到章新胜房间后，周志方将潘秘书的话如实转达，章新胜有些奇怪地嘀咕道："他们这是什么意思？前几天一直冷着我们，现在又……"

"你没注意，李光耀资政从香港回国了！"周志方说。

章新胜反应非常快，脸上立即露出笑容：一定是新加坡高层内部对与我们的合作出现了新的想法。"好，你马上去跟潘秘书见面！这回一定要抓住不放！"

几位苏州人聚在一起，起草"联合公告"……等起草完毕后，章新胜对周志方说："你去请王鼎昌副总理和潘秘书，一定一起吃碗宁波汤圆。"

"为什么？"周志方有些不解。

章新胜笑了："汤圆有糖，给他们点甜头吃……"

"明白。"就这样，周志方拿着起草好的"联合公告"，匆匆去见潘秘书。

潘秘书接过"联合公告"的草稿，看后笑道："可以考虑，我马上交王副总理他们研究一下。"接着，潘秘书没有马上离开，而是坐下来，与周志方聊起来。

"你们的土地租赁期是七十年。我们与其他地方谈，人家都是九十年，有的甚至是七十加七十……"潘秘书对周志方说。

显然，潘先浩是代表新方在试探苏州。这是个大事，关系到地方政府的一项"市策"，请示已不可能。周志方想到临来时章市长给他的"尚方宝剑"——给他们点甜头，于是壮着胆子说："你们放心，我们是说了七十年，但没说七十年后就不能继续合作呀！"

对方点点头，又显疑虑道："虽说中新合作项目是两个国家的事,但你们毕竟是国家行为,可我们投资的都是私人的钱,将来一旦出现问题,谁来仲裁?"

周志方说:"既然是国家之间的大合作,我想我们可以寻求国际仲裁机构解决某些问题的。"

潘秘书:"你们的土地价格高。我们没有把项目放在上海,就是因为他们的土地价格太高了。"

这又是一个要命的话题,周志方已经看出了对方的疑虑,听出了人家的弦外之音。

周志方说:"价格可以再谈嘛!我想只要在法律框架内谈,会得到一个双方都满意的结果的。"

潘秘书紧追不舍地问:"是不是四十万左右一亩?"

周志方对这个情况非常清楚,他马上回答:"不会吧,我们大概是二十万左右。"

潘秘书满意地笑笑,站起身,说:"好,周先生你先回宾馆,我会及时把我国的决策在最短的时间里告诉你的。"

"谢谢了!"周志方真诚地紧握潘秘书的手。

周志方回到代表团住处,将情况向章新胜市长等人汇报后,大家都很振奋,静候新加坡方面的最后消息。

"丁零……"半夜,电话铃声又一次骤然响起。周志方几乎是跳着奔过去抓起电话的,"喂,是潘秘书啊!我是周志方……好,好!我一定转告章市长!谢谢!谢谢潘秘书!"

"怎么样?成了吗?"章新胜已经从周志方的表情里知道了即将发生的好事,当周志方如实转告大家时,苏州的几位代表团成员欣喜若狂了好一阵!

他说:"潘秘书告诉我,请章市长明天下午去与王鼎昌副总理签字!另外,今晚让章市长准备到李光耀资政处,他们的李资政要亲自与我们章市长敲定合作项目!"

四十多分钟后,章新胜如约到了李光耀资政的府上。一见面,李光耀显得有些激动地站起来高声说道:"我们人民行动党初步愿意同你们合作。"

这回章新胜是吃了"定心丸",当把这一新加坡最高层的决策带回宾馆时,其余几位苏州人都已经疲劳得呼呼大睡了。

"老周起来!起来——"每到这种时候,周志方肯定是最倒霉的一个。

"老周,起来!起来干活!"章新胜一脚将周志方"踢"醒,"马上给家里的王书记发个传真,再给我们的外交部发份电报,请他们将李光耀资政的意见报告中央!"

"李光耀资政怎么说的?"周志方等见章新胜如此兴奋,知道事情已经完全向好的方面转化,但到底好到什么程度,他们还是想听一遍。

"嘿嘿,想听?想听就先让酒店给弄碗面来!"章新胜笑道。片刻后,他一边吃面,一边对他们说:"事情还没有完。我们要弄清楚新方为什么愿意投资中国,投资苏州。"

于是第二天开始,苏州人在大使馆的帮助下,签证获得延迟后,又开始了紧张的"情报"收集工作。他们分头找到包括国内的和与中国关系好的新加坡朋友一起了解和分析情况,特别是李光耀那么"一意孤行要把项目放在中国"的真实意图。

先前,李光耀在北京谈定的在中国的投资项目叫做"借鉴新加坡经济发展和公共行政管理经验",简称"新加坡软件",这是一种国家管理形式与经验的移植,李光耀提出的项目资金为二百亿美金。

二百亿美金!如此大的一笔外资项目,在当时国际间的合作项目中不说是最大的,也是极具震撼力的了!那么,新方到底出于什么样的目的要把资金投到中国呢?

苏州人当然想了解个明白,中国高层当然也想弄明白。虽然当时的形势比起南方谈话之前的国内情况有了很大的变化,但曾经喧嚣一时的"姓资姓社"和"卖国爱国"的争论仍在一部分人的脑子里或行动上留有痕迹,更何况新加坡如此大的一笔投资,有没有什么"阴谋"?苏州人窃喜项目可能落到自己手里的同时,又非常担心政治风险和国家安全风险。

最终的结论是:新加坡的开国之父李光耀在看到伊拉克侵略科威特后,他的国家危机意识太强烈了。他领导的人民行动党在那个时期几乎天天开会,结论是:如果没有特殊的防范意识和措施,新加坡绝对有可能成为第二个科威特。

"一个小国不能太富了。我们的钱不能都放在国内,应当向外寻求发展空间,否则新加坡就难有前途!"据说,李光耀对人民行动党的领导层发出如此振聋发聩的警告。正是鉴于这样的危机意识,他们决定要将新加坡的发展模式"搬"出去。"搬"到哪儿?最后的结论是中国最理想。一是中国大,施展的空间无限。二是中国正在发展,回报率高。三是中国也有愿望——看中新加坡的管理经验与经济发展模式,领导层可靠。还有一条特别重要:中国与新加坡文化同源,交流起来十分方便。

那么为什么选择苏南而不是其他地方呢？当时的情况是：东北和山东一带，韩国和日本插足了；广东特别是珠江三角洲，台商先上了。现在剩下最好的地方就是长江三角洲！再不行动，有可能被别人捷足先登。上海地价太贵。苏州一带最理想，苏州人脉好，自然风光更不用说，关键是苏州有深厚的文化底蕴和历史上兴商、安商、亲商的传统。

这是两个文化背景十分接近的国家间的亲密合作，是"亲戚"间的事，其他国家羡慕也没有用。为此，李光耀和新加坡在十三亿中国人心目中一直是最值得信赖的国际朋友和友好国家之一。

## 4. "洋苏州"，英文缩写"SIP"

1993年，对苏州人来说，是改革开放后一个非常忙碌的年份，总是处在令人激动的振奋之中。

5月，李光耀先生按照预定计划，应邀访问苏州，这也是新方正式确定在苏州项目落实的关键时刻。11日早晨，苏州市政府和新加坡劳工基金（国际）公司签订了一个合作协议，也就是苏州工业园区的最初合作签约文件。"苏州工业园区"从此正式被确定为中新合作项目的名称，它的英文名字为 Suzhou Industrial Park，简称"SIP"。

现在全世界都知道"SIP"。

那么新加坡人到底要在苏州搞什么东西呢？苏州人后来才慢慢弄明白，等弄明白之后，他们才真正觉得新加坡确实有不少好东西值得学习。

"大胆吸收和借鉴人类社会创造的一切文明成果，吸收和借鉴当今世界各国包括资本主义发达国家的一切反映现代社会化生产规律的先进经营方式、管理方法。"邓小平在南方谈话中讲的这段话，对苏州人来说，有着特别亲切的体会。

其实，李光耀在中方代表团赴新加坡谈判的过程中，已经意识到中方人员对他心目中的"合作"内容与真实意图有所误解，这也是根本的一点：到底你们看中的是我们的二百亿美元投资，还是我们的新加坡经验？

正是因为某些理解和认识的不一致，中新谈判人员的谈判也曾几度出现激烈交锋、拉锯式的场面。

那么李光耀一向强调和主张的新加坡"软件"到底是些什么内容呢？

这是中新谈判最核心的部分，涉及两个不同背景和不同制度的国家之间的相关问题。新加坡人说的"软件"其实包括了三个层次。第一个层次主要体现在城市发展的近期和远期规划、土地的开发利用、基础设施和生活服务设施的建设和管理、环境的治理和保护、信息的收集处理和应用、投资的宣传、网络组织、营销方式、鼓励措施等，属于一般经济管理的范畴，是建设一个国际化现代园区所必需的，这是完全可以引进的。第二个层次主要是新加坡裕廊工业镇调控市场的经验，以及促使企业在经济活动中有序竞争、相互合作、和谐统一的做法，属于经济体制改革范畴，引进也是可行的。第三个层次主要指立法、执法和廉政肃贪，以及文化、教育等方面的经验和做法，这可以部分地吸收。

苏州城现在可游览的地方至少有三大处：古城风情，还有真山真水的"新苏州"——高新区，再就是如诗如画的"洋苏州"——工业园区。

在我们传统的概念里，工业区和开发区，除马路之外，便是厂房和机器、来来往往的汽车及推土机与高入云霄的烟囱。但在苏州工业园区，你看不到这些，你所能看到的是各式各样名贵草木组成的大花园，古朴风情与时尚元素相融合的各种建筑构成的大景区，以及由不同主题呈现的一个个文化广场……厂房分布在绿树和花丛里，即使进了厂区，你也以为是到了某一个主题公园。沿途的路、灯、杆、椅，甚至是垃圾箱，都有独特的艺术造型。工业园区里有世界一流的高尔夫球场，有幽雅恬静的公寓别墅，更有苏州水乡风格的廊桥石亭、浅滩水景……

苏州工业园区有今天这个样子，是李光耀和新加坡人所期待的结果，也是李光耀和新加坡人一向引以为自豪的新加坡"软件"的魅力所在。

新加坡管理模式的成功点和闪光点，皆在苏州工业园区得以展示与体现。难怪李光耀在国际场所总是拿"SIP"说事。他曾夸耀说，中国苏州工业园区是新加坡精神与管理模式"青出于蓝"的成果。然而，苏州人为了能够把这新加坡"软件"成功移植，并实现所要求的"比他们还要好"的目标，与新加坡人共同付出了巨大的艰辛与努力……

根据初步协议确定的"SIP"方案是：最先启动开发的是八平方公里，中期合作开发的是七十平方公里。按照新加坡的"软件"模式，这七十平方公里面积在正式招商引资和开发建设前，必须将地下设施一步到位地建好，而且是按照世界最先进的现代化工业城市的标准"一步到位"。

什么叫"一步到位"?简单说:道路、环境、消防、通信、污水处理、地面绿化等等,在外商进入园区时必须都按世界现代化工业城市的标准给配备好了!

因为没有钱,习惯了"边规划、边建设"的中国人,哪见过这种干法!但新加坡人说,这就是我们的"软件"精神——地下设施必须走在地面建设前面,而且要求地下设施"百年不落后"。

新加坡人对苏州人说,你们必须在一两个月内将七十平方公里面积的"园区"内的情况尽快搞清楚。

"一两个月?这怎么可能?仅测量也得用一年时间呀!"商务谈判成员之一的周志方,曾经当过苏州市区的建委主任,搞过规划工作,知道要弄清七十平方公里面积内的情况是个啥概念,更何况金鸡湖那片湖塘密布的烂地方,按中国当时的测量水平也真得用一年半载方可弄出一份新加坡人要的材料。

"这你们不用着急,我们有先进设备。"新加坡人对苏州人说。后来他们真做到了,也就45天左右的时间,把七十平方公里内的情况弄得一清二楚,而且绘出了一千多张数据图。苏州人看到了什么叫先进生产力和运作能力,并且从心底敬佩新加坡人。

开始苏州人不理解为什么非得这样做,多年后再回头看看今天的园区发展,现在的苏州人,没有不佩服新加坡人的——一步到位后,避免了无数重复建设所带来的成本增加和效益降低的恶性循环。

"一张蓝图绘到底,使规划效益成为园区最大效益,是我们的重要经验之一。"王金华谈起这一问题,双目闪光,"我们接手时,整个园区的账面上是严重负债的,但新加坡人给我们留了一笔巨大的资产,就是已经规划好和正在建设着的园区蓝图,这个蓝图包含了极高的预期效益,我们后来能够通过土地置换成资产并有效投资,从而实现资本的成功运作,靠的就是园区一步到位的规划蓝图。"

现在,整个园区已通过国家级的 ISO14001 环境质量体系认证,苏州工业园区率先成为国家级生态工业示范园区和循环经济试点园区,这就是规划蓝图的功劳。

"软件"不软。这是苏州人在学习过程中感受深切的一个方面。

"但我们中国人、我们苏州人也有很多让新加坡人感动的'软件'。"亲身经历了园区初期建设全过程的吴克铨说,"刚与新加坡合作时,他们对我们的工作效率总是持怀疑态度,所以初步签订协议后,就一直在观察我们的工作。是我们后来用自己的行动让他们相信我们中国人、我们苏州人是值得信赖的,并且是最讲究效率的,尤其是我们的艰苦奋斗精神,让他们深切感到我们中国人的'软件'也是非常了不起的。"

如今,这块不足全国陆地面积十万分之三的土地,创造了全国约3%的 IT 产值和16%的 IC 产值,有三千家境外企业在此落户投资,每年创造二百亿的财税收入,等于西部一个省的财税水平。有人可能认为不能这样比,那应该怎么比呢?苏州工业园区的那块地方我从小就知道,过去曾经也是一块水泽纵横之地。只因为党的一个政策,只因为与新加坡的一次联姻,它现在成了世界瞩目之地。苏州富裕,苏州强盛,但苏州的富裕和强盛也是人干出来的,是我的父老乡亲们流血流汗干出来的,而且常常是他们在忍辱负重的情况下干出来的。虽然没有天生的好条件,但只要我们凭着勤劳、智慧的双手和勇于解放思想的头脑,持续奋斗,开拓创新,就可以使荒山变成米粮仓,就可以在巴掌大的地盘叠起喜马拉雅山一样高的金银元宝来!

这就是苏州园区的经验。这就是苏州的经验。这就是苏州人用袖珍的土地、精致的智慧,为中国和世界创造的实现中国特色社会主义的宏伟大业。

# 第六部：

# 义乌市场最初的秘密

本文采写于 1999 年。

# 导　言

　　这里的每一寸土地都会让人感觉到它的富有。这里的人拿着一份最新排名的"百名富人榜"朝我笑道："不准，这太不准了！我们这儿至少有几十位富商可以进入这个排名的，可他们没有进去，其实那些所谓的调查机构根本也不知道我们这儿到底谁最富。"这就是中国的义乌，一个农民们靠做小商品起家的地方，一个叫人感到不可思议的富有之地。

　　你无法相信，这里过去完全是个"一无所有"之地：既不靠海也不沿边，浙中盆地交通不便；没有资源，人均耕地稀少；没有工业基础。义乌最初唯一留在中国人记忆中的，就是"鸡毛换糖"的拨浪鼓声。

　　可今天，这里已成为世界小商品之都！一个中国最赚钱的地方！一个赚全世界钱的地方！一个全世界的人都在此赚钱的地方！

　　同样，所有来过义乌的人都会发出一个疑问：这里的人到底是怎么富裕起来的？

# 1. 两个里程碑式的人物

对长久居住在北京的我来说，当第一次有人告诉我说在中国某个小地方有个"华夏第一市"时，不免觉得有些好笑，不过后来很快得到证实，这的确是事实。1998年末和1999年初的三四个月里，由于工作需要，我来回在北京、深圳和海南、苏南的几个城市间穿梭着。在感受过中国的首都、特区、大特区和被誉为改革开放最具活力的地区之一的苏南之后，我两次来到了浙江中部这个以往名不见经传的小城义乌市。令我没有想到的是，我真的在这里见到了真正意义上的"华夏第一市"——一个以繁荣和生机取胜的城市。

义乌在哪里？义乌人是些什么人？义乌？好怪的两个字，什么意思？兴许几年前像我这样常在各地奔跑的人都会提出这样的问题。

是的，连义乌人自己都这样告诉我，换了十几年、二十来年前，他们自己都不愿张口让外人知道自己是啥义乌的人。那是义乌人自己都不愿张扬的地名，他们是被人瞧不起的"鸡毛换糖"的"敲糖帮"。在过去的江南，有句话这样说："苦，苦不过大年初一披风戴雪走千家的敲糖帮；烂，烂不过夜宿猪棚昼讨饭的叫花子。"据说，已有几百年敲糖换鸡毛历史的义乌人，在公元1986、1987年，才彻底扔下那副靠赚一把鸡毛一根猪骨来维持生计的换糖担子。

后来我才明白，今天的义乌人为什么一听说我要写一部义乌新史时就最先把冯爱倩抬了出来。

出现在我面前的冯爱倩，是个很典型的南方阿婆。她说今年她已经59岁了，生意做得不大不小，现在主要精力在参与管理"中国小商品市场"。"忙哩，几万个摊位，十几万个商家，天天都有你干不完的活，做不完的事。"冯爱倩递过名片，我一看职务还真多：义乌市政协委员、个体劳动者协会副主席、市场治保副主任……

"人家说我是'华夏第一市'里的'一号臣民'，这还真不是吹出来的。你们外人来看看我们义乌市场今天这么热闹，这么了不得，可你们是怎么也想不出我们现在这些百万富翁、亿万富婆，在当年是如何一步一磕头、一跪三作揖走过来的。"冯爱倩眼里闪着晶莹的泪花。

"过去义乌人穷得远近闻名。别说乡下种地的农民，就是我这样吃商品粮的城镇居民户的日子也过得有了今朝没明朝。"如今早已是"百万富婆"的冯爱倩一谈起往事，总会有许多感慨。她说，她年轻时也是种地的乡下人，为了实现做"城里人"的梦，敢作敢为的她不顾别人在背后指指点点，大姑娘一人扎到爷们儿堆里参加了"生产合作社"。那时冯爱倩的生活根基虽说还在乡下,但那种"吃商品粮"的感觉使她内心充满着自豪感和优越感,成天嘴里有唱不完的小曲。但穷乡僻壤的义乌小城镇,在当年就像一艘漂泊不定的破船,没几年,冯爱倩就被上面一声令下,又把户口转到了乡下。养活五个儿女,仅靠在供销社工作的丈夫那几个死工资,连一家人的嘴都填不满。一晃到了1979年,孩子们也开始大了,上学、穿衣都得花钱,做妈的冯爱倩顾不了啥"面子里子"的,她看到稠城镇一块火灾后残余的房基上有人提着篮子卖各种小商品,一天也能赚回几块钱来。这对冯爱倩来说,太有诱惑力了。当她兴冲冲地到街道申请"做买卖"时,街道一名负责人瞪大了眼朝她嚷嚷道:"我们正准备抓那些投机倒把分子呢,你可好,还想跟他们合帮呀!"冯爱倩吓得再不敢进街道管委会那个门。

可日子还得过。1980年,为了把农村的户口迁到城里,她卖掉了十担谷子,每担八元,总得八十元。入夜,冯爱倩摸摸口袋里的钱,心里不停地想着"小钱变大钱"的事。

"哎,你有没有钱借我?"她推醒正酣睡的丈夫。

老实巴交的丈夫揉了揉眼,问:"要钱干啥?你不是刚卖了谷吗?"

"我想做点生意,那点钱不够本。"

"啥?你要做生意?"丈夫似乎一下被吓醒了,"我们今天下午还在开会说要狠狠打击投机倒把,你这不是拿鸡蛋往石头上砸吗?"

"啥砸不砸的?我全家人要吃饭,谁管?"冯爱倩生气了,"你到底有没有钱借我?"

"工资全交给你了,我哪还有钱嘛。"

丈夫说的是实话。无奈,冯爱倩后来只好托人从信用社贷了三百元。有了这三百多元的本钱,40岁的冯爱倩便开始了艰辛的从商之路。最初的生意很简单,先到百货公司那儿进点很便宜的纽扣、鞋带、别针什么的,这些都是义乌"鸡毛换糖"的必需品。少进小出,第一天摆摊,除去成本、开支外,净赚了6元多,冯爱倩的心里别提有多高兴了!她过去当了十几年的临时工,一天工钱不过9毛钱,一个月下来也就是27元,如今一天就是6元。

做定了,这"奸商"我做定了!尝到甜头的冯爱倩从此一发而不可收,她知道要赚钱,一是必须进货便宜,二是必须出手快。当时义乌只有两个像样的集市,一是稠城镇集市,另一个便是"鸡毛换糖"的发源地廿三里集市。两个集市一逢农历双号,一逢农历单号。为了赶这两个集市,冯爱倩头天早晨在这个集市摆完摊后,下午就得立马乘车赶到外地进货,当天夜里必须赶回并配好货,这样才能赶上第二天的另一个集市。不说一个妇道人家在大街上摆摊做买卖会遇到什么样的事,单说上外地进货这一项,冯爱倩说她现在想起来都会感到是一场场噩梦——

"头年夏天,我到金华百货公司进货,求人敬佛,好不容易进了两千把纸扇,当我担着担子往回赶火车时,因为天热担重,又空了两顿没进一口水一粒粮,我沿铁路走着走着,突然心头发闷,两眼直冒金星,连人带担子倒在了铁路边。我怎么也起不来,心想:这回惨了,别说赚钱,就是性命都捡不回了。就在这时,一位好心的道口工瞧见了,是他把我扶进小屋,又是端水又是帮着揉腰,才算让我缓过劲来。说起到外地进货的苦处,真能讲几天几夜。那时各地的政策还没开放,我们这些个体户上国营单位进货,人家就像见瘟神似的害怕,生怕少卖你一分钱也会沾上'资本主义病菌'。可毕竟有不少企业的积压产品太多,又见我们都是现钱交易,所以我们的货源还能解决。但回程的路常常比上门求货更难,铁路线上的'打击投机倒把'比抓小偷还严。每趟车到站时总有好几队戴红袖标的人,像宪兵似的在站口附近巡逻,让他们抓住还了得!为了躲避一道又一道的检查,我们都不敢走火车站的检票口,全得等火车出站或到站放慢车速那段时间里扒窗上下车。你想都是几十岁的妇道人家了,又带着筐子拖着货,那扒车的光景谁见了都说我是要钱不要命啊!可他们哪里知道,为了一家人的生活,为了孩子能上学吃饱饭,我这么做是既要钱来又不敢舍命啊!有一次我带着货跳车稍稍慢了一个眼神,结果差点摔断双腿。说出来你可能会觉得好笑,有一次我跳车下来,刚刚把扔下来的货物重新收拾到担子里,刚直起腰就见迎面有个戴红袖标的人朝我这边走来,吓得我扔下担子扑通卧倒在地。你说戴红袖标的他检查就检查吧,可偏偏这冤家溜溜达达不走人,害得我整整趴在野草堆里好几个小时,苦啊,现在回想起来就要掉眼泪……"

刚直的冯爱情不想让别人看到自己掉泪,她把头往上一仰,嗓门一下高出两倍:"你说我们这么玩命从外面运回些百姓日常生活用品,到市场上摆摊换那么几个辛苦钱,可偏被说成是'资本主义的尾巴',硬要砍断不可。我们这摆小摊的人天天就像游击队似的东摆一时辰,西摆一时辰。好不容易后来在县委、县政府门前附近的一块空地上有了可以做买卖的气候,有关部门就一下出动了好多人,把我们这些做生意的和来买货的顾客赶得四处跑。可我们是小老百姓,要吃饭要生活呀!我们一帮在北门街摆摊的小贩们在一起议论,一议论就心里来火。大伙儿好不伤心地说:'阿拉义乌人看来永远只能外出披风戴雪去当"敲糖帮",过吃百家饭的苦日子了!'我听后心里也好难过,寻思着:难道自己的共产党和人民政府就这么不能体察民情?不行,我一定要弄弄明白,说啥也得让当官的明明白白地告诉我一声:到底让不让我们百姓有口饭吃?

"决心已定,我就一连几天守在当时的县委大门口。因为听说县里刚来了个新县委书记,我想要找就找最大的官。大伙儿都知道我要找县委书记论理,都又盼又怕地跟在我后面想看个究竟。一天,有人告诉我说那个个头不高、衣着很朴实的人就是新来的谢书记。我见他刚从理发店里走出来,便壮着胆迎上去问道:'你就是谢书记吗?'他打量了我一下,问我是干什么的。我说:'我是在市场上经商的,做点小买卖养家糊口,可政府为啥赶得我们天天无处落脚,或是拿高得吓人的收费来逼我们干不下去呢?'我说完这几句话,谢书记用不同寻常的眼光打量了我一番,见在我身后又站了一大群围观者,便把头一甩,让我到他办公室。一听县委书记这句话,我身后的那些伙计们真吓坏了,心想你冯爱倩这下完啦,不是被抓起来,也要被狠狠地批一通。我当时心里也紧张,人家是一县之长,我小小老百姓一个,他一句话说不定够我坐不完的牢呢!可又一想,事已到此,我即便是坐牢入狱,也要从共产党的书记嘴里弄个明白:到底做买卖错在哪里?就这样,我跟着谢书记进了办公室。不想这个谢书记一进门嗓门就大了,说:'你在县委的大门口吵吵嚷嚷成何体统?'我一听也来火了。看他在桌子上敲一下,我就在桌上拍两下。兴许谢书记还是第一次看到这么一个普普通通的平民百姓,敢在他面前为了摆摊与不摆摊的问题如此大动肝火,于是竟然慢慢平静下来,给我让座倒水,又坦诚相待地问我义乌百姓的生活。我呢,一看这么大的官能静下心来听百姓的话,憋在心头多少年的话顿时像开了闸的水,我说:'我们义乌人祖辈穷,穷就穷在人多地少田又薄。可为什么还能在此生活繁衍至今呢?就是义乌人会经商。你可别小看这"鸡毛换糖",它作用可大呢,一方面解决了我们这儿人多地少劳动力过剩的矛盾,另一方面大伙儿通过点点滴滴的生意贴补了家用,更重要的是我们义乌人最敢闯,肯吃苦。如今其他地方都在搞开放,我们义乌人没有啥优势,也学不像人家,但我们这儿的人都会经商,都会"鸡毛换糖"呀,要能把"鸡毛换糖"的精神和经商积极性发挥出来,我就不信义乌人不如别人。'我说到这儿,谢书记眼睛也跟着亮了起来,问我:'你真认为行吗?'我说:'怎么不行?'随后我把自己前阵子做小生意,有时一天赚的钱比过去一个月挣的工资还多的事一说,谢书记频频点头,又不停地在办公室里来回走动起来。后来,他站在我面前,大声说道:'好,你先回去,让我好好想想。'我一听很高兴,刚出门又想起一件重要事,便转身问谢书记:'那我们能不能在街上摆摊呀?'他一挥手,说:'可以,你们先干干再说。'我又担心地说道:'可市场管理人员天天赶我们呀!'谢书记双手往腰里一叉,说:'放心,我会打电话给他们的。'跟县委书记见面会有这么好的结局,是我做梦也没有想到的。难怪当我走出县委大门时,那些等候在外准备看热闹的朋友一下拥了过来,说:'你怎么没被抓起来呀?'我笑笑说:'谢书记还给我倒茶让座,怎么会抓我呢!'可大伙儿最关心的还是让不让摆摊经商的事。我说:'只管摆,我有谢书记的话呢!'大伙儿将信将疑,我呢心里有底,像以往一样挑起担子往马路边一放,便吆喝起来,而且这天的嗓门比平时清脆响亮了许多。伙计们一看我真的毫无顾虑地重新做起生意,便纷纷跟着摆摊设起店来。这不,一连几天,我们红红火火地摆摊卖货,顺顺当当,再没有人来赶我们了。而且不几日,县委以'整顿市场领导小组'的名义,发布了在义乌改革开放历史上有名的'一号通告'。这个通告是手抄的,在北门街上贴了有七八张。这对我们这些地下工作者般的经商户来说,是天大的喜讯。通告一贴出,市民们里三层外三层地围观着,那场面至今让我难忘。没几天,北门街头的小商小贩一下多了几倍,而且每日见多,直到后来整个一条街上摆满了摊位,到这儿来买货看热闹的就更多了,这就是我们义乌'中国小商品市场'的雏形。现在一说起当年的事,义乌人就半真半假地说我是义乌市场的'第一个吃螃蟹的人'。他们夸我说要不是冯爱倩敢冒坐牢房的险,跟县委书记较真,'一号通告'就不会那么快出台,小商品市场就可能形不成今天这个样,咱义乌市的发展更谈不上了!哎哟,我区区一个小百姓哪敢贪天之功呀!要说义乌有今天,当家做主的谢书记才是最了不起的!"

她说的谢书记,全名叫谢高华,是1982年7月调任到此的中共义乌县委书记,任期至1984年底。谢高华在义乌只有两年多时间,但他是义乌历史上口碑最好的一位县领导。因为在六十多万义乌人心目中,是谢高华书记当时排除阻力,顺应民心,果断地站出来砸碎了紧箍在人们手脚上的枷锁,之后才有了义乌飞速发展的商品市场和现代化建设,才有了人民的富裕生活。

谢高华是义乌人心中的丰碑。

我来义乌便听说,前两年就有人自发集资,要为他们的谢书记立一座大理石碑,后来因为远在衢州过着退休生活的谢高华本人极力反对,才放弃了此事。1998年10月底,我作为中国作家协会访问团成员,在义乌市参加中国小商品博览会期间,有幸见到并采访了谢高华本人。

现今卸任颐养天年的谢高华,比我想象中的传奇人物显得瘦小得多,然而谈起当年他在义乌的政治生涯,却是滔滔不绝——

"我是浙江衢州人,刚调任义乌时不了解情况,但对这儿'鸡毛换糖'的传统却早有所闻。80多岁的老母亲听说我要到义乌工作,很心酸地说:'儿啊,你干吗要去一个穷地方?'就是老母亲的这句话,在我心头留下了阵阵隐痛。为官一任,总得给百姓留点什么。义乌是个穷得出名的地方,我去后能有些什么作为呢?当时地方上'左'的干扰还很严重,可是我到义乌后的感觉是,这儿的农民思想很活跃,外出经商、上街摆摊的不少。但由于当时的政策不太明朗,有关部门对这些现象一般都是'批、打、管、刹',百姓为此怨言很多。那天冯爱情上我办公室论理,说真的是给我上了一课。她走后我一直在思考这样一件事:既然义乌有经商的传统,而且百姓能因此改善生活,为什么我们不好好因势利导,网开一面呢?当我把自己的想法放到县委领导班子会议上讨论时,我没想到大多数人沉默不言,这是为什么呀?后来我才知道,正是因为义乌自古以来有'鸡毛换糖'做些小买卖的传统,'文革'中的历任领导甚至包括公社、大队、生产队的干部都一直遭上级的批评,原因是即便'批资本主义'最激烈的岁月,义乌始终没断过摇着拨浪鼓偷偷外出'鸡毛换糖'搞经营的历史,而且一些大队、生产队甚至公社干部带队外出,就像野火春风,你怎么打、怎么禁、怎么赶,它就是断不了根。我问那到底是啥原因呢,他们只告诉我一句话:穷到头了自然就得想法求活命呗!冯爱情和这些干部们的话,给我巨大的触动,我决心要把义乌一直受压制的'鸡毛换糖'经商风,做个彻底的调查,看到底是该刹还是该放。为此我发动县机关的一批干部,到下面进行全面的调查,听取各方面的意见。我本人亲自到了稠城、义东、苏溪、佛堂、义亭等许多村镇实地了解。因为我新来乍到,那时不像现在县里市里都有报纸、电视,我当县委书记的也没多少百姓认识,所以下去很容易获得第一手材料。"

通过调查摸底，大家汇总的结果是：50%以上的人以为开放经商市场没问题，应当大力提倡，40%的人认为问题不大，可以试着办，只有百分之四五的人反对。有了这个调查依据，谢高华在县机关大会上就提出："义乌的小商品经营不是一大包袱，而是义乌的一大优势，应当大力提倡和鼓励。"这话音刚落，会场上顿时议论纷纷，看得出大多数人是喜形于色，但也有人立即反问："可上面要严厉打击各种投机倒把活动，像'鸡毛换糖'这样的经商活动，是资本主义的尾巴，我们应当给予坚决的打击！"这是一个敏感的问题，但又是不可回避的。当时谢高华内心也很激动，但还是控制好自己的情绪，用通俗的语言坦诚地对大家说："过去我在别的县也干过'割资本主义尾巴'的事，结果事与愿违，影响了当地生产力发展，百姓怨声载道。而今我们的党号召改革开放，干工作实事求是。我到义乌虽然时间不长，但从百姓的话里，从干部的深切感受里，我觉得'割资本主义尾巴'没道理。就拿我们义乌人'鸡毛换糖'的传统来说，人家过大年欢天喜地，咱义乌货郎却在冰天雪地里走南闯北，没日没夜，一脚滑一脚蹭地翻山越岭，挨家挨户去用糖换鸡毛、换鸡内金。回来后将上等的鸡毛出售给国家，支援出口，差的直接用来做地里的肥料，把鸡内金卖给医药公司，自己呢赚回一点利。这样利国又利民的经营，好还好不过来，怎么可以说成'搞资本主义'呢，当'资本主义的尾巴'割呢？我在这里向大家表态，从今开始，我们要为义乌人'鸡毛换糖'正名，不仅不准再把这类经营活动归为'搞资本主义'进行批判，而且要大力提倡，积极鼓励！"后来的

"一号通告"就是在此次会后,谢高华敦促下面的人搞出来的。最先开办的稠城、廿三里小商品市场便名正言顺地由"地下"走到了"地上",义乌人从此开启了历史性的转折。

我注意到谢高华那张与他实际年龄并不相符的脸上,有过多的沧桑,而这也许正是他性格中异常刚毅的一面留下的印迹。

义乌小商品市场的开禁,使几十万本来就善经营、敢干事又肯吃苦的义乌人,解脱了多年束缚在身上的枷锁,纷纷加入经营行列。一大批农民从田埂走向了城里,有的重操拨浪鼓干起传统的"鸡毛换糖",更多的则上街摆摊开店,到外地批发进货运回义乌。特别是一些能工巧匠,全都行动起来,他们把祖先传下来的本领,重新用于开发像制糖、红枣加工等传统加工业上。正当农民们欢天喜地甩开膀子大干时,那些国营和集体商业的干部职工却大呼其苦,说谢高华这一放,把整个义乌搞乱搞烂了,一时间,县里收到的告状信多达两麻袋。尤其是城内几家国营商业单位的人,甚至堵住县委大门,要求谢高华撤回"一号通告"。

"你们是不是文具用品商店的?"谢高华扫了眼,见人群中有几位是商业局下属商店的职工,便问。

"是嘛。"对方不明其意。

谢高华笑笑说:"我先给你们讲件几天前发生的事,那是我的亲身经历。那天我批文件用的铅笔用完了,便上街到你们那儿买笔。当时我见一位营业员正在埋头看小说,正看得起劲,我问她有没有铅笔卖,她头也不抬地说没有。我低头往玻璃柜内一看，里面明明放着很多我想要的那种笔嘛，就说：'同志，这儿不是有笔吗？'这营业员很不耐烦地站起身，拿出一支笔往柜台上一扔，也不说价，只管低头看她的小说……同志们，我说这件事可不是胡编的呀，你们自己承认不承认有这样的事？就是这样的经营态度和服务水平，人家小商品市场上的经营者怎么可能不把你们冲垮？要我说，你们不改变自己的问题，堂堂国有、集体单位被小商小贩冲垮挤掉，也是活该！"

书记的一番话，说得这些刚才还理直气壮的人一个个面红耳赤地低下了头。

但问题远非那么简单。

外埠人都知道浙江有闻名中外的特产——金华火腿，其实金华火腿的真正发源地是义乌。谢高华让农民放手搞经营和开放市场后，几个具有传统手艺的佛堂镇农民办了家"田心火腿厂"。消息传出，省、地、县食品公司不干了，找到县委坚决要求关闭佛堂镇农民办的火腿厂，理由是金华火腿在过去几十年里一直是由国营食品公司独家经营的，农民无权参与。谢高华一听很生气，说："金华火腿是金华人民创造的而不是食品公司创造的。农民创造了火腿，哪有没有加工火腿权利的道理？至于私人火腿加工的质量和产品出口的问题，只要保证达到有关要求，服从上面的计划安排就行！"

"谢书记，你这么说，就等于放纵农民破坏国家政策，我们不能同意。如果你不令他们关张，我们就到省里、中央去告你！"来者不善，针锋相对。但他们碰上了一个为了人民的利益从不害怕的县委书记。

"要告随你们的便，但让我下令关农民的加工厂，就是撤职我也不会去做！"谢高华回答得斩钉截铁。

历史便是这样一位公正的法官。我们不妨做个假设，如果说，不是谢高华一手为个体经济开山辟路，一手力挽狂澜顶住方方面面的压力，义乌会有今天的"华夏第一市"吗？

不会。64万义乌人明确地告诉我。

但，经历沧桑，如今依然过着平民生活的谢高华却这样说："在当时还没有明确的关于开放发展市场经济的具体规定出台的情况下，县委、县政府根据党的十一届三中全会所提出的实事求是的思想路线，从义乌的实际出发，敢于承担风险，允许个体经济发展，开发小商品市场，这不是哪位领导者的功劳，而是义乌人民从祖先那儿继承的血脉里就有一股敢为天下先、敢说实话办实事的精神所致！"

是啊，论自然条件，论地理优势，义乌没有什么可以同沿海开放地区的县市相比，就是在浙江，在金华，义乌也无半点先天优势可言，然而它恰恰在改革开放的道路上先行了，并且走得那么雄赳赳，气昂昂！

## 2. 拨浪鼓奏出的乐章

地处浙中的义乌，旧时山穷水稀，交通闭塞，虽说有钱的经商者不愿长期驻足，却也留住了历代官府贬谪的人和一拨拨战乱中的败将伤卒。渐渐地，义乌成了一个人多地少更穷得出奇的地方。穷则思变，于是，就有人想法将地里的甘蔗制成糖块，然后到异乡以糖换物，再将换来的物品分类，或卖掉赚钱，或作肥料。据《义乌县志》记载：早在清乾隆时，本县就有农民于每年冬春农闲季节，肩挑糖担，手摇拨浪鼓，用本县土产红糖熬制成糖块或生姜糖粒，去外地串村走巷，上门换取禽畜毛骨、旧衣破鞋、废铜烂铁等，赚取微利。清咸丰、同治年间，糖担又增妇女所需针线脂粉、鬐网木梳等小商品。抗日战争前夕，本县操此业人数增至数万，发展成为独特的行帮——"敲糖帮"。

我来到义乌的第一件事就是想再见一见那二三十年前常常盼望在村头出现的"敲糖帮"，以及他们手中咚咚响的拨浪鼓。

然而我寻觅了多少天后,一直没有见过一把拨浪鼓。遗憾之际,我特意向当地干部建议应当将传统的拨浪鼓当作一个特色产品大加开发。义乌人都笑了起来:"现在哪有呀!我们都在摆摊开店办工厂,谁还干那行当嘛!"其实这一点我也能猜到,只是因为到了义乌,到了拨浪鼓的故乡,它勾起了我儿时对换糖人的那份特殊感情,很想再尝一次阔别了几十年的正宗的义乌糖块。义乌人又笑了,说他们现在可以给我搬来很多很多糖,却实在没有哪家能一下拿出一块当年换鸡毛的那种糖块了。我听后虽然多少有些遗憾,但看到当年的换糖人如今家家富裕、户户"小康"的新景象,心中仍然欣慰不已。

我还有一个要求,就是要亲自到一趟廿三里镇,看一看这个义乌小商品市场的发源地。

廿三里镇在义乌一带名气很大,由于旧时它同周围五个集镇的距离均为23里路,故而得名。眼前的拨浪鼓发源地,与我想象中的小镇差距实在太大。你看那数公里长的宽阔大道,当地人说最宽处有36米;再看大道两边全是清一色的崭新楼宇,均有四五层高。"从路面到楼房,都是农民自己花钱修建的。"他们不无自豪地告诉我。

"这是托改革开放政策和义乌市场红火的福。"接待我的几位镇干部都很谦虚,等中午就餐时我才知道他们说的全是实情,与我同桌的五个镇干部中,有三个是当年摇拨浪鼓出身的"敲糖帮"。主人们介绍说,在他们这儿,几百年来,几乎每家每户都是摇拨浪鼓的。廿三里的那条不足二百米的小街,便是远近"敲糖帮"们进行自由交易的唯一场所,也就是后来发展成整个义乌小商品大市场的"始发站"。

"旧街现在还有?"

"有,镇里保留了它。"

这是个喜讯,我情不自禁地请主人带我前往。

眼前的这条小街,是那种我儿时熟悉的江南小镇街道。它的街道仅有两根扁担那么宽,弧形的石子马路,左右两边的铺面依然是旧时的模样:杂货铺、小面馆、剃头店,而这街景注定现在不会再顾客盈门了。

骆有华,廿三里镇的副镇长。他并不是我计划内的采访对象,但我们一坐下来,这位曾有六年军龄的汉子忍不住挥泪与我诉说他的拨浪鼓生涯。骆副镇长说他1975年从部队回乡时,在生产队干一天只能得两毛钱,最好的年成时也就五毛一天。那时一斤大米四毛钱,一个壮劳力一天怎么也得吃一斤大米,出力流汗干一天,却还不够一天吃的,日子自然没法过下去。他骆有华在外从军六年,也算见过世面的人,但被生活所逼,也不得不低下高昂的头,手持拨浪鼓,远离家门去"鸡毛换糖"。"我当时是生产队干部,又是部队入了党的人,上面规定是不能带头出去搞啥'资本主义'的呀!可当干部的也得过日子嘛!无奈,我托人从外生产大队开出了一张证明。那时没有证明外出可要吃苦头的。我们义乌就有人因为半途身上带的证明丢了,结果到江西'换糖'的路上,不仅被没收了全部货物,而且整整被关了几个月,当家人几经周折将其救出来时,早已成了半人半鬼。那时我们义乌人太穷,不出去做点小副业就别想过日子。可我们义乌人'鸡毛换糖'也不是啥好生意呀！除了义乌人，没听说谁干过'鸡毛换糖'的事嘛。为啥？还不因为那是又苦又没利可图的生意嘛！但我们义乌人比别人不一样之处也在这里：敢吃苦，不怕利小，只要是利就去做，这兴许是我们今天义乌的大市场能形成的精神内核所在吧。你问我'鸡毛换糖'的生意怎么做下来的？我告诉你是这样：譬如我开始出去就四十块本钱，先得把这四十块本钱换成货，那些所谓的货都是些针头线脑，以及女人用的头花、发卡什么的。到一地你先得找好落脚点，在那里花一块三毛钱住一宿吃两顿饭，早一顿，晚一顿，中间十几个小时就是你摇拨浪鼓的时间。'鸡毛换糖'的生意说简单也简单，比如我用本钱一毛钱买上一包纳鞋底的针，一毛钱一包的针有 25 根，我们出去可以用两根针换一把鸡毛，一毛钱一包的 25 根针，通常可以换一两斤鸡毛，一两斤鸡毛可以卖好几块钱哪！所以一般我们从秋后的 11 月份开始外出，一直到春节过后的 2 月底 3 月初才往回走。三四个月奔波下来，除了每天交一块钱给生产队记工分外，也能攒下三四百元。那时一个冬里攒下三四百块钱可不是个小数目。所以我们义乌人虽然自知吃的苦可以用担子挑，但从不愿轻易放弃拨浪鼓。"

"你最远的地方到过哪里？"我问。

"江西，是搭火车去的。"骆副镇长说。

"一天最多走过多少路？"

"嗯……反正记得有一次连爬山带走路，过了两个县城，足有百十多里路吧！"他说，"我记忆中最惨的一次是自己两天没好好进一口食。"

"为什么?"

"那次本来计划是当天返回落脚点的,后来见生意不错,只管往山里走,不想一进去就出不来了,整整两天两宿不见人烟,虽说早已饿得肚皮贴着后背,可肩头的担子不敢丢呀,那两天的路就像当年红军走两万五千里长征。我们现今四五十岁的人,很多人有胃病,十有八九都是摇拨浪鼓弄出来的毛病……"

骆副镇长的话使我陷入了一个久远的回忆。我记得那时我才刚上小学,这一年春节我的一个小姑姑结婚,家里来了很多亲戚。中午时分,村边来了位"鸡毛换糖"的"野人"——我们苏南那一带这样统称养蜂换糖的外乡人。在当时,我当然不知道那个摇拨浪鼓的"野人"是义乌人,更不知道他们为了生计所承受的苦楚。那"野人"进村后突然倒在了地上,参加婚礼的我家亲戚们慌忙将那人扶起,给他水喝。那人慢慢醒来,我们都看到了他的嘴角有一丝鲜红的血痕。我吓坏了,听到大人们在不安地说:"不好不好,今天触霉头了!触霉头了!"于是有人摇来一只摆渡船要送那换糖人到镇上的医院,可那人摇摇手,就是不愿去。我看着那人担着担子,摇摇晃晃地走出村子,手中的那只拨浪鼓后来也掉在了路边的水沟里。我和村上的孩子虽然很喜欢拨浪鼓,可谁也没敢去捡,因为听大人说第二天人们发现这个丢拨浪鼓的换糖人就死在半道上……这是我有限的儿时记忆中始终没有忘却的事情之一,如果不是多年后有幸与义乌人相识,恐也渐渐淡忘了。当我再度在拨浪鼓的故乡回忆起这个孩提时的片段时，更增几分对换糖人的怜悯之心，同时也想借机纠正一下我曾经对外乡人的那种称谓。

"哎——有鸡毛猪骨旧衣破帽换糖哟——！"义乌之行，我始终难以弃舍那童时在耳边常常回荡的吆喝声。在这吆喝声中，我不禁无数遍地体味着昨天的义乌人是如何生存与奋争的！也许正是我从小对这种旋律的特别情感，现在似乎更能倾听义乌人所奏出的那种生命旋律。

是的，这是一个任何时候都否定不了的事实：如果没有昨天在廿三里小街头那种为了一根鸡毛一根猪骨而不惜摇断拨浪鼓的精神，那么今天的义乌人自然不可能有"华夏第一"的大市场。

1998年，第一次来到义乌时，我随中国作家代表团参加在这里举办的"中国义乌国际小商品博览会"。在那隆重、热烈的商业气氛中，我的那颗难以平静的心时刻在思考这样一个问题：义乌既没有广州、深圳那样的"资本前沿"的好风水，更没有上海、苏州那样数百年沉积的大经商韵律，可为什么偏偏在这儿创造了20世纪中国农民的经典变革？

我终于弄明白了，那便是只有义乌人才有的拨浪鼓精神。这种拨浪鼓精神便是勤劳、敢闯和不懈的努力向上。

何海美是我见到的很不一般的佼佼者之一，如今年近50的她依然风采不减。何海美年轻时没奔上好时光，聪明伶俐的她过早地做了"初中毕业生"。由于个头矮小，与别人一样干一天重活，她只能得四五个工分（整劳力一天十个工分），到年底分红连件衣料都扯不起。1976 年她嫁给了城里做工的小金,丈夫一个月 33 块钱工资,那时也算"富裕"人家了。但第二年等儿子生下后,由于户口只能随母亲,何海美家的日子艰难起来。更让何海美难上加难的是,她母子俩的户口所在地竟以何海美嫁给了城里人为由,连其儿子的口粮一起吊销了。家在城里的何海美又找不到一处可以糊口的活,于是就凭着自己手巧开了个成衣店,这可是个"彻头彻尾的资本主义尾巴"呀。突然有一天,"打击投机倒把办公室"的人闯进何海美的成衣店,不由分说抬走了她的缝纫机,并严厉地责令道:"出路只有一条:关店别干!"何海美天性倔强,可为了儿子和丈夫,她含泪低下了头。俗话说:置之死地而后生。就在何海美走投无路时,她的哥哥从部队回家探亲时带了几张剧照,令左邻右舍的年轻人爱不释手。对啊,这是个来钱的好买卖哩!何海美心灵手更巧,她知道照片制作并不太难,于是就花了 35 元本钱,买了一套简易的洗相设备。当时义乌电影院正在放《红楼梦》戏剧片,看厌了样板戏的人们对这种古装戏异常有兴致,影院几乎场场爆满。何海美似乎有种特殊的商业敏感,她拿了一台借来的旧照相机坐在电影院的第一排,看准年轻人喜爱的几个镜头连连"咔嚓",又回家连夜将照片冲洗出来。第二天,当她带着自制的照片在影院门口的石板上摆起小摊时,围观者竟然里三层外三层的。一场电影下来,她所洗的几十张照片全都出手,许多小年轻连价都不问一声便买走了。何海美偷偷一点,净赚十几块钱!那一天她乐得嘴都合不拢。生意就这么做开了,但那时城里根本不允许有生意人出现,何海美只好到乡下的廿三里镇,据说那儿每逢集市时可以摆摊设铺。头一回到廿三里镇,何海美看到的所谓做买卖的也就有那么百十来个人,分坐在那条老街两边,摆上些小百货而已。何海美对当年到廿三里摆摊的情景记忆犹新:头天晚上夫妻俩先把照片洗好,第二天天不亮就得出发,那时从城里到廿三里不通汽车,就是通了汽车也没人乘——做小本生意时的义乌人从来不会轻易花一分钱。在廿三里做生意的光景,何海美一回忆起来就想笑:"那时既没有摊位,也没有桌椅,我就在胸前挂一只哥哥给的军用挎包,站在供销社门口把一大把照片样张往一张白纸上一粘,就开始吆喝起来。我当时做的生意对一直做'鸡毛换糖'的本地人来说是个新鲜事儿,开始没有人买我的货。我便一边招呼顾客,一边对他们说:'你们只管放心拿去转卖,卖得好我们双方赚钱,卖不掉可以退回,反正我天天在这儿,放心好了!'这一吆喝还真灵,三三两两地就有人从我手中把照片买走了,因为有人真的把我洗的照片带到南昌、合肥等地赚了钱,他们把一两毛钱的照片卖到一块钱一张,所以后来好多人从我手里进货,我便成了廿三里市场上唯一一个经销照片的业主了,生意自然超出了想象。不夸张地说,后来我们义乌出现闻名全国的印刷品市场,最早就是由我卖小照片成功后引发的。"

关于义乌的印刷品市场我几年前就有耳闻,不想它的源头竟是一位普通农家女的几张照片,这真让人感到市场经济的魔力之大。每一种义乌小商品,毫无例外地都有像何海美那样感人肺腑的传奇故事。

对义乌人和义乌市场来说，廿三里是一个特殊而又不可抹去的里程碑，它不仅缔造了拨浪鼓和"鸡毛换糖"，更重要的是它在新的历史时期为形成义乌中国小商品城奠定了基础。如果我们把义乌农民在20世纪末所进行的伟大实践，看作是中国农民运用邓小平理论，在我国社会主义初级阶段对市场经济的成功实践，那么，廿三里走过的路则是这种伟大实践的缩影。

廿三里，当我特意再一次满怀情感迈步在那条百米老街时，我仿佛听到脚下无数块青砖都在隆隆作响。啊，那是千千万万个拨浪鼓手在向苦难的历史告别迈出的铿锵步履和向往新生活的怦怦心跳声。啊，当我的双脚轻轻踏上每一块青砖石板时，分明再一次清晰地感受到，那一条条缝隙间流淌的，正是义乌人几百年来向命运奋争所付出的血与泪；而踏上老街尽头小桥的级级台阶时，我分明意识到义乌人在奔"小康"过程中所肩负的沉重。

## 3. 神奇的"无形之手"

在今天,义乌的小商品市场不仅已被商界誉为"华夏第一市",中国政府部门的官员和外国实业家们也一致承认它是"中国乃至亚洲最大的小商品集散地"。义乌市场的有形世界纵然令我们中国人扬眉吐气,但我更看重义乌人创造的一个缤纷多彩的无形世界,这就是义乌人在建立大市场过程中所表现出的独创经验与不懈的追求精神。它的存在,远比一种指标、一幅蓝图宝贵。

1982年,谢高华书记在听取冯爱倩等经商者的心声后,毅然决定在当时县城的一条老街上辟出一块空地作为小商品市场,并随即发出了农民进城经商的"四个允许",这无疑给早已憋了一股劲儿想要好好干几把的众多拨浪鼓手开了绿灯。但后来形势发展之快又是谁也没有料到的。很快,北门街的小市场人山人海,逢到买卖高峰更是无法行车走人,这既影响了市容,又在一定程度上限制了市场发展。面对这突如其来的现象,多数人包括不少干部在内不知所措。那时人们的思想里通常把经商与"搞资本主义"连在一起。是放任这样的潮水漫天冲涌,还是及时制止?就在这义乌市场正式形成前的关键时刻,一位颇有远见的人站了出来,他就是义乌市场管理部门的前身——稠城工商所的负责人徐至昌。

徐至昌在义乌也算是位名人。倒并不是因为他后来成了义乌市场管理部门的奠基人之一,而是因为他年轻时说了几句不合时宜的话,被人"背后捅了一刀",结果当了二十多年的"右派",这期间吃了多少苦连他自己都说不清。他在稠城工商所当负责人时,刚被恢复公职两三年时间。如今,已经退休在家的徐至昌谈起当年的事依然激动不已:"当时我感受和印象最深的就是我们义乌人多地少,干啥啥都上不去,可为啥冯爱倩那帮做生意的事业却越做越红火?而且从县委发了'一号通告'后,来北门街摆摊的人与日俱增,最后达到无法通行的地步。好多小商小贩也不断向我建议扩展市场。这一切我都看在眼里记在心里。作为市场管理人员,我当然认为自己有责任把经商者的心声向上反映,而且结合我多年对义乌经济与社会的研究考察,心里已经形成了一个想法,即我们义乌要在没有任何自然优势的条件下发展经济,就应当紧紧抓住农民经商这个积极性,大力开发和拓展商品市场。于是我决定将自己的想法和经商者们的意见,汇总成一份报告交给县领导。工商所的同事们听说后就劝我,说才刚过几天舒心日子,千万别再忘了心直口快的教训啊!听了大家的话,我心头也矛盾,同事们的好心我明白,但令我不能平静的是众多经商者们一颗颗滚烫的心。他们听说我有可能因为替他们说话而面临'双开除'的可能时，便都来找我，说：'老徐你为我们写报告，如果有一天被开除公职，我们就带你一起做生意，去赚比你现在多几倍的钱；如果你坐牢，我们就天天去给你送饭。'"徐至昌说，他活了大半辈子还没有人如此向他掏心窝子，于是就更坚定了他向领导建议在义乌正式建立商品交易市场的决心。很快，一份署有"徐至昌"大名的《关于建议中共义乌县委采取强有力措施，迅速建成规模巨大的小商品专业市场的报告》送到了县委。

十几年过去了，义乌已今非昔比，徐至昌也从一位年富力强的汉子成了两鬓斑白的老人。现在再看看当时他写的那份报告，似乎并不感觉它有什么高明之处。然而在那个时期的那种情形下，有人如此大胆地构想出了义乌今天这样一个宏大的市场，不能不说是一种了不起。因为它所包含的内容可以任我们去畅想，去思考。像今天的经商者不忘谢高华书记一样，义乌现在不论经商大户还是门头小户，只要曾经在北门街一带摆过摊的人，都还记得徐至昌给他们提了一个关系事业发展的好建议。

徐至昌的报告正巧转到了县委书记谢高华手里，自1982年秋县委发出"一号通告"后，百姓对允许公开经商一片赞美，但随即也有人不断在谢高华耳边吹冷风，说打小市场开放后，所在街道人满为患，经常发生交通问题。一个时期里，居民对此还真有些怨声载道。到底怎么办？当时县委和谢高华书记也在思考。徐至昌关于移址扩建市场的建议，无疑给谢高华和县委决策"以商兴县"的大目标点了把火。

"我们是共产党的干部。共产党的干部做什么事？说到底，就是为人民群众办事。徐至昌的建议说明了啥问题？说明了我们当干部的有些思想和观念还跟不上群众。这怎么行呢？这可是要拖改革开放后腿的！"县委扩大会议上，谢高华一边抽烟一边不时地站起身子向干部们大声说着，台下则静得出奇。大家知道，这个会议有非同一般的意义：县委要做出一项将影响义乌未来的决策，要把经商、兴商当作彻底改变义乌贫穷落后面貌和实现现代化的首要战略任务。干部们说这是"文革"以后一次最让人开心的会。而就在这次会上，县委做出了《关于建造稠城镇小商品市场的决定》，并批示工商局在县城内的太祖殿畈一带划地建设。

1983年12月26日，义乌有史以来第一个有固定场所的小商品市场建成并开业。冯爱倩、何海美等一批曾经多年来一直游荡街头、东搬西挪的小商小贩们，第一次佩戴着胸徽，穿着整齐的职业服装，像国营商店的营业员一样站在自己的柜台前售货。他们中间好多人都激动得哭了，因为他们不仅第一次有了属于自己的固定经营场所，更重要的是他们第一次被顾客叫作"同志""服务员"了。别小看了这种变化，它给予经商者的不仅是一处漂亮的经营场地，它所给予的东西恐怕连冯爱倩他们自己都难以说清楚。那应该是一种必需的尊严，一片可以施展才能的战场，或者说是一方通向自由王国的天地吧。

赚钱在当时是重要内容，但并不是全部。现今在义乌名声显赫的"大户"几乎都是在那个时期真正发迹的。

担任市场个体劳动协会主任的何海美，跟我谈了她那时的心路历程。

从简陋的北门街的地摊市场向第二代市场进驻时,有一天稠城镇一位领导的秘书突然来找何海美,带来一个令她意想不到的消息,说:"何海美你的工作问题解决了,领导安排你到义乌饭店上班。"如果这个消息提前几年,何海美一定欢天喜地。那时对乡下户口的农家女子何海美来说,能有一个正式工作,不仅保证了自己和新出生的儿子有饭吃,而且更重要的是那意味着她的身份得到了彻底改变,即由一个农民变成了城里人!但令这位秘书没想到的是,他过去一次又一次接待的这位要求安排工作的何海美,竟然摇摇头回答说她现在只想经商,不想再要啥正式工作了。"想好了?可别后悔。""早想好了,决不后悔!"何海美说她当时看到第二代市场的建设,特别是政府和顾客们开始把她这样过去被赶来赶去的小贩也当作人一样对待了,心里有种说不尽的感激,而这种精神力量远远超过了赚钱的意义。另一方面,从经商的条件看,"马路市场"与正规市场之间的差异也极大。过去在马路边摆摊,摊位规模、摊主信誉都受影响,进入室内市场后就大不一样了。每一个商户都有固定的摊位、固定的经营场所,顾客从你这儿买东西也放心,如果发现问题可以随时找到卖家,还可以找工商管理部门论理索赔。摊主的经营形式更是发生了质的变化。"马路市场"时期,他们一不敢多进货、进长货,二都是现钱进货、现钱交易。正规市场的经营形式就多样了,摊主从货源地进货时,如果该商品销路好,可大量吃进;如果资金周转紧张,供货方可以很放心地向你先发货,待摊主货出手后再结账。而何海美告诉我,她和其他一批早期的义乌经营者之所以"发",是因为他们这些个体经营者的货源大部分是国有企业的滞销产品。他们进货时不仅价低,且大部分都是销完再结算,这使得何海美他们左右逢源,八方得利。特别是当某一滞销产品的企业得知义乌人给别的企业解决了大困难后,就主动找上门请何海美他们代销代售,甚至出现"半送半卖"的现象。

这一阶段,义乌很多人赚了大钱,也使义乌小商品市场名声大振。一时间,似乎无论好卖或不好卖的商品,只要到义乌、到义乌人手里就可以卖个好价钱,就可以变死钱为活钱。然而这仅仅是有形的物质世界,对义乌广大个体经营者来说,他们通过政府对市场经济的支持获得的收益,不单单是丰厚的钞票,更有思想上的飞跃与进步。何海美等一批曾在极"左"年代被视为带头"搞资本主义"的经商积极分子,都是在这时先后加入了中国共产党。他们以自己守法经营、助人为乐和慷慨支持公益事业的行动,在广大个体经营者中间发挥了不可估量的影响力,为整个义乌市场的良好经营风气奠定了基础。当我来到义乌实地采访时,虽然主人没有专门为我介绍这方面的情况,但当年这批个体先进分子,至今一直保持的带头作用却给我留下了深刻印象。我到市场里找何海美和冯爱倩等人采访时,她们都忙得很,但奇怪的是并非在为自己的生意忙碌,而是在专门为市场和别的经营户做事。什么劝架呀,什么帮助联系运输呀,或者找"消协"呀,总之没有一桩跟自己的生意有关。开始我很奇怪,问何海美、冯爱倩她们:"为什么你们放着自己的买卖不做而专为别人在忙乎?"她们告诉我:"市场发展大了,每天有几万经营者和几十万客户,而买卖之间既有合同协议一类的大事,又有缺斤少两一类的小事,光靠工商和市场管理部门管不过来,所以我们这些积极分子就把这些事都揽了下来。一方面我们本身是经营者,熟悉和了解经营者之间或经营者与顾客之间的问题,再加上我们又都是市场的'元老',处理啥事时大伙儿容易听得进。"

我在对何海美、冯爱倩进行采访时,正好有两个经营者为了摆放货物发生矛盾而来到市场办公室论理。快嘴利牙的冯爱倩几句话就将两个刚刚还像斗鸡一样的小老板说得无话可说,低着头出了门。虽然在短暂的采访中我无法获取更多的相关事例,但冯爱倩、何海美这些人的身影,引起了我无限的思索:义乌市场之所以能够与众不同,不断地繁荣,有一条极其重要的经验,就是充分发挥和依靠了冯爱倩、何海美等一大批积极分子。这些创业者的勤业精神与无私奉献,是义乌市场闪闪发光的基石,它支撑着这座五彩缤纷的社会主义市场经济大厦。

在第二代市场建立不久,原先设计的1800多个摊位在开业不到一个月里,由于经商人员猛增,市场管理部门不得不采取应急措施,利用可利用的一切办法,使场内摊位扩至2800多个,但参与经商的人员依然如潮水般涌来。经历当时这一幕的义乌人都还清楚记得,新市场开业时,大伙儿对当时全省第一大室内市场叹为观止,可转眼间竟然拥挤得无立足之地,别说远道而来的客商们进不了市场,就是本地的摊主进出都成问题。由于越来越多的人看好这个市场,因此几度出现摊位租赁费猛增的情况。有人看着摊位抢手，便干脆倒腾起摊位来，这更加剧了市场混乱。1985年4月下旬，已经从谢高华手中接棒的新一任县委领导现场办公，在征求商户意见的基础上，决定为适应市场需求，再建一个市场。

1986年的9月26日，一个更大规模的小商品批发市场在义乌城内建成。

形势发展依然出乎想象。开业之初呈现的欣欣向荣景象，令义乌人自己都无法解释到底是怎么回事，总之运营之好连经营者都有些弄不明白了。时隔仅半年，在1987年的春季到来之时，义乌的第三代新市场再度告急：经营场地爆满不说，整个义乌城内已经变成了一个大市场——由于室内场地不够用，许多经营者和客商见到块空地就凑在一起交易。曾有人在火车站旁边租了一栋楼供外地人进货发货中转，结果一年下来轻轻松松赚了一百多万元！义乌人太精明呀，有人听说出租房屋赚大钱，于是便掀起了在县城内盖房的热潮。哎，这一热，连一向头痛如何把城市建设搞上去的城建干部都没想到的事出现了：搞了几十年却从没多少改观的义乌城市建设在一夜之间楼群遍地，马路一新，整个城区面积一下扩大了好几倍！叫人兴奋的是政府没掏多少钱，仅仅多拿了几套规划而已。

市场给义乌许多意想不到的变化，短短几年间的市政建设，使以往的一个小旧镇一跃崛起为浙中的现代化城市。1988年，义乌正式由县变成了市。

马克思曾经在政治经济学中指出，资本进入自由经济时，它的发展将常常不以人们的主观意愿而转移。社会主义市场经济有着同样的道理,当它一旦进入良性状态后,它的发展将超乎我们的想象,并对整个社会形态产生非同小可的影响。在第三代市场开业不久,摊位的紧张再度成了义乌市场的首要矛盾,而此时外地客商对义乌市场的热情则越来越高,经营者纷纷向市政府强烈要求再把市场扩大。看来有关第三代市场的决策,眼光又过于短视了。别犹豫了,再扩吧!这回上下几级干部和大多数群众看法一致,因为实打实的好处使义乌很少有人再对市场说三道四了。集体决策很快形成:把第三代市场后侧过稠州路向东延伸的120亩地作为第四代市场规划区。6月份决定,7月份就以市委办公室名义向全市发出了通告。

一切都在紧锣密鼓的进行之中,千千万万个经营者和六十多万义乌百姓都在期盼着更宏伟的"中国小商品市场"的诞生,然而一场意想不到的关于"社会主义""资本主义"的大讨论又一次席卷中国大地。义乌人和义乌市场此时承受着来自四面八方的压力。那是一个令义乌人极其失望的时刻,义乌人因此而牢记当时的市委书记郑尚金和他的"一班人"。在大风大浪面前,郑尚金等领导做出了果敢和负责的决策。虽然我没能有机会采访到现已是中共金华市委书记的郑尚金,但他及当时的义乌领导集体在特殊时期为义乌所做出的功绩,在义乌人民心目中是座不朽的丰碑。当时参与撰写《关于扩建义乌小商品市场问题的论证报告》的现任市委宣传部朱连芳部长向我介绍说,当时整个义乌市场人心浮动,其根本点是弄不清个体经济还是不是社会主义经济成分的问题,由此引发了义乌办小商品市场到底对不对、还要不要办的问题。中国有许多事可以等着决议了再做，但当时义乌市场已在全国挂上名了，庞大的市场一天不经营就会影响成千上万经营者的利益，几天不经营就可能使几年苦心经营和造就出的市场一下子垮了。所以那时市里领导急，市场管理者急，个体经营者更急。怎么办？那时每走一步都可能是要冒政治风险的。令义乌人感到欣慰的是，当时的义乌市委、市政府领导迅速做出了正确的决策，即坚定不移地肯定个体经济是社会主义经济的重要组成部分，个体经营者是社会主义的劳动者，办义乌市场昨天没有错，今天扩建它更没有错。为此，他们做了大量艰苦而卓有成效的稳定人心的工作。如每天把市委、市政府的意见用广播等形式，不时地向经营者们宣传，出动机关行政干部深入市场给群众做耐心细致的解释和宣传工作。同时，又专门配合中央电视台播出的反映义乌市场的专题片进行宣传，使在义乌从商的全体经营者都明白，义乌走的路没有偏离社会主义方向，不仅没有，而且是更加正确地走在社会主义道路上。搞个体经济光荣，参与办市场就是为社会主义办更好的事。认识清楚了，信心也就坚定了，市场也就越办越好。

1990年10月5日，当时的浙江省省长沈祖伦大笔一挥：义乌市场扩建确有必要。于是，经历了一场史无前例的大讨论之后，义乌人办市场、办大市场的决心更大了，这回他们是彻底要瞄准"全国第一"的目标进军，因此第四代小商品市场的设计一出台就令人激动不已：义乌要建总面积达五万平方米以上的全国最大的室内商品交易市场！

第四代市场从提出到开工到正式营业，用了一年零十个月时间,这场决战义乌人此生难忘。两年后,中国共产党第十四次全国代表大会上,党中央明确了社会主义市场经济的理论。1999年初的全国人大第九届二次会议上又把邓小平理论连同"个体私营经济是社会主义市场经济的重要组成部分"一起写进了宪法。其实对义乌人来说,他们对邓小平建设中国特色社会主义理论的实践和运用,与发展市场经济来推进社会前进的实践,早已开始并获得成功。当义乌人在遵循市场经济规律的同时,市场经济也真的像一只"无形之手",帮助和促进着整个义乌市场的健康发展。

1992年,在义乌的历史上可以重重地记下几笔:由国家工商总局确认的全国十大市场中,义乌市场名列榜首,并为此得到国家批准,将义乌小商品市场改名为"中国小商品城"(在这之后,义乌的小商品市场连续七次排名全国第一)。其二是,义乌当年向国家上缴的财政收入中,个体私营企业税收达50.5%,实现了第一次过半。别小看了这一"过半",它的意义对中国共产党人和全中国人民认识社会主义初级阶段理论,可是个极其重要的实践依据。当然对于义乌人自己来说,搞市场此时已不再是简单的管与不管的"副业"了,它是在实现本地经济与社会发展中占主导地位的大事业!非抓不可!非抓好不可!

义乌市场能有今天这样长盛不衰的景象,还有一个极其重要的因素,就是它的联托运市场的完备发育,紧随其主体市场和中心市场的健康发展。只要踏进义乌市,你就会马上感觉到这儿的运输线路和运输车辆之多,用"四通八达"来概括似乎太缺少了艺术色彩和想象力。义乌人告诉我,他们的市场繁荣实在少不了以联托运为主体的运输管理体系的有效建立。这恰恰是国内一些专业市场为什么最后不敌义乌市场的重要原因之一,它们就是在抓"运"这个环节上输给了义乌人。最初的义乌人经商,靠的是两条腿。后来进步了,自己有了车子,虽然这在一定程度上实现了"多拉快跑",可仅靠这想与市场的蓬勃发展相适应,还是远远不够的。长期的计划经济严酷地限制了经营者的双腿,你不是有了车子想"多拉快跑"吗?那不行,路是国家的,线是集体的,我让你走你就可以走,我不放行你有车子也白搭——多少个市场最后就死在这个体制上。义乌人聪明,当中心市场已呈规模后,他们随即把运输也纳入市场体系之中,并像管理中心市场一样,给予运输业以同样的政策,并且把运输业本身当作一个完整的关联性质的市场进行大开发。交通路线是国家公有的,而我可以给你政策呀!于是一整套个人承包的联托运市场管理方法便出台了。这对经营者来说,就好比你在他的双腿上装了两个轮子,在他两胁下插了翅膀……那才真叫活络!现在,义乌每天出出进进的数十万吨货物,就是靠那数百条天上的、地上的、水上的运输线路,畅通无阻地连接着全国、全世界,它们以最快捷的速度和最合理的价格满足着义乌市场的每一位经营者,去编织他们心中的美梦。

　　义乌的经验表明,在正确利用市场经济规律的那只"无形之手"的同时,必须同时建立有序的管理机制,而促使市场经济条件下的那只神奇的"无形之手"更加有效地发挥魔力。义乌自始至终的税收政策、公平合理的竞争机制、正规灵活的金融体系等等方面，都有独到之处，政府的宏观调控、市场内部的管理体制，直到经营者之间一旦出现问题时所设置的调解机制等等，无一不是一环扣一环，环环显神威。

我相信，以义乌人那种特有的"敢做天下事，敢为天下先"的精神，他们在沿着邓小平理论指引的强市富民的伟大实践中，将留给中国农民革命史更多的神来之笔和经典之作。

# 第七部：

# 因选美而崛起的三亚

本文采写于 2008—2009 年。

# 导　言

　　三亚在何处？三亚在梦的开端。

　　三亚可以带给你许多在别处无法感受的浪漫与诗意，是因为它有得天独厚的独一无二的美景，以及由此带来的独具一格、独领风骚的魅力。这魅力，可以征服天下所有人，使不可能的成为可能。

　　三亚以其独特的魅力，在21世纪之初，为我们伟大的祖国做过功德无量的特殊贡献，值得写入共和国改革开放的史册。

　　三亚的这次特殊贡献，我将其称为"美丽行动"。而正是这次"美丽行动"，使当时处在尴尬境地的中国走出了困境，恢复了应有的尊严与荣耀。

# 1. 美丽行动

"活着是多么美好！"这样的话，只有在三亚你才能真正喊出来，才能真正地体味到。因为三亚没有人类工业文明带来的污染，天与地之间没有一丝有毒和有味的烟雾，空气清新得仿佛在仙境。

阳光是那样充足和炽烈，如太阳就在头顶，伸手可触，于是顺手摘一张椰叶掩在头顶，成为当地千年不变的风俗。这里常年雨水丰沛。有大雨，必夹着台风，那时的雨大得惊心动魄，瓢泼而下，连海面都会像一只沸腾的巨锅；小雨蒙蒙时，沙滩被洗涤得晶莹怡人，山林陆地则被滋润得流绿滴翠。各种各样的花儿与草木争艳，椰子、芒果、香蕉等，像一串串金铃银果，挂满枝头，展尽南国风情。

三亚在何处？三亚在梦的开端。那梦，在期待来临的青春诗意；那梦，在希冀黄昏的暮年宁静；那梦，带着几番冲动的豪情；那梦，藏着母性的温暖与幸福。不管男女老少，都会在这里寻找到属于自己的梦。

躺在沙滩上，枕着的是海涛叠出的梦境，这样的梦，连着天，连着地。

2003年11月12日，这个日子应当被载入中国改革开放的史册。因为这一天后的中国掀起了一场不大不小的美丽风潮，第53届"世界小姐"选美总决赛吸引着全世界的目光。

这一年，三亚和中国都经历了一场特别的痛苦——几乎全世界因为"SARS"而心生恐惧。国内外一些敌对势力甚至幸灾乐祸地嘲笑中国，称这是"上帝的安排"，以为飞速发展的中国从此再也不会振作起来，他们甚至希望这样的厄运在中国永远持续下去。他们因此到处煽风点火、造谣诬蔑，企图阻止国际上一切亲近中国的活动，可他们没有想到美丽的三亚人用美丽的行动彻底粉碎了这种阴谋。

这不只是一次简单的"世界小姐"中国行，而是中国在经历痛苦挫折之后的一次伟大展示。

"哇——太美丽啦！"美女们走出机舱的那一刻，几乎异口同声地尖叫起来，简直比获得桂冠还要激动和兴奋。"中国太美！三亚太美！"这一夜，通过109位来自106个国家的美女们所拨打的电话，这两句话传遍了全世界的各个角落。而这一刻，所有对中国友好的国家和人民，都在为中国和中国朋友们摆脱瘟疫、重新恢复平安和生机而祝福、欢呼。这一刻，所有敌视中国与中国人民的那些人都感到了沮丧，因为他们又一次失败了。

中国的强大势不可挡。三亚的美丽成为全世界的话题。

什么时候三亚人有了用"选美"来宣传和提升自己城市知

名度这个念头的？

这得问知情人。2006年底刚从三亚市旅游局局长的位置上退下来的蔡世东是见证人之一。

"三亚的美能勾魂，但不是所有人来三亚后都会有这种感觉。作为主管旅游的一名领导干部，我1992年底来三亚，马上就是春节。春节对三亚来说，是最重要的旅游季节。可是那一年春节，我一个人来到大东海湾，情绪低落极了，那会儿大东海湾的沙滩比现在还要原始，海水也格外湛蓝，天上的云彩也特别美，可就是没有游人。没想到，十年后的三亚却完全变了样。"蔡世东谈起如今的三亚，脸上立即放出了光芒，"我只说一个数字你们就会明白这种变化：我刚来时，全三亚市年旅游收入才一个来亿，去年我从局长位置上退下来时，三亚全年的旅游收入是七十亿元，今年听说可以达到八十亿元！三亚旅游还有四个数字值得骄傲：三亚旅游的产业收入达到我们这个城市总收入的70%；三亚的旅游固定资产投入占全市固定资产投入的50%；三亚的旅游行业的就业占全市就业的80%；还有就是旅游税收，占了全市税收的70%左右。这四个比例，在中国所有城市中肯定是独一无二的。"

蔡世东告诉我说："三亚旅游在短短的这十几年里能有如此快速的发展，并非轻而易举。2003年底，三亚的天上一下子掉下了106个国家的那么多漂亮的'林妹妹'，是因为我们三亚早有'预谋'，而且这个'预谋'来之不易，倾注了我们几届三亚领导人和全体三亚人的共同心血。可以说，三亚对美的追求，与生俱来，运筹已久！"

蔡世东说得没错。

三亚如果没有对美的追求，就不可能有今天。

三亚如果没有对美的追求，只能永远是旧时代那些不得志的官员们的贬谪之地，成为"天涯海角"了。

三亚如今的市委书记江泽林提出一个"注意力经济"的概念，听起来很新颖很时尚。而三亚走过的二十年风雨历程，细细分辨，"注意力经济"其实一直是他们建设城市的一个有效经验。而把"美丽"作为"注意力经济"中的一项突出内容则是他们成功的关键所在。

"美丽"的意识深入人心，这是三亚人走向成熟的标志与新的起点。对于自然美，三亚从第一个游客那里赚到钱的那一刻起就知道了，但这只是最原始和肤浅的自然美意识。1987年初，三亚举办了首届"少林可乐杯"铁人马拉松比赛活动，参加的45名男女运动员来自19个省、自治区、直辖市，这样规模的活动在今天看来似乎很不起眼，但在二十年前的三亚，可谓风光得很。三亚人第一次意识到通过一次赛事活动能够让三亚之外的人了解三亚。这是所谓的"注意力经济"在三亚的萌芽阶段。可惜最初类似的活动搞得并不热闹，也缺乏新意，其内容和形式上仍然没有摆脱依赖三亚自然美的基本优势。

1996年，钟文当市委书记时期，旅游局蔡世东等人就开始琢磨起一件当时在中国还非常敏感的事情——"选美"活动。这一年，他们先是试探性地搞了届"天涯海角国际婚庆节"，请来美国、法国、加拿大等国的118对新婚佳偶和跨国夫妇、金婚老人；接着又在小范围内搞了个选美，即"三亚旅游企业形象代表"比赛。尝到甜头后，蔡世东等人的眼光放得更长远了：三亚旅游要形成热点，成为产业，像钟文书记所说的那样要成为城市支柱产业，首先要让外界了解和认识三亚，爱上三亚。而要让外界了解和认识三亚，爱上三亚，三亚本身就得与众不同！

"找'新丝路'，跟他们联手搞全国模特比赛！"有人建议说。当蔡世东与"新丝路"的李小白一联系，两个人一拍即合。1995年接手"新丝路"的李小白，此刻正在寻找新的突破点。1999年10月，"新丝路模特大赛"在三亚首次亮相，获得了空前的成功。

成功之后，三亚人的心也就更"野"了：我们能不能把世界最权威的"世界小姐"选美大赛搬到中国、搬到三亚来？三亚人开始了准备。

2001年6月初的一天，三亚人突然接到李小白打来的电话："喂，告诉你们一个可靠消息，'世界小姐'的主席莫莉夫人即将来到中国，她准备到几个城市旅游……你们得逮住她呀！"

6月的某一天。首都机场。莫莉夫人刚走出机场，就被一群"不速之客"请上了另一架飞往中国海南三亚的飞机。

"太美了！这是我到过的世界各地中最美丽的地方之一。三亚是个浪漫之城，三亚的人非常非常友好。三亚这个地方我很喜欢，我相信全世界的人都会喜欢这个地方。"几天游览后，莫莉夫人完全被美丽的三亚风光和热情的三亚人征服了，她的眼睛里时时刻刻流露着甜美与欢快。

"夫人，如果我们美丽的三亚能与您的'世界小姐'比赛连在一起，该是多么美妙的事啊！"三亚人试探着问。

莫莉夫人的眼睛顿时瞪大了，她欣喜地说："好啊！我太愿意把'世界小姐'放到中国、放到三亚来举办了！我想，全世界都会为之欢呼的！"

这回轮到三亚人的眼睛放光了！

再一接触下来，三亚人感到了压力：如果"世界小姐"的主办权放在三亚，按惯例，得在签订协议后交付给组织机构480万美元承办费！可当时三亚一年的财政收入才两个来亿，480万美元加上举办活动的费用还得五六千万，里外里，这不得一个来亿呀？这可等于三亚财政收入的一半，这可不是闹着玩的。

市委为此特地召开了三亚班子成员主题会议，关于举办世界小姐活动的议题最后得到了多数成员的通过。然而，更重要的是，上面对此的态度又是如何呢？探问的结果是：省委机关的多数人支持三亚举办"世界小姐"活动。

机会终于来了。

2002年5月，莫莉夫人再次应邀访问三亚，而这次访问与上次意义不同——三亚和莫莉夫人将正式会商2003年第53届"世界小姐"赛事是否在三亚举办这件大事。

三亚人既激动又紧张。激动的是他们将要做一件震动国际的大事——新中国成立五十多年尚未举办过世界性选美比赛，他们将与莫莉联手做一件对中国影响深远的事。西方世界曾经有人预言，如果谁打开了中国的选美市场，那将是中国的又一次大开放。紧张的是如果主管部门不点头，与莫莉夫人签的协议等于废纸一张，480万美元就白白扔了，谁负担得起？

三亚的领导们感到了火烧眉毛的滋味！

"文学，省委几位领导这两天要到三亚视察，白克明书记也去，你们得抓住机会听听他对'世界小姐'的事啥意见！"就在这时，中央新任命为中共海南省委副书记的中共三亚市委原书记王富玉，突然从海口把一个重要的信息告诉了中共三亚市委副书记、常务副市长吴文学。

"真的？太好了！书记放心，我们一定做好工作并且圆满地达到预期！"吴文学高兴得差点跳起来。他心里想：富玉书记真够意思，人调走了，可心里还挂念着咱三亚和三亚办"世界小姐"大赛的事。

莫莉这回到三亚，正巧遇上了三亚和海南省政坛一系列人事重大变动。首先是中共海南省委书记换成了人民日报社原社长白克明同志，其次是中共海南省委原常委、中共三亚市委书记王富玉升任中共海南省委副书记。

5月9日，王富玉还在三亚主持市委召开的学习传达省第四次党代会精神。5月13日，海南省委做出决定，于迅同志接替王富玉任中共三亚市委书记，王富玉即日赴海口的省委工作。而莫莉夫人是5月15日到三亚。5月17日，中共海南省委书记白克明，副书记罗保铭、王富玉，省委常委、组织部部长张纪南等同志到三亚。

5月17日上午，三亚市召开班子全体人员和市直单位主要负责人、各区镇主要负责人及副厅级以上退休干部参加的会议。

台上几位省委、市委领导一个接一个讲话的间隙，台下的吴文学和市委统战部部长张萍等人不停地打着手机，正在"密谋"一场即将揭幕的"莫莉与白克明巧遇"的戏剧。

"巧遇"的场所安排在图书馆的盆景厅。

那场"巧遇"的设计者之一、现任三亚市委宣传部部长张萍同志谈起此事，仍颇为得意："现在看起来这场'巧遇'好像很简单，可在当时，简直有惊心动魄之感，因为我们要算准每分每秒！那天我们设计的是在白克明书记参观图书馆和一个画展之后出来而还在图书馆的那几十步之间，要让莫莉夫人与他'不期而遇'！所以时间必须分秒不差，要不就会有人为安排的痕迹。还好，那天就在白克明书记参观完后往下走的台阶上，我们陪着莫莉夫人正往上走。两队人马就这样遇上了。"

"一见面我们就向白克明书记介绍，说这是莫莉夫人，是'世界小姐'组织机构的主席，来三亚访问。白克明书记就很高兴，说好啊，欢迎夫人到三亚和海南访问。莫莉夫人也很高兴。这时，那翻译却忘了我们提前让她告诉白克明书记关于举办'世界小姐'赛事的事。这主题忘了不等于白忙乎了嘛！当时我们几个都快急出汗了，后来一看不行了，我就干脆直接对白克明书记说，莫莉夫人非常希望在我们的三亚举办'世界小姐'活动。白克明书记一听，便笑眯眯地与莫莉夫人握手：'好啊！欢迎！'当他们俩的手握在一起时，我们就让记者噼里啪啦猛照了一通！第二天报纸上就大幅刊登了白克明书记与莫莉夫人握手见面的新闻报道。'世界小姐'一事，总算获得了领导层面的支持……"

张萍部长回忆起当时的情景，脸上露出了笑容。

"既然白克明书记没有反对意见，我们马上行动！"过后，市委、市政府领导明确指示道。

"那得专门到省里去一趟，正式向白克明书记等省领导汇报。"吴文学提议。

"去吧！趁热打铁！"于迅书记说。

吴文学等人到省里汇报后，这回白克明书记的态度已经非常明朗：支持你们三亚申办。

事情终于有了实质性的进展。

在 2002 年度的伦敦"世界小姐"大赛上，背景大屏幕上播放了十五秒的三亚形象宣传片。当屏幕上打出下一届"世界小姐"决赛地是中国三亚的预告时，全场欢声雷动。那一刻，全世界都得知了这一消息。第二天，伦敦的各个媒体全都报道了我们要举办下届大赛的消息。世界各国的媒体更是纷纷报道。

"这是中共执政五十多年来，第一次融入世界审美潮流！"

"中国政府允许选美活动，具有划时代意义，是中国改革开放新的里程碑！"

省委、省政府这回对三亚的支持是全力以赴的，马上召开了协调会。

会议明确指示："三亚举办这次活动，关系到的不仅仅是三亚的形象，还有我们海南的形象，甚至关系到国家的形象。所以我们要举全省之力给予支持！三亚提出的问题，你们要帮助解决；三亚没有提出的问题，你们想到的也要全力帮助去做！"

接下去的一件事让他们更高兴：香港凤凰卫视中文台的王纪言先生来了，提出要转播"世界小姐"活动，转播费五百万！

"太好了！我们中国时下在国际上处境很困难，外面根本不了解我们中国的灾情，搞得我们国家的形象非常不好，人都不敢到中国来。如果我们举办'世界小姐'活动，一百多个国家的美女把她们的所见所闻告诉全世界，那是再好不过的事了！比单纯宣传我们三亚不知要强多少倍！"三亚人兴奋不已。

"之后的工作，简直就是一马平川。"三亚市政府新闻办主任周雄形容道。

普通三亚人至今仍然不知道，真正形成这"一马平川"的局面，其实是来自北京的力量。更确切地说，是来自中南海的最高层对三亚举办"世界小姐"活动的支持——

在三亚与凤凰台正式签约后，一份以海南省政府名义起草的关于凤凰台制作电视纪录片《美丽的眼睛看中国》的请示报告送到了时任国务院新闻办主任赵启正的办公桌上。赵启正认真地看完文件后，提笔向中央有关领导做了报告。很快，中央领导同意了三亚与凤凰台的合作，并再次强调了两点：不要低俗、媚俗、庸俗，主要是对外宣传。

至此，三亚的"世界小姐"组织工作可以说是进入了真正的"一马平川"阶段。

一切都在按计划进行。一切都是那么完美，就像三亚的风光,如同上苍恩赐的一般。从"国色天香号"和"椰风海韵号"专机降落三亚的那一刻起,三亚和这个多彩而美丽的世界便融在了一起。

106个国家的109位仙女般的佳丽来到三亚之时,也许不会想到正是她们影响了全世界人在一个特定时间里对中国的看法。她们当然不曾想到,是她们的到来,使中国改变了一个五十多年没有突破的陈旧观念——人的美是可以成为一种经济、一种社会现象,甚至是一种价值取向的。

美,还能为政治和外交服务。美的功能无处不在。美是属于全人类的共有资源。

## 2. 天堂之路

　　三亚是天堂，而从一个普通的、名不见经传的自然风景地到真正意义上的天堂之间，三亚走过了整整二十年。

　　由于三亚的特殊性，这个曾经不被人注意的小渔港在改革开放的年代经受了多次风起云涌的历史洗刷。

　　1984年，三亚第一次从崖县更名为三亚市（县级市）。这对日后三亚的发展具有历史性的影响。但就在这一年，三亚卷入了"汽车事件"之中。1985年的整顿之风，强劲地吹拂着海南岛的每一个角落，三亚也不例外。三亚同时还经历了一场严重的自然灾害——21号台风，袭击了刚刚正名为"三亚市"的小渔港，造成五十人伤亡和两万多亩水稻绝收。

　　而之后的一年多时间里，三亚依然不平静：撤县改市的更大一波风浪正在"海南—北京"之间悄然进行。我在采访海南省人大常委会原副主任王学萍先生时，他讲述了当时撤县建市的前后过程：

　　中国改革开放的总设计师邓小平同志，在完成深圳、珠海经济特区建设的构架后，就在考虑哪个地方适合建立更大的经济特区，而当时中国的开放模式朝何方发展、谁是中国的发展榜样，小平同志说得最多、最欣赏的是新加坡模式，于是在海南岛建大特区的构思开始在他的脑海里形成。

"除现在的特区之外，可以考虑再开放几个港口城市，如大连、青岛。这些地方不叫特区，但可以实行特区的某些政策。我们还要开发海南岛，如果能把海南岛的经济迅速发展起来，那就是很大的胜利。"1984年春天，邓小平在改革开放后的第一次南方视察后，回到北京，找来中央几位主要领导，与他们进行了一次内容非常重要的谈话，时间是1984年2月24日。

几十天后的5月19日，国务院就批准了撤崖县建三亚市的决定。

1987年的三亚，阳光格外充足。新年刚过，三亚历史上第一个海关码头兴建。4月，本地籍干部陈人忠同志回到三亚担任中共三亚（县级市）市委书记。

"升格前的三亚市，我任市委书记。地级市筹备组成立时，我是三人筹备组成员之一，另一人是李国荣，他是原自治州州委书记。还有王学萍，他是原自治州州长。升格二十年来，三亚发生了巨大变化。我正是三亚巨变的亲身经历者、见证人。"陈人忠老书记在接受采访时，感慨万千。他说，三亚以它的魅力赢得世界垂青，其原动力得益于当年的一次"鹿回头特殊会议"精神。

陈人忠老书记说的"鹿回头会议",指的是1987年国庆期间,时任海南省筹备组成员的许士杰、梁湘和王越丰三位主要负责人带领省筹备组工作人员到三亚召开的一次特别会议。这是三亚升格前,海南省领导集体为三亚未来建设"把脉""定向"的一次会议,其意义非同一般。

1987年9月26日,一份以中共中央、国务院名义下发的"中发〔1987〕23号"文件,通过特快机要,送达海南省筹备小组所在的海口市。这份文件共三页纸,文件的第一条是这样写的:"(一)海南建省后,其他地方行政体制的设置,要从海南的实际情况出发,符合改革的要求。海南黎族苗族自治州,作为省县间的中间层,应予撤销。同时在少数民族聚居的地方,成立民族自治县或者民族乡,把位于自治州管辖范围内的三亚市,由县级市升格为地级市。"这是中央文件中第一次正式出现三亚升格的文字。

次日,许士杰给梁湘打电话:"国庆我们几个到三亚走一趟,海南省要成立,三亚市的升级工作是重要的先行步骤,我们必须重视。"

梁湘说得更直接:"三亚县级市升格,直接关系到整个海南省未来的重大战略。许多事情应当走在前面,请王越丰同志一起去,三亚升地区级市,少不了他这位黎族自治州州长出身的老领导。"

1987年国庆节,秋高气爽。许士杰和梁湘、王越丰同志,带着十几名省筹备组的主要负责同志,一起从海口到达三亚,在鹿回头市委招待所住下,随即叫来三亚市党政军领导及有关部门的负责人听取汇报。

陈人忠书记首先做了汇报，主要内容是汇报三亚市总体规划，这个规划其实已经不是局限于县级三亚市范围了，但当时的陈人忠只能把话"点到为止"，有些内容涉及远景规划。

许士杰和梁湘等人则不一样，他们的心目中，此刻已经把三亚定位为未来海南省的三大经济板块之一了，其余两处是海口和东海岸的洋浦港经济开发区。

"海南省马上要正式对外公布了。建省的历史性任务将落在我们这些人身上。你们说说，三亚的未来将如何定位？"学者风度的许士杰，一上来就把话题交给三亚的同志。

"正如我在汇报中向省领导同志报告的，我们认为，三亚的优势，就是自然风景美，得天独厚，特别是热带自然风光，这在中国是独一无二的，所以我们认为，发展旅游，把三亚建设成为热带滨海旅游城市是未来的三亚定位。"陈人忠见三亚的同志把目光都聚到了他这儿来，于是又将方才汇报所言及的一个突出问题重复了一遍。

"请梁湘同志发表高见吧！他在深圳特区干过，思路开阔，眼界高嘛！"王越丰同志说。

梁湘直了直身子，说："好，我谈一下看法。建省后的海南，其重点有三：一是海口，它是省委所在地，又是海南重要的港口城市与工业所在地。二就是三亚了。再者是洋浦港。三个地方各有分工，海口已经说了，是省会城市，洋浦港是工业经济区，将来海南的主要工业应该集中在那里。那么三亚如何发展呢？我原则上同意陈人忠同志代表三亚市委、市政府给予三亚的定位，热带滨海旅游城市，这三个关键词是：热带、滨海、旅游，基本上概括了三亚的地理与资源优势。三亚不能有大的工业，更不能有污染。但是，三亚除了这三个特点和优势外，我们应该把三亚放在更宽泛的角度去认识它。三亚这么好的自然风光和热带资源，它应当成为国际性的旅游城市。"

"对啊，三亚应当成为国际旅游胜地！"

"我们三亚就不比人家差嘛！"

众人情绪振奋。这一天，鹿回头宾馆内洋溢着一片热烈的气氛。

11月20日，国务院关于海南建省筹备组撤销海南黎族苗族自治州设立民族自治县和三亚市升格为地区级市的批复文件正式下达。这消息，让三亚人彻夜难眠。

12月31日，三亚市在市委大楼前，举行了隆重的庆贺仪式。有五千多人参加的"热烈庆祝三亚市升格地级市大会"在此召开，标志着三亚历史揭开了新的一页。

刘名启，三亚升格地级市后的第二任市委书记兼市长，也是三亚建市二十年中唯一一位集两个职务于一身的领导。他在接受采访时说，他是由一名正处级干部，在省委书记、省长陪同下来到三亚市，一下子升任为厅级领导的人，有点像当年的三亚县级市一下子升格为地级市一样。

当时的三亚虽然也称"市"，其实还只能算个小渔港而已。除了一条老旧的"解放路"外，整个城内再也找不到第二条五百米以上的道路了。游客同样非常少，那时到三亚旅游，无飞机可乘，摆渡过琼州海峡也不是每天能抵达海口。

建市难，创业初期更难。许多干部很难与家人团聚——据说，一到周末，就有几十部汽车浩浩荡荡地从三亚往北开，原因是多数从省城到三亚工作的同志的家还都在老地方。"与家人不能团聚是一方面，更主要的是当时三亚的工作条件太困难，没有电，没有水，没有地方办公，没有地方住，这才是最要命的。"如今四五十岁的"老机关"们谈起往事感受最深。

没有电，是因为三亚历来缺电。没有水，也是老问题。三亚有个水库，是日本人在的时候修的。三亚建市初期曾经出现过"满城打井"的"群众运动"。其情景壮观而热闹，又非常可笑。设想一下，一个城市如果需要依靠打井来维持用水的话，该是何等艰苦。

刘名启被任命之时，正值王震同志到三亚视察。三天后，老将军走了，刘名启走出办公室，下乡去了。市委办公室负责人急忙说："刘书记，您下乡得派个秘书，您看谁合适？"刘名启一愣："秘书？我从来没有过秘书呀！"

市委书记不配秘书，成为刘名启时代三亚的一种作风，所以其他市领导也都没有秘书。"任职时，省委领导陪着我从海口出发，摇摇晃晃走了近一天时间，一路上我感觉越走越远，怎么三亚那么偏呀？当时的三亚确实很落后，街不像街，城更不像城了。当时的三亚国民生产总值，还不如广东中山、东莞一个乡镇的水平。我任职后马上下乡，一方面我是当县委书记出身的，抓农业和农村工作比较在行，另一方面当时三亚的羊栏镇刚出了件事,是群众纠纷的事。我头天到了崖城,这个文化古城给我留下了深刻印象,我当即与镇政府领导和市政府有关同志商议了如何保护古城的思路。但是这天又碰到一件事,我看到当地干部在一条河上筑坝。这河是灌溉河,筑坝是为了发电。发电固然是需要的,可筑坝后影响了灌溉可是件大事。听崖城的同志讲,这里是三亚主要的粮食和蔬菜生产基地,农民们种粮种菜如果缺了灌溉,不等于断了生路嘛!我一看觉得这筑坝有问题,就对当地的那个书记说:'你明天到我办公室来一趟。'他问我啥事,我说我要问问他这筑坝搞小水电站经过专家论证没有。那个书记有些不高兴了,说:'我们啥都准备好了,你刘书记只要来给我们剪彩就行了。'我和缓地对他说:'没关系,剪彩晚几天没事,我们还是听听专家的意见再说。'第二天我把懂行的几个搞水利的技术人员请到办公室,也把负责筑坝的那个书记请来了,结果大家一议这筑坝搞小水电站的事,技术人员们一片反对声。这件事证明了我的判断没有错。三亚在当时还是个以农业为主的地方,对待农业万万不可违反科学规律。"刘名启对出任三亚领导初期的每一件事记忆犹新。

"另一件事就是羊栏镇的治安。这里的闹事,是海南建省后第一件直捅到中央的大事,发生在我们三亚,我们自然很没有面子,必须着手狠抓。三亚地理特殊,历史上就是经常有敌特活动的地方,社会背景复杂,社会治安是件大事,搞得好不好,直接影响三亚的发展。我调查后发现,主要还是经济不发达造成的,村与村之间出现纠纷,最后把事态扩大化,造成恶劣影响。归根到底，都是因为一些经济利益，老百姓被个别坏人挑拨，所以出现了聚众滋事。这也是三亚历史上的老问题。由此我更感到肩上的责任重大。同时，还发现一个实际问题，就是这里的警力不足。几万人的一个辖区，只有五名警察，其中三人还住在城里，加上平时有个把人生病什么的，真正值班的经常只有一个警察，这在社会治安比较复杂的地方显然是个问题。我调研后，即向公安局负责人提出，是否应该增加警力，包括对重点地区的派出所提升级别，扩大编制。我的意见得到了公安部门的认可，很快这里的派出所扩大了编制，达到了十五个警力。我们同时对警察加强了责任制管理，又通过党员干部深入群众做细致的思想工作，防患于未然。结果，我在三亚任职的五年间，羊栏镇就再没有发生过大的治安问题。"

其实，三亚改观的不仅仅是社会秩序，更重要的是三亚市委、市政府上上下下的干部思想和心态发生了变化。他们认准了一个目标，那就是：团结一心，同心同德，努力把新三亚建设好！

1989年的8月和9月，三亚相继召开了具有历史意义的第一次党代会和第一次人民代表大会。市委、市政府向全市党员和人民宣布了近期与远期的三亚发展蓝图。全市上下的干劲被鼓得足足的。

上苍仿佛有意要考验新三亚。党代会和人代会刚刚闭幕，一场持续登陆24小时的台风和暴风雨袭击了三亚，给人民生活和农业生产带来了严重损害。羊栏等地的灾情异常严重。刘名启、陈人忠、徐彩凤等市委领导带领干部冲锋在前，与广大群众一起奋战在抢险救灾第一线。事后，田纪云等中央领导同志看了刘名启等市领导带头在水中参与抢险救灾的影像资料片后，深为感动，说三亚的干部和群众是经得起考验的，新三亚建设大有希望。

是的，三亚的希望在于有一群敢于面对困难、勇于开拓进取和下决心干好工作的干部以及对未来充满信心和期待的广大人民群众。他们坚信自己的力量，坚信只有把三亚建设得更加美丽，才能对得起中央领导和全国人民对三亚的期待。

作为那个时期三亚领航人的刘名启，他比谁都深切地感受到心中的压力和责任。

衣食住行是基础之基础，现代化的三亚必须从一点一滴做起。那些日子里，外界也许并没有感觉到三亚有多少实质性的变化，但三亚人的感受却是实实在在的——

先是有水喝了。刘名启有一段时间被派到中央党校学习。"这可是个好机会！我利用学习期间，几次跑到水利部，去找那些领导，请求他们支持我们搞水库。三亚过去有些水库，但坝基太低，设施差，老化了，所以蓄水能力差。三亚建市后，城市用水和农村灌溉发生矛盾。我们又穷，没钱修整旧水库，更没能力兴修新水库，只能求助于国家。水利部的领导非常关心我们三亚的具体情况，省里也很关心，所以很短时间内，我们就筹集了上亿资金，不仅在东边搞了个赤田水库，又在西端建了梅山水库，既满足了城市供水，又解决了农业灌溉。"刘名启和陈人忠都记得这两个水库对当时稳定三亚人心和保障农业生产所起的作用。

"在城建方面，我们搞了个'420工程'，就是对420米的三亚市内的主干道进行改造，后来又按照新规划搞了个'1350工程'，即改建扩建从潮见桥至大东海的路面。同时又将东线高速公路的路面加宽至四十米。1990年，又进行了西河西路建设工程。这些道路和城市工程，对改变当时三亚的城市形象起了重要作用，尤其是使三亚百姓对树立建设现代化国际旅游城市的信心不断增强。"

"这建设，说起来似乎很容易，可建市初期，我们手里没钱呀！不像现在一年的财政十亿八亿的，那时全市的财政才几千万，够什么用？连修一条路的钱都不够！怎么办？我们也有办法，是穷办法！"二十年后的刘名启很为自己当年的"招数"骄傲，"我和其他几位领导同志商量后，做出一个决定：将市政府原先管辖的几个招待所和酒店卖出去！按照市场运作办法将它们卖掉了！结果我们收回了几千万元钱。如今在大东海你们看到的'南中国大酒店'，原来就是我们旅游公司下属的一家小酒店，卖给香港人后，人家投资进行了翻建，变成了三亚第一家五星级酒店。中央领导后来就开始住'南中国'，不住鹿回头招待所了。这样的买卖，虽然也是逼出来的，可在当时也算是思想解放的大举措了。用现在的话说，是盘活了国有资产。"

刘名启认为，自己在担任中共三亚市委书记那几年中，值得写进三亚历史的，当算他和市委、市政府一班人坚持走了要把三亚建设成"东方夏威夷"，而不是河北北戴河的路子。"这个意义太重要了，现在看来更是意义非凡。建市初期，正值全国性的海南投资热。我们三亚是国家唯一的热带滨海城市。1992年，小平同志南方谈话后，全国掀起了海南投资热，到我们三亚来投资的单位尤其是那些国家单位和各省市的单位，简直多得应接不暇！我这个市委书记天天会碰到有人说要给我们三亚送钱来，说要高价买我们的地、买我们的海滩。你说这不是大好事吗？是好事！过去我们没有钱，现在有人大把大把地恨不得将银行都要搬到我们三亚来换我们的地呀！可我们一块地都没卖给这些单位，原因是他们都想在这里建招待所和疗养院！我们当时顶着不小的压力啊！我们没有把亚龙湾和其他几块好地方卖出去，不卖出去是因为我们记着江泽民总书记和其他中央领导同志一再叮嘱我们的，要把那里建成中国的夏威夷！现在看来，如果当时我们把亚龙湾卖出去了，海滩都变成了国家机关的招待所和疗养院了，那是对三亚和国家自然资源的巨大浪费！"

今天的亚龙湾真是太美了，它已经成为三亚最美的地方，并且跻身国际旅游风景胜地的行列。三亚人和所有来到三亚感受亚龙湾之美的人们，都应当感谢刘名启及其之后的几届领导坚持不懈、坚定不移地将既定战略铭记心头，并付诸行动，是他们守住了这块天赐宝地，使它有了今天光芒四射的魅力！

现在该说到钟文当书记的时代了。用时代来叙述三亚发展某个阶段的风风雨雨并不为过。虽然这个年轻的美丽城市才只有20多岁，但就其走过的艰难历程来说，它够得上中国当代社会学家和历史学家们以"解剖麻雀"的方式，来认真地考察它，因为三亚可以说代表着一个具有中国特色社会主义城市的快速发展模式。

1992年，刘名启还没有离开三亚的时候，中国从南到北就开启了一场自改革开放以后的又一次大的进步浪潮。这股浪潮的开启者就是邓小平同志。南方谈话便是这一浪潮掀起的动力。三亚升格地级市后，以南方谈话为指导，进入了一个全新的发展阶段。

用三亚人自己的话说：刘名启把三亚稳定了，而钟文则把三亚做大了。

钟文于1993年4月25日接任中共三亚市委书记，这位务实的干部来到三亚后立即投入三亚的城市建设大潮中。

钟文担任中共三亚市委书记时面临的问题是：如何跟上全国迅速发展的现代化建设大潮。海南大发展，三亚理当紧紧跟上。就改革开放的形势而言，三亚和海南都是后起的发展地区，当深圳特区风起云涌，以特有的发展模式引起世界瞩目时，三亚和海南尚处于现代化发展的胚胎阶段。晚起步十年二十年，在今天全球化的形势下，不能不说是一个严肃而严重的问题。时间就是生命，必须迎头赶上。现在，以历史的眼光来重新审视当年钟文他们那一届领导人为什么千方百计想在三亚寻找能够迅速提升经济效益的工业增长点，就会明白他们的苦衷了！

旅游作为支柱产业，这是毫无疑问的。可要让旅游经济的产值作为城市发展和改善人民生活的主要经济来源，对刚刚起步的三亚来说，难度可想而知。

三亚要起飞，就必须有一个起飞的地方。修建机场便是三亚人首先要完成的一件大事。没有机场的三亚将是一个死岛，一颗埋在地下的玉石。三亚人选择了凤凰机场。"凤凰"的名字很好听，但凤凰涅槃时是痛苦的。机场建设需要一块巨大的土地。要土地、要建设，就得让一部分生活在这里的百姓搬迁，牺牲自己的一些利益。

"那些日子里，钟文书记和王市长他们磨破了嘴皮子，带领下面的工作人员去老百姓家一户一户地做工作，没日没夜。"一位当年参与机场建设土地搬迁工作的同志这样对我说。

建机场是钟文从刘名启手上接过来的一副重担。然而，1993年6月，中央宏观调控的文件将许多地方的超常建设风潮狠狠地刹了一把——大特区建设中的海南首当其冲。"三亚是个小地方，1992、1993年初形成的房地产热，这时一下出现了严重泡沫，整个经济形势急转直下，内地资金猛地抽走五个多亿。资金出现倒流的现象，即原来三亚的资金都是从内地流到我们这儿的，现在突然从我们这儿回流到内地。三亚这么小的地方，几个亿资金一抽走，等于整个身体被抽干了血，还能干啥？"有干部这样形容当时三亚所处的危情。

几乎一夜之间，三亚所有的建设大项目都停顿下来。可是机场建设不能停，而且必须尽快完成。

钟文和市长王永春等市委、市政府领导每天都处在重压之下。退路没有，前进又困难重重，不进则退，退则无生存空间。硬着头皮、顶破头皮向前，是当时唯一的选择。"苦战九个月，拿下凤凰机场！"钟文向全市党政机关干部和全市人民发出战斗动员令。

"机场建设大战,是检验三亚人民和上上下下战斗力的一次历史性事件,因为当时围绕机场建设,需要牵动全市的多项建设。除了机场本身外,还有通向机场的大道。几十里的大道,就有桥梁和其他支路的建设,因此当时我们分了九个块块,有道路的、有水电的、有机场航运所用的等等。同时又设计和进行了 24 条沿线道路、7 座桥梁及三亚二环路建设……那九个月啊,我们全市上下拧成一股劲,整个三亚像个大工地,到处红旗招展,歌声嘹亮,不分白天黑夜地战斗着,很壮观、很带劲,当然也特别累。大家心往一处想,劲往一处使。我们在钟文书记为首的市委领导下成功地完成了机场建设和其他辅助建设,当 1994 年 7 月 1 日三亚凤凰机场正式通航的那一天,我们再乘车走一走机场和机场到三亚的路段时,猛然发现三亚变大了!"当年参加凤凰机场建设的同志如此激动地回忆道。

"三亚凤凰国际机场建成通航,对进一步改善三亚和海南的经济投资环境,密切三亚、海南与国内外经济、文化交流与合作,促进海南开发,尤其是加快三亚国际滨海旅游城市的建设步伐都将起到巨大的带动作用。"时任省委书记阮崇武面对海内外来宾这样高度评价三亚凤凰机场。

三亚因为有了凤凰机场,从此就像阿里巴巴打开了宝窟。

现在我们来到凤凰机场,已经能深深地感受到这里忙碌异常的气氛和景象了。这里,每天迎来送往着国内外游客,无论是夏季还是冬季。三亚凤凰机场这只美丽的"凤凰"现在越飞越远、越飞越带劲,从南到北、从东到西,从日本、韩国到欧洲、美洲……

三亚因为有了这只"凤凰",开始变得更加浪漫、更加美丽……

1998年2月,三亚迎来了一位年轻的书记,他便是王富玉。王富玉的到来,给三亚带来了一阵清风、一片激情、一个新的时代。

1997年和1998年,三亚市的领导层调换频繁,可以说有些超乎寻常。三亚作为旅游城市,直接受到了亚洲金融危机的冲击。加之当时海南房地产出现泡沫,面临"崩盘"的严峻形势,三亚的经济陷入了最低谷。

王富玉就是在这个时候被任命为中共三亚市委书记的,副书记和市长是陈孙文。那一年,王富玉44岁,是省委常委中最年轻的一位。之前,王富玉在琼山市任市委书记,他还当过海口市副市长,来海南之前他是石家庄市的副市长。他对海南和三亚充满了感情。党的"十七大"召开期间,我去采访他,请他谈谈在三亚的经历,他对我说:"我到三亚后一看,面临的问题要比我想象的严重:一是土地资源处于枯竭状态;二是遍地都是烂尾楼;三是财政没钱,机关和事业单位的干部职工发不出工资,处在初一收入税、初二发工资的状态;四是旅游市场严重不足,酒店就吃春节那几天的生意,一过初八,酒店、宾馆就没有人了。全市上下,有相当多的人不安心工作,对三亚缺乏信心。我对上面的问题有自己的看法,认为主要是干部队伍不团结,城市建设定位不准确,没有好的环境,硬的软的环境都不行。怎么办?团结问题在党代会上得到了基本解决,日后又处理了几个爱闹事的人,又提拔了一批事业心强的同志。其次是抓城市建设定位。我提出,环境是生产力,环境是生命线,是三亚发展的后劲。环境是三亚的生命、三亚的饭碗、三亚城市建设第一位的工作。谁破坏了环境,就端掉谁的饭碗。在当时提出'环境第一',把环境提到如此高的位置是很不容易的,后来我们都是围绕这个中心和科学发展的思想进行三亚城市建设的。"

王富玉可能是所有中共三亚市委书记中最有影响力的人物,而且又是最有争议的人,因为他的一声"炸楼",使他名扬全国,同时又引来许多争议。有关"炸楼"的是与非,历史已经做出结论。这个结论是:王富玉的"炸楼"把三亚"炸"美了……

不是所有的人都能对一件颇有争议的事果断处理的。如今在全国各地随处可见违章建筑、违反规定的"开发区"、违反环境治理条例的项目,中央早已三令五申,可动真格的有几个?为什么?原因很简单,又很复杂:这些违规和违法的背后,都有各种各样的利益,都有各种各样的权与利的交易,即使有心想"公事公办"的好干部、好领导,也未必能处理好这样的事。但王富玉做到了,三亚做到了,而且在十年前他们就做到了,可以说三亚是全国率先做到并获得全胜的城市。

这一段历史是严酷和沉重的,同时也是十分艰难的。

在三亚，有位干部给我讲了王富玉刚到三亚时做的一件事："1998年2月23日，省委宣布了对王富玉的任命，两天后，王富玉就到了最偏僻也是最穷的农村——东方红村。哪知王富玉在山上等了一天，东方红村的支部书记就是不愿见他，理由是：我们几十年不是一直在唱'共产党像太阳，照到哪里哪里亮'吗？可我们东方红村咋就没有'亮'过？村支书说的是他们村从解放到现在，一直没有电，没有电老百姓就只能一直黑灯瞎火地生活。没有电，就不能办学校，就不能看电视、听广播、搞农业生产……等了一天，最后这个村支书终于'接见'了一下王富玉这位市委书记、省级领导，可也没有好话说给他听：'日本人来了没有电，国民党来了没有电，共产党来了几十年也没有电，我和村里的百姓就是这个态度。你们要能解决我们的电，让我们村亮起来，我就喊"共产党好"，否则，你就是来再大的官，我也不会出来理你们了！'这位村支书的话，给王富玉的震动非常大。后来，他在全市干部会议上提出了一个目标：他提出用四年时间，不摘贫困帽，就摘乌纱帽。当时市四套班子干部全都有任务，每个领导干部承包两个最差的村子。我们的公安局局长背着枪，卷着裤腿，汗流浃背地帮百姓盖房子、铺水泥路……那阵子，许多老百姓看到干部们这样帮助他们，都十分感动。王富玉书记亲自监督，他还让法院院长带头去这个村蹲点——三亚当时很穷，弄点钱来帮助农民很不容易。法院院长本事不是大一点嘛！所以王富玉书记就让法院院长去东方红村蹲点。在王富玉书记的关心和法院同志的辛勤帮助下，东方红村后来建了一个小水电站，有了电后，家家户户就亮了起来。通电那天,全村百姓喊了一天'共产党万岁',唱了一天'共产党好',那个场面太感人了!"

但王富玉到三亚后面临的更大问题还不是像东方红村脱贫这样的问题,而是三亚当时严重的经济落后以及市场环境的极端混乱。症结在于满目疮痍的烂尾楼——20世纪90年代的海南(当然主要集中在海口和三亚两市),到处是残垣断壁般的烂尾楼。对一个旅游城市,尤其是对一个靠"美"转换成物质财富的城市来说,烂尾楼太损害城市的形象了!

"烂尾楼不清除,三亚就没有出路,就永远不会有人进来再投资,游客也不想再来了。我们被逼到了非动真格不可的地步。但真要动真格时,一桩桩难题、怪事,简直多得出乎你的想象……"王富玉说有的楼盖了半拉子,大门一关,你敲不开它;有的楼盖一半扔在那里,你好不容易在工商注册那儿找到了主人,人家根本不承认是他的,可你真要动他一块砖时,他们会一下子冒出几十号人,非砸断你的腿不可!啥样的事都有。只有一件事情没变:你不动真格,烂尾楼仍然安安稳稳地竖在那里,让三亚丑态百出。

"后来我们按照中央的精神,开始强硬处置烂尾楼。先发通知,限时令业主来与政府有关部门商议处置办法。这样解决了一部分烂尾楼,但仍然有相当多的楼连人都找不到。当时遇到的问题是,那些找到业主的烂尾楼,你还得有一个最终的处置结果吧?政府总不能去把所有烂尾楼全部重新建好吧?哪有那么多资金嘛!于是想出了个办法:拍卖。但拍卖的做法一出台,就引起了社会方方面面的反对和争议……"王富玉说。

王富玉的传奇是从这个时候开始的。

他的下一个大动作是要炸楼——把那些拍卖不动、无法处理，业主不服从处理又想硬顶，或者严重影响三亚城市规划和美观的烂尾楼，统统炸掉！

"炸！"一个"炸"字，惊天动地！一个"炸"字，让王富玉成了全国著名人物。这期间，他差点也被别人"炸"得粉身碎骨……

"我们炸了大东海那个地方的两栋楼，其中一栋楼的业主是我的熟人，他们不理解我们的行动和做法，怎么做工作都做不通，最后只能跟他们翻脸了。另一栋的主人很强硬，一直不理会我们的好言相劝，动真格的时候，人家就明的暗的都来了。我不怕……"王富玉回忆起当年，仍旧一腔热血，"有些事，老实说到现在还不太好说。因为三亚的房子，有正常经营的房地产，有中央和全国各地政府机关来盖的疗养院和各种培训基地，还有各种背景下的别墅等等，你都碰不得。我们的压力由此而来。当时我才真正了解了啥叫别无选择。我告诉这些老领导、老朋友，三亚要发展，要发展就得大家一起来付出代价。这就叫别无选择。我告诉他们三亚不是我王富玉的，也不只是三亚人民自己的，三亚是全中国人民甚至是全世界人共有的一块美丽之地，谁破坏了这块美丽之地，谁就是罪人。"

十年过去了，现在的三亚已是如诗如画，我们再也看不到那种伤疤似的烂尾楼了，也无法感受到当年王富玉经历的那种"山雨欲来风满楼"的气氛。

我们应当记住那段激情燃烧的岁月。

我们应当记住那段流血流汗又流泪的不平凡岁月。

三亚的将来必定还会更加辉煌,因为未来的三亚不仅是海南的,更是全中国和全世界的……

# 第八部：

# 浦东——邓小平手中的"王牌"

本文采写于 2018 年。

# 导　言

　　浦东开发开放是中国改革开放继建立深圳特区后的最大举动，令世界瞩目。这是因为 20 世纪 80 年代末 90 年代初，西方世界对中国采取了全面制裁的封锁政策。中国能不能走出困境，是当时我们面临的一个极其严峻的挑战。改革开放的总设计师邓小平坚定地回应：中国不仅要继续改革开放，而且步子要迈得更大。上海是我们手中的"王牌"，要有更大的动作来向世界证明我们对外开放的信心与决心。正是在这种形势下，酝酿已久的浦东开发开放全面拉开了战幕——

# 1. "141"号，5月3日这一天

上海人都知道，1990年5月3日，是新浦东的开埠之日，或者说是诞生日。因为这一天，朱镕基、黄菊等领导亲自跨过黄浦江，在一栋两层小楼前竖起了两块牌子：

上海市人民政府浦东开发办公室

上海市浦东开发规划研究设计院

浦东人都知道，浦东大道141号，就是上海市人民政府浦东开发办公室（简称"浦东开发办"）的所在地。这141号，现在是浦东开发陈列馆。而在那个激情燃烧的浦东大建设岁月里，它一直是浦东开发的"前线总指挥部"。那两层小楼很简陋，里面的陈设更简朴，然而就是这个地方，它像一支照亮大上海走向伟大历史新征程的炽烈火炬，它曾经温暖和激励过多少期待大上海重新崛起，"东方巴黎"再度辉煌，让全世界把希望的目光转向黄浦江的上海人民啊！

是的，浦东大道141号，虽然它平凡简朴得既无法与外滩上那些华丽壮美的"洋建筑"相比，也无法与今天陆家嘴金融区的摩天大厦相比，但谁都无法否认 141 号的分量。

141，太简朴、太平常，既非"幸运数"，又不蕴含发财之意。但上海人告诉我，这蕴含了上海人执行中央改革开放政策、努力奋进的创业精神、进取精神、实干精神。"一是一，二是二"，我们上海人做事就是这个样子！

原来如此。

"一是一，二是二。"当年毛泽东领导中国共产党人仅用 28 年时间，推翻了三座大山，建立了新中国，靠的不就是这马克思主义同中国革命具体实践相结合的"一是一，二是二"的实事求是吗？

"一是一，二是二。"四十年前，总设计师邓小平领导中国人民改革开放，走"小康"道路，不也是遵循马克思主义同中国社会实践相结合的原则，走"一是一，二是二"的"中国特色社会主义道路"吗？

"一是一，二是二"，用"阿拉上海人"通俗的话说，就是办事、做事有板有眼，不走歪路。

"浦东开发开放，就是按照邓小平同志当年定下的'规矩'、思路、方向，将其建设成有世界影响的金融中心、经贸中心和带动长江三角洲经济发展的龙头……"上海的同志这样向我介绍。

弹指一挥间，或许仅仅是"昨天的事"，141 号小楼没有变什么样，依然是那样的体态，依然是二层小楼房，依然还在浦东大道上，但它的身边早已是另一个如梦如幻的繁华世界了。

但我看到,许多人走到141号小楼前,都会深情地望着它、仰视它,甚至上前轻轻地抚摸它……

我感知,141号已经在"浦东人"——那些创造这片"东方奇迹""中国奇迹"的创业者心里,成为一片凝结着自己理想的圣地,成为一支与自己的生命一起燃烧的火炬……

不知为什么,那天我站在浦东大道141号的两层小楼前,凝视着那幅邓小平的巨像和旁边他那句"抓紧浦东开发,不要动摇,一直到建成"的话,不由自主地想起了黄浦江对岸的兴业路76号(原法租界望志路106号)的中共"一大"会址。这座后来改变了中国历史甚至影响了整个世界的石库门楼房,也是两层……上海人自己也许也从来没有想过,这横跨黄浦江两岸的两栋完全不同时代的同为"两层"同是"1"开头的门牌号的小房子,是不是冥冥之中有某种契合呢?这是否也蕴含着中国共产党人从来就是"一是一,二是二"的品质呢?

有一点是已经肯定了的。浦西原望志路106号的两层小楼,如今已成红色圣地,每天被来自四面八方的游人瞻仰。而我同样相信,随着中国改革开放不断将社会发展引向美好的未来,伟大祖国越来越强盛,浦东大道141号这栋两层小楼,毫无疑问也将成为中国精神的象征,永久地镶嵌在金色的新上海滩上……

"一定会是这样的,因为它们都是中国共产党人在不同时期创造人间奇迹的始发地。"作为第一位"浦东开发办负责人"的沙麟也这样肯定道。

"时间就像电闪一样，一百年也许对黄浦江来说，就是一个眨眼的工夫，但我们人类或许觉得它已经非常久远了。中国共产党成立到现在也才近百年，但几十年来我们对'一大'的有些事情还一直没弄清楚。浦东开发至今 28 年，对我们这些当事者和亲历者来说，也似乎才一眨眼的时间。再过一百年呢？"这位当年风华正茂、气宇轩昂的"浦东先生"（在浦东开创的岁月里，许多"老外"一下叫不出中国官员的名字，就把沙麟他们称之为"浦东先生"），六十年前就是老北大的才子，如今已 82 岁高龄的他这样感叹地问我。其实我知道他更是在追问自己，追问无情流逝的岁月。

"看今天的浦东，向国家缴了多少税收、盖了多少大楼固然很要紧，但一清二楚、明明白白地记录下当年开发浦东最艰难岁月里的点点滴滴，也许更重要。"沙麟动情地说道，"那个时候的我们，什么都不想，一心就想着按照邓小平同志'抓紧浦东开发，不要动摇，一直到建成'的嘱托，早一天把浦东建成全世界最好的地方，任何时候、任何压力下，都从未动摇和改变过这个初心，所以才有了今天我们看到的浦东……"

这位后来出任过上海市副市长、人大常委会副主任的"浦东开发元老"，那天听说我要采访他，独自带着一大包资料，从自己家里背到上海作家协会驻地。

"那年，4 月 30 日中午，我正在新锦江饭店接待一批外宾，大堂经理突然匆匆跑来，对我说市委办来电，让我下午一点半到时任市委副书记、常务副市长黄菊同志办公室。我一看表，都已经是一点多了！什么事那么急嘛。"沙老说，"当年我还算年富力强，抽身就往市委那边跑。紧赶慢赶，到黄菊同志办公室已经快两点钟了。刚进屋，黄菊同志就说：'朱镕基同志要我转达，决定派你去搞浦东开发！'当时我一听感到太突然了，事先一点也没有想到。转眼又一想，自己是国家改革开放后第一批派到美国整整学习了三年的专家。1986年，当时江泽民同志任上海市市长后，任命我为上海市科委副主任不久，又派我到美国学习了近两年。这两次学习，对我人生影响极大，尤其是后一次，是作为国家派出去的高级管理人员，我们几乎可以到任何想去的美国大企业、大公司学习、实习和观摩。当时全国才派出去三十个人。1989年国庆节前回国时，李鹏总理亲自接见，他第一句话就问：'都回来了吗？'可见国家对我们出去学习的人寄予多大的希望。想到这，我也没有任何犹豫了。顿时全身热血沸腾，有股跃跃欲试的感觉。当时黄菊同志马上要参加浦东开发的新闻发布会。他说我本来就应该一起参加的，他站起身催我跟着走。这时我突然想到一件事，便问他：'我对浦东啥都不知道，你手头有没有相关材料？'他二话没说，拿起自己桌上的一沓材料，说：'你先拿去！你明天马上找倪天增，商量随后的挂牌仪式。'"

"这一切都是组织定的事，前后不到二十分钟时间，我后半辈子的命运就这样被推到了'浦东开发战场'……事情这么突然，好事来得这么快，真的让人兴奋不已，彻夜难眠。"沙老回忆起当年的情形，脸上露出了骄傲的笑容。

4月30日那天晚上没有睡好觉的其实还有一个人。此人纯属"偶然"而被推到了"浦东开发战场"。他叫杨昌基。时年

58岁，时任河南省人民政府常务副秘书长兼办公厅主任。在朱镕基出任副总理和总理期间，杨昌基一度被外界称为朱镕基的"老搭档"，任国务院生产办副主任、经贸办副主任和国家经贸委常务副主任、联通集团一把手。

"1990年4月30日，我出差去上海，在朱镕基同志家中畅谈了近四个小时有关浦东开发开放的事宜，后经曾任中共河南省委第二书记的上海市老领导胡立教同志鼎力推荐，我由河南省人民政府常务副秘书长调至上海市从事浦东开发工作。5月15日，我到浦东开发办报到。"杨昌基这样回忆自己到浦东的过程。

1990年4月30日这一天，正好是上海市以人民政府的名义对外发布浦东开发开放的消息。新闻发布会是下午开的，上午日理万机的朱镕基同志要处理党政事务，那么也就是说只有在晚上在家中与杨昌基进行了"近四个小时"的畅谈，谈的内容是浦东开发开放。从时间和内容看，也正是这一次长谈，朱镕基已同杨昌基谈定：你得回上海来，帮我一起干浦东开发！杨昌基肯定也是答应了的。"当时我想的最多的是自己已经58岁了，干到60岁，总共只有七百多天了。"杨昌基后来这么说当时的"活思想"。

这也对应了为什么黄菊找沙麟谈时是明确他是"浦东开发办负责人"的，但就是没有下达正式任命。原来这个时候与杨昌基出现是有关系的。

命运就是这么奇妙。浦东开发让许多人的命运一夜之间改变了。在杨昌基长夜不眠的同时，另一位上海人沙麟更睡不着了。那时他不知有杨昌基这个人、这件事,只知道白天黄菊同志已经代表组织交代他"马上"到浦东报到,把开发办张罗起来。市委书记兼市长的朱镕基同志还在下午的"新闻发布会"上当众宣布了他"开发办负责人"的头衔。

"五一"那天,沙麟到副市长倪天增那儿报到。倪天增对他说:"你当务之急是把5月3日的挂牌仪式张罗好,开发办的第一批工作人员到位并正式开始工作。具体工作与市政府副秘书长夏克强衔接。"

沙麟转头找夏克强,副秘书长夏克强是市政府有名的能人,他一出面啥事都能办成。"老沙呀,房子已经给你找好,这几天已经有人在进行简单装修。那个141号办公处是个新地址,一般人不易找到,你明天带几个人在浦西延安路隧道进口和浦东隧道出口处的马路边醒目处,挂上几块路标,免得有人找你们开发办瞎转悠找不到地方……"

好嘞。这是我分内的活嘛!沙麟心想,人家不愧是市政府副秘书长,啥事都想得周到。现在我是"开发办负责人",要让全上海、全中国、全世界知道咱浦东开办发。

2日,沙麟带着几个小伙子,扛着几块赶制出来的绿底白字、中英双语的"上海市人民政府浦东开发办公室"和"上海市浦东开发规划研究设计院"标志牌,来到浦江延安隧道出口处,相距浦东大道141号五百米至七百米的街头水泥杆上,牢牢地竖起这些牌子。"那几块牌子又大又醒目,我们还在安钉子时,就围了不少人,他们都极其热情地议论着浦东开发,好像明天就要办喜事似的。这些标志牌一直竖在那里好多年!它曾经激励了许多热血青年和外商投身到浦东开发中。"沙麟说。

"而当我第一眼看到141号那栋小楼时,心情异常感慨和激动。因为虽然当时我想象不出未来十年浦东会因为这里而成为世界瞩目的地方,但强烈预感这栋小楼会与我以后的命运和情感紧紧地连在一起……"沙麟说。当时他有所不知,就在他来到小楼前的那几天,另一批人为了这栋小楼而不分昼夜地忙碌着。

当然,第一个人一定是夏克强。

4月18日,李鹏总理宣布中央决定"开发开放浦东"。

4月21日,上海市召开九届人大三次会议,朱镕基同志在政府工作报告中,向全体人民和干部正式吹响开发浦东的战斗号角,要求全市行动起来,为浦东大开发提供一切支持。随后他指示倪天增"要在'五一'后立即挂牌",并称"月底前要把办公地和开发办的班子成员选定"。

选址的具体任务落在夏克强身上。4月25日,他带着市政府机关事务管理局的几个人来到浦东,事先已经在那等待他的黄浦区胡炜区长,陪着夏克强开始选址。

"那时浦东没啥像样的地址。我们事先备选了几处,但不是因为交通不便,就是不符合独立办公条件,所以克强同志都觉得不理想。"当年领着选址的胡炜说,"后来车至老浦东大道,我指指区文化馆的小楼,对克强说:'你看看这小楼行不行?'他瞥了一眼,马上让司机停车。随后我们就都下车去小楼看。没想到克强楼上楼下、左右前后粗略看了一遍,便说:'这个地方我看行!不过,成不成,三天之内等我话,我得跟市长汇报，由他来定！'后来据说镕基同志就定下了这个地方，并且在30号的新闻发布会上对外宣布了浦东开发办在浦东大道141号的办公地址。"

"那个时候，再重大的事情，可能就是一句话、一个点头就敲定了！接下来就是把事情做好、做实，真有点打仗的味道。"胡炜异常怀念浦东开发的初创岁月。后来我遇到一批"老浦东"，他们都有同样的感受。

"4月27日上午，夏克强副秘书长和市委、市政府以及区里的胡炜区长等来到我们馆召开临时紧急会议，会上正式宣布了经市委、市政府领导研究，决定将市政府浦东开发办公室设在我们浦东文化馆这栋小楼内，并要求我们三天内将楼腾出。"原黄浦区文化馆负责人这样介绍，"当时由于小楼内不少房间堆满了各种道具，有的还是我们工作人员的办公室，而且中间还有'五一'假期。要在三天内完全腾空，对我们这个小单位来说，真得打一场硬仗。于是当天下午，全馆工作人员被召集起来开会动员，区领导一说到这里为了浦东开发，大家都很兴奋和激动，说能为浦东开发开放出力，这是我们的光荣和职责。之后的两天时间，全馆上下所有人都动了起来，提前腾出小楼并打扫干净。隔日，区领导来慰问我们，大家都非常激动、愉快。"

接下去的三天，是市政府和区政府共同负责的简单装修时间。现场指挥的胡炜笑言自己是"临时包工头"，带领工程队将小楼上上下下、里里外外粉刷一新。5月2日，最后一抹晚霞消失时，胡炜摸着一脸灰尘，笑眯眯地对在场的人说："大家不要小看你们这几天的辛苦,说不准新上海的史书上会记上你们的事呢!"他的话说对了,后来诸多版本的浦东开发史上都有这141号小楼的"成名史记"。

有一个小细节需要补充一下:

5月2日半夜,小楼门口有几个身影在晃动,并且不时挥动着榔头朝门框上砸去,于是便发出"当当当"的回声。"谁?干什么的?"守护在小楼里的临时保安人员警惕地过来查问。"我们是市政府的。快过来帮帮忙吧!"举榔头的人气喘吁吁地说。"你们到底在干啥?"电筒光下,临时保安人员见举榔头者满头大汗地举着两块大牌子,不知怎么回事。"你们自己看嘛——这是天亮后最要紧的两样东西!""哟,是开发办和设计院的大牌子呀!""是嘛,连夜赶出来的。怕误事,我们就赶着从江那边拉了过来……快一起把它竖好了!""好嘞!"于是几个人七手八脚地将两块大牌子钉在大门口,然后又认认真真地用红绸披盖上,等待白天那激动人心的揭牌仪式。当几个人干完活的那一刻,东方的第一缕霞光已经落在了141号小楼顶上……天亮了,大伙儿才知道原来半夜竖牌子的是市机关事务管理局的陈兴来等人。

"嘀——嘀!嘀!"也许才不过一个来小时,141号小楼门口又响起一阵喇叭声。

工作人员赶忙出来问咋回事。这时,只见一辆装满家具的卡车停稳,驾驶室里走出一位中年男子,他一边自我介绍,一边招呼车上其他的人,说是给办公室送桌椅的。

"我们是高潮家具厂的。三天前我们老板陶新康来过这儿,他听说浦东开发办都是临时找的地方，办公设备啥的都没有，所以就察看了小楼里的所有房间，回去以后让我们赶制了这些办公桌椅。陶老板说，浦东开发也是我们百姓的事，送点家具过来，算我们一份心意！"

"这……"

"这什么呀？阿拉都是上海人！上海人的事情大家帮忙好啦！"高潮家具厂的人不由分说地将一大卡车的办公家具全部搬进了小楼，并且按不同房间需要，进行了认真的摆放。

"哈，了不得！小旧楼转眼间旧貌换新妆啊！"上午8点刚过，开发办的沙麟、李佳能等陆续走进141号小楼，他们里外一看，个个惊喜不已。尤其当他们听说房间里的所有崭新的家具都是老百姓自觉自愿送来的时，大家备受鼓舞。

"来，大家坐下，我们相互认识一下吧！"临时会议室里，沙麟招招手，让第一天报到的工作人员坐下。

"一、二、三……十三！"李佳能清点人数后，风趣地对沙麟说："阿拉的队伍不多不少，刚好一个班。"

"别小看十三人，当年望志路上的'一大'代表也是十三人，后来把整个世界都改变了！"

"咱们哪，啥都不求，就是为了浦东和上海的明天，只求当一头拓荒牛，做一颗铺路石子！"沙麟的"主题发言"，就说了这一句话。他说出了第一代浦东开拓者的心里话，一个小时后媒体记者将他的话传了出去，甚至传到了大洋对岸的纽约、西半球的法兰西和英伦帝国……

下午3时许，浦东大道141号小楼前从未有过的热闹场面出现了。原本很宽敞的马路上,已经被从四面八方涌来的市民和浦东本地农民围得水泄不通。无论老人还是小孩,无论是男是女,每个人的脸上露出了好奇而又兴奋的神情。他们都在等待一个历史性的时刻——

"现在我宣布:上海市人民政府浦东开发办公室和上海市浦东开发规划研究设计院正式成立!"在鼓声和笑声之中,黄菊同志代表上海市委、市政府宣布。

"下面请市委书记、市长朱镕基同志揭牌——"主持人夏克强说。

一向严肃的朱镕基此刻笑容可掬地为大门口两块牌子揭开"神秘的面纱"。顿时,全场响起雷鸣般的掌声和欢呼声——

"浦东要开发了!"

"我们要过好日子啦!"

"中国改革开放又要举一块'王牌'了啊!"

百姓在议论,记者在议论,全世界也在议论……

仪式简朴而又精短。正准备离开现场的朱镕基同志,看到百姓们站在141号门牌前纷纷照相留念时,突然转身对身边的人说道:"我要见一下这个文化馆馆长。""馆长在哪?朱市长要见他!"人群里,顿时有人喊道。黄浦区文化馆馆长激动地站到朱镕基面前。

"好好,感谢你们文化馆!浦东开发,你们立了第一功!"朱镕基笑容满面地握着馆长的手,又伸出大拇指。随后,他对在场的干部群众动情地说道:"浦东文化馆发扬奉献精神,一天让出文化馆办公楼,三天装修一新;浦东开发办公室三天内完成抽调人员,今天就到岗工作,这就是'浦东速度''浦东风格''浦东精神',今后的浦东开发开放,就要靠这种精神、这种风格、这种速度!"

"哗——"这一次的掌声,可谓响彻云霄,震荡浦江两岸……

## 2."明珠"先亮

毫无疑问,让上海人最早看到浦东光芒的,应该是闪闪发光的"东方明珠"。这颗一直被上海人称为"大珠小珠落玉盘"的"珠子",具有特殊的光彩。如果今天站在浦西的外滩往浦东看,尤其是晚上,第一个抢眼的景致,仍然是那颗"东方明珠"。因为它在浦东的群楼之海中格外高挑、异常光艳,就像一群美女中的"模特",其姿其颜其神态,分外超凡。468米的高度,既是20世纪90年代之前上海有史以来的最高建筑,也是浦东成为世界瞩目之地的一大奇景,在世界著名电视塔中一直占据重要地位。

"东方明珠"电视塔,并非是浦东开发开放的产物,但它的建设和"成人",恰恰是在浦东开发开放的最初几年。

作为上海第一个能让人"看得见"的标志性的文化地标,"东方明珠"的名片意义极其重大。普通上海人尤其是年轻一代以及外埠人,在20世纪90年代能够跨过黄浦江到浦东,恐怕十有八九都是因为这颗"明珠"。记得那时我们都是如此。

在浦东还不是今天这样耀眼的时候,"东方明珠"的出现,才慢慢使浦东有了几分人气——这一历史性贡献,应当无条件地归功予"明珠",并向它致以崇高的敬意。

"明珠"来之不易,也可以从另一方面让我们了解浦东开发初创时的艰辛。

"东方明珠"的开工时间是 1991 年 7 月 30 日,之前连续下了近二十天的雨。一直等到这一天,才雨过天晴,浦东大地呈现难得的清爽天气。

主办方在开工典礼上设计了一个独特的"奠基石":用红色绸布盖了一块红色的三角体花岗石,每个边长 90 厘米,把金属圆球放置在顶端,花岗石每面上都刻着字,意味着所有人都可以平等而清晰地看到奠基仪式。在一片锣鼓与鞭炮声中,时任上海市广播电视局局长的龚学平激动地感慨道:"'东方明珠'从提出方案到开工,历经八年——这八年,倾注了多少人的心血啊,我们异常珍惜今天终于踏上浦东这块土地的艰难历程,异常珍惜心头的这份喜悦……"

依然要感谢邓小平同志。在 1991 年初,当新浦东的规划方案和模型放在他面前时,黄菊向他介绍"东方明珠"电视塔,并告诉他这将成为浦东第一个超高建筑时,邓小平笑了,满意地点点头。

20 世纪 90 年代初,我第一次到加拿大多伦多时,就被那座 553 米的"世界第一高"电视塔深深地吸引和震撼了,同时也在暗暗地畅想着:中国何时也有这么高的电视塔呢?

其实,这个时候的浦东正在开建我们的"东方明珠"高塔……

我第一次到访加拿大时（顺便也到美国自游了一周），几乎感觉西方发达国家什么都比我们现代化。不曾想才几年工夫，我们的浦东不仅赶了上来，而且很多方面甚至超过了曾让我们羡慕不已的西方世界。这是我们这一代人目睹和亲身经历的伟大岁月。

浦东"珠"梦的时间不短。在有广播电台之后，上海人就开始做这个梦了。

最早做这个梦的人叫邹凡扬，他是浦东人。历史给了这位浦东人一个特殊的机遇——1949年5月25日，邹凡扬跟着陈毅将军的部队，一起进了他的家乡大上海。也是这一天清晨，邹凡扬坐在车子上，迎着刚刚升起的东方旭日，写下了一个震惊世界和令全中国人民欢呼的新闻稿："中国人民解放军今日凌晨攻入上海市区，大上海解放了。"短短23个字，却比攻城的炮火还要响亮，迅速传遍了浦江两岸……播出这个声音的地方是现今的延安西路129号，当时叫大西路7号，是国民党上海电台所在地。邹凡扬在地下党的带领下，第一个冲进去，完成了23个字的"重要新闻"。从此以后，这位浦东人深深地懂得了"传播力"和"影响力"。那个时候，要实现这两个"力"，就靠线杆竖得高，越高越好。我们小时候听收音机，总是听不清，据说就是发射的"杆子"不够高。

一个国家穷的时候，连根"杆子"都竖不高。

弹指一挥，时间到了三十多年后的某日，还是他邹凡扬，不过这位浦东人已经从"小邹"变成了"老邹"。他刚从加拿大访问回来,坐在一间不大的房间里,一边向同事们发着出国带回来的"三五牌"香烟,一边眉飞色舞地说:"多伦多的电视塔第一牛!553米!从机场一下飞机,你就能看得到它。这啥派头?"老邹略作停顿后,又把嗓门拉高了,"关键是他们在这么高的塔中间设置了一个能容纳三百多人的旋转餐厅——就是360度都在转的一个大饭堂、高级豪华饭堂!你在那里吃饭,一边喝着咖啡,一边看着多伦多的景色,那才叫如梦如醉……"

"老邹,那'大饭堂'贵不贵?你在那儿吃过没有?"同事们好奇地问。

"我?吃得起吗?不过我也没有白去,享受了一个比旋转餐厅更牛的地方——太空甲板!"老邹已经有点陶醉了。

"啥叫'太空甲板'?"

"没听说过吧!"老邹更加得意地说,"所谓'太空甲板',就是你双脚悬在几百米的半空中……"

"哇,天哪!那不是吓死了?"同事们一片惊呼,又问,"是人被甩到塔外面?要不怎么叫悬空呢?"

"笨了吧?平时说你们不灵光还不服气!"老邹卖关子了。

"快说!我们听着呢!"

"是在446米高的地方,装置了一个专门供旅游者观景的门楼,那阁楼四周全是玻璃做的,脚下踩的地方也是玻璃做的,这不像悬在太空了嘛!"老邹绘声绘色地说道。

"哎哟——我可不敢去那种地方!"立即有女性惊叫起来。

男的说:"刺激!我去!"

也有男的使劲摇头:"我恐高,不敢……"

"这都不是啥要紧的事!"老邹突然站起身子,然后一把抓起桌上的"三五"烟,豪气冲天地说,"我们中国上海哪点比多伦多差?我们应该造一座555米高的电视塔,超过他们的553米……"

"好——老邹有气魄,我们造'三五'的!"众人顿时振奋不已。

老邹从此被冠以"三五"的光荣雅号。他的"三五"电视高塔梦也成为上海广播电视人的一个世纪之梦。

"异想天开嘛!"这个"三五"高塔梦,曾在相当一段时间里被一些人嘲讽为"神经出了毛病"。但与邹凡扬一样有远见的人认为是值得去梦想的一件好事。市长汪道涵又成了有力的支持者。在汪市长的指点下,邹凡扬给上海市政府和国家广电部部长写信陈述建上海电视广播高塔的想法。不想此事得到了国家广电部的支持,后发函上海市委、市政府,指出:

"上海是我国第一大城市,经济、文化、科技等在国内外都处于领先地位,工业和经济基础好,对全国的四化建设起了重要作用。但上海的广播和电视,长期以来处于落后状态,和上海的地位、四化建设的形势不适应。近年来有些省市广播电视发展很快,上海落后了。要下决心,加快步伐,科学地进行规划,把上海的广播电视事业搞上去。还要考虑到以上海为中心的经济协作区的新形势,为长江三角洲经济文化建设服务。上海的广播电视应该搞得好一些、先进一些,这是考虑问题的出发点。"

这个批示的核心意思非常清楚:支持上海搞广播电视

高塔!

　　有了这个"国家意见",上海立即开始着手选址,先是有人建议在人民广场,但马上被否了,理由是在市政府旁竖这么个"高高在上"的塔,显然不合适;又先后选了南京西路、静安公园及黄浦江与苏州河交汇地的原英国驻沪总领事馆所在地。"高塔"基座周边一定要有一块大绿地,而这些地方皆腾不出与高塔相配的绿地面积。

　　"干脆到浦东!那个地方有的是空地,而且高塔发射的覆盖范围更广……"最早提出这个方案的仍然是邹凡扬先生。"其实我一开始就有在浦东盖高塔的愿望,但怕人家说我是浦东人,所以一直把心里话压在了肚子里不敢说。"邹凡扬后来说。

　　正在为选址苦恼的龚学平一听老邹的建议,顿时兴奋起来:"我看可以!"

　　事后,龚学平在遇见市长汪道涵时,悄悄地汇报了"想去浦东"的想法,汪市长笑了笑,说道:"去吧,先看看那边的地基怎样。"

　　蛮好!得令的龚学平,第二天就带领一帮人乘轮渡穿过黄浦江,踏上了陆家嘴的田埂与小径……哎呀,这个地方真要建个高塔,看来难度还不小嘛!龚学平望着空旷的荒地上零星的厂房和民宅,心头有些惆怅。

　　那个时候的上海人中,有关"浦东开发"的设想,也只有汪道涵等几位高层领导在心中思量,多数上海人还不敢去展望这"宏伟蓝图"。龚学平也不例外。他此番察看浦东,只是为了建高塔，离"开发浦东"的思路还很遥远。然而，他这无心插柳却成了浦东开发史上的第一个特别优美而脆响的音符——"东方明珠"由此也在浦东大地上奏响了属于自己的独特旋律。

"明珠"确实来之不易，仅选址就碰到了意想不到的问题：首先是浦东的地质结构，能否建造 450 米左右的高塔。十二名勘测队员经过一番紧张察看与室内实验，递交的报告令龚学平和广电局大为开心——浦东土质完全可以承载计划设计的高塔。

接下来的问题却有些复杂：被龚学平他们看中的陆家嘴最适宜建高塔的地方，竟然事先已有单位占据，且是个"硬碰硬"的单位——上海市港务局经过八年多筹备的一座导航中心大楼早已选中此地，并全部立项完成，只待拔地而起……"这事麻烦大了！"龚学平一时愁眉不展，因为港务局的导航中心，是黄浦江的"命脉"，那是重中之重的工程，且港务局不属于上海管，隶属国家交通部。怎么办？事情汇报到市政府。

"请专家再做一次论证。"领导指示道。于是随后也有了一个在七重天宾馆的重要会议。

许多事情都很有意思。这"明珠"高塔确实也是冲破了"七重天"才获得重生。

一个地方决策，能否改变一个国家立项工程，是需要协调的。专家什么意见？专家最后的意见比较一致。从地理"风水"角度而言，陆家嘴地区的每一块地都是最好的。港务局的航行塔和导航中心也确实是上海黄浦江的"命脉"所在，人家筹建了八年，苦衷可以理解。俗话说：船长好当，陆家嘴难过。陆家嘴缺了导航中心，日子不会好过，所以我们没有理由把导航中心赶走。不过，新广播电视塔是上海的标志性建筑，自然要占据更好的位置。两个重要建筑都看好一块地，也是正常。专家的意见是：相比之下，广播电视塔更具有标志性意义，导航中心也就是一般建筑的高度，可以往陆家嘴那个"乌龟头"前靠，这样更接近黄浦江，也算是港务更接"地气"。

妙！市领导暗暗称道，心想：专家就是专家，道理和情理两者皆见长。

大上海的事，国家交通部很爽快地答应了：导航中心往前挪移，原址让位于上海广播电视塔。

地有了，建什么样的塔又成一大焦点。

这个过程复杂又令人兴奋，因为上海人想建一座前所未有的、达到世界先进水平的高塔，而且这座高塔必须是具有艺术性、观赏性，是能够吸引游客的综合体。多用途集于一身，设计难度就成倍增加。

除了高度，美成了设计的第一要素。何谓美？求何种美？这是设计的焦点与难点。

建塔方案由上海几家著名建筑设计单位参与设计，最后挑出几个方案比较。有意思的是，选定设计方案的会议也在七重天宾馆召开。入选的十二个方案中，像"东方彩虹""黄浦星光""白玉兰"等确实精美。不过，另有两个同取"东方明珠"的方案，令人耳目一新。

因为欲建世界一流、中国独一无二的广播电视高塔，上海和国家广电部都很重视，方案前后讨论达两年多时间。1989年夏天，专家们再度聚集在一起，做"最后的选择"。结果选出两个方案：一个是"白玉兰"，另一个是"东方明珠"方案。专家认为，前者的设计方案非常出色，也很美，其塔身挺拔高大，塔顶上一朵含苞欲放的白玉兰，衬托出整体造型的优雅，美观又庄重，而且白玉兰又是上海市花。这个方案，令多数人赞赏。第二个方案"东方明珠"，设计独特，造型灵动，充满时尚感和现代感，观赏性和艺术性兼备，难点是实施起来技术要求高、造价不菲。"最要命的是它依靠的三根斜型巨柱结构，能否承载整体高塔的重量与承受台风等外力，是目前国内技术能力所不可把握的难点。"专家们对"东方明珠"方案下了这样的结论。

专家论证会之后一个月，龚学平亲自召集专家，再次听取意见。他在开场时阐明了自己的观点：我们要建的高塔，就是要一百年不落后，是一百年后仍没有遗憾的"作品"。他的话令专家们极其感动，什么是一百年后不落后、没有遗憾的作品呢？那就是必须有超前意识，必须在时下的技术与美学基础上有所提升。

相比之下，"东方明珠"具有这种品质。专家们的陈述词也很有诗意：此方案，极富创意地将高低错落的八颗大珠小球串联在一起，其构思源于白居易的《琵琶行》诗中"大珠小珠落玉盘"的意境。那巨大的球体在夜间晶莹夺目，与正要建造的分列左右的南浦大桥和杨浦大桥，巧妙地组成了"二龙戏珠"的瑰丽画卷。

"好，我还得把大家的意见向市领导汇报。"龚学平高兴地卷起"东方明珠"方案和专家签名的评审意见书，兴冲冲地离开会场，向市政府跑去。

我们在这里应当向"东方明珠"方案的设计师凌本立先生致敬，因为他是这一方案最初的构思者。后来华东建筑设计院的总工程师江欢成领导的团队参与了完整的设计。江欢成的名字富有诗意，他的"东方明珠"与他的名字一样，具有令人欢心的诗意。"较多地力图寻求电视塔在结构上的突破，使之具有鲜明的特色，与众不同，令人过目不忘。"他总结道。468米高的主塔由三根直径七米的圆柱鼎立斜撑，从工程材料力学上保证其足以抵抗12级台风和9级地震。

东方破晓，霞光万丈。

1991年7月30日，当第一铲泥土被挖起的那一刻，中国建塔史上的首创工程从此拉开帷幕，浦东开发的"时代交响曲"中，第一个音符是脆响的高音：三根直径七米的钢柱斜撑，与地面成60度角，支撑着三根直径九米的擎天大柱，合力托起直径分别为50米、45米、16米、12米的八个球体。而塔身又必须具有抗震"7级不动""8级不裂""9级不倒"的极强稳定性，"东方明珠"一打桩，便给上海建筑界出了无数个难题。

太妙了！这一铲下去，我们的大楼就先多增了几分踏实……诸多刚刚进入浦东准备建大楼的投资商，踩在浦东开发那块尚未焐热的烂泥地上，乐开了花。

其实在讨论方案时，就有过激烈的争议："东方明珠"设计虽新颖独特,但工程难度确属罕见和绝无前例。按设计方案,整个广播电视塔总体建筑面积近10万平方米,计划按两期施工。一期工程主要是塔体建筑,5.7万平方米,当时在同类建筑有效面积比较中居世界第一位。塔体自下而上由塔座、下球、中间小球及环廊、上球、太空舱、发射天线桅杆构成。塔座有四层,地面地下各两层;下球体直径50米,地面标高68米至118米,日后用于娱乐和观光;塔身中间的五个小球成串状分布,总面积达4000平方米,日后用于开发高空宾馆及其他综合用途;上球体直径45米,地面标高在250米至295米,这是旋转厅和电台设备所在的位置;最高的球体直径16米,为安放太空舱的位置,地面标高334米至350米。再之上的是110米长的发射桅杆,时居世界第一,具有发射九套电视和十套调频广播节目的能力,可以覆盖整个上海市及邻近80公里半径的区域。二期工程建筑面积为四万平方米,主要是塔下周边的七个球体,用于配套的娱乐设施。

工程由上海建工第一建筑工程公司承担,姚建平是那个时候的总经理。"哈,他姚总可美了,'大珠''小珠'都落他口袋里了!"人家说姚建平的市一建公司,几乎在同一个时期,中了与浦东开发相关的两个大工程:杨浦大桥和"东方明珠"。

"你行!"就在姚建平担心独吃"双黄蛋"难以实现时,"东方明珠"总设计师与姚建平一番深谈后,给了他一颗定心丸。

干了!开工那阵子,姚建平的一建工地上,每天都在放京剧《海港》——

看码头，好气派

机械列队江边排

大吊车，真厉害

成吨的钢铁

它轻轻地一抓就起来

大跃进把码头的面貌改

看得我热泪盈眶心花开……

"好，唱得越响亮越好！"这个时候姚建平都会夸那位手持收音机的工作人员一通，然后拉开嗓门，跟着来一句京腔："大吊车，真厉害，你快快地给我抓起来！一把托起'东方明珠'来——哈哈哈！"

这时，工人们粗犷豪放的劳动欢笑声，响彻空旷的浦东大地。

塔，如何托起的，是人们感兴趣的事，也是建筑人员最需要解决的难事。我们现在可以揭开"明珠"的一些"核心秘密"了：塔基，由425根长度为35米的超粗钢筋混凝土桩，插入土中12至18米深，组成一个巨大的"托盘"。也就是说，这425根插入地下深12至18米的钢筋混凝土桩，平均每根需承载250吨重量，人们这才可以在上面一层层"串"起那些"大珠""小珠"。然而实际施工中，远比这些文字描述要复杂百倍！最大困难就是固定浇筑三根直径7米、长达100米、呈60度斜角的钢筋混凝土斜撑。当初许多专家对"东方明珠"

方案提出反对意见，也是基于这一技术的难度。这可不是纸上谈兵的事。为此，开工八九个月后，龚学平亲自带领相关施工技术人员，赴欧洲实地考察访问相关国家的电视塔建筑实例。也正是学习考察期间，上海方面来电报告了一个坏消息：在浇筑三根斜撑时，其中有一根斜撑筒才浇了几米就发生了混凝土挂浆，斜筒变形。一听到这消息，据说龚学平的额上顿时"大汗淋淋"。但据一位专家回忆，这是一个误传。因为解决"混凝土挂浆"本来就是建筑界称为"不可完成的难题"——在浇筑过程中混凝土是液态的，柱体本身又很粗，需要大量混凝土，现场的问题是如何克服地心引力，使得斜立的钢筋混凝土柱在浇筑过程中不会往下挂漏。

叶可明是这一工程的现场总工程师，无论从技术还是实际施工角度讲，三根斜撑钢筋混凝土桩是整体"东方明珠"工程中首先要解决，也是最难克服的一道技术难题，理论上是一回事，现场和实际又可能完全是另一回事。不是亲历，不看具体变化着的现场，不可能得出最后的可行还是不可行的结论。

那几天的欧洲之行，心理负担最重的莫过于叶可明了！在抵达巴黎之后，他和龚学平等同行被安排先到埃菲尔铁塔考察。后来吴基民等人写过文章记叙过当天叶可明在现场的灵感：

当日，"叶可明心绪不宁地随意瞅着远处密实的小钢板一根根拼接起来的巨型铁塔，他灵光乍现，冒出了一个想法：是不是能在水泥没有浇灌斜筒以前，用高强度粗钢筋在里面扎成一个圆筒，这也又给斜筒的骨架起到了一个支撑和定型作用，最后把每一块模板支撑在这个钢结构上,预先起拱成圆筒形。模板里面一层是木板,外面用钢结构,混凝土浇灌在两层板形成的筒结构里。待水泥干燥后,依次将两层模板取下,同时可以保证圆筒斜撑的表面光滑……"

这是一个大胆而又天才的构思!叶可明想到此处,脸上一扫几天来的阴云。他笑了,对龚学平说:"我们有办法了!"

龚学平总算松了一口气,问:"你的意思是,我们可以返程了?"

"可以了。"叶可明十分有把握地点点头。

"走,回上海建我们的'明珠'去!"龚学平高兴地对考察团成员喊了一嗓子。

攻克一道难关后,接下来的难题是如何把一颗颗"珠子""放"到半空去。关于每一颗"明珠"的诞生过程,都是有故事的。此处只讲其中一颗"珠子"的诞生记:

"最顶端的小球,聪明的设计师们是怎么让它'挂'在塔顶的呢?"吴基民等作者的现场描述很有艺术感:

"首先是它的球心位置在272.5米,国内还没有一台吊车能升到那样的高度。其次,它的体积不算最大,但是它的钢结构重达815吨,比下球体还要重。要在刮风下雨天把这个庞然大物吊装到那么高,难度显而易见。按照吴钦之先前的计划,要把上球体吊上高空的计划已经过了最佳时机。吴钦之只好另寻办法,最后他决定冒一次险,这个惊险的方法是这样的:首先利用高塔水泥筒体上的钢环梁装上一部6吨重的单臂吊车,再把12根每根重10吨的钢梁拆解,分别从地面吊至近300米的高空,在高空拼接成 12 根坚固的钢梁,然后再将这些钢梁用每个直径 20 至 30 厘米高强度的螺栓紧紧固定在钢环上……"

最后的施工方案完全成功!这简直就是一场惊心动魄的工程艺术表演。

大吊车,真厉害
成吨的钢铁
它轻轻地一抓就起来
大跃进把码头的面貌改
看得我热泪盈眶心花开……

当八颗"大珠""小珠"在高塔中央的直线上"串"起来、整齐排列在半空中时,姚建平领着现场施工人员又高声地唱起了那段味道十足的京戏。

1994 年 9 月 20 日,"东方明珠"初照一举成功!那一个夜晚,正好是中秋节。当明月高照时,屹立在浦东陆家嘴中心地带的上海人民盼望已久的"明珠"闪亮登场——"几乎所有的市民都走出家门,跑到外滩,跑到弄堂口,站在马路上,朝浦东方向望去……那明珠太美太亮,照得我们心花怒放,仿佛迎来一个新世纪。"这是一位弄堂里的老太太的描述。

是的,"东方明珠"的光亮,给开发开放初期的浦东,照亮了前行的光明大道;这光亮,让所有挡在前面的困难与险阻,都变得渺小了。上海人民的智慧是无穷的,他们的意志和信心如"明珠"放射出的光芒……

## 3. "空手道"换得第一桶金

曾经有一位美国大老板,在浦东开发初期被一位日本商人拉来一起投资浦东,但是中途他受各种因素影响而退出了那个时候的合作投资计划。十几年后,这位"山姆大叔"再到浦东,看到如此繁荣和美丽的浦东后,感慨之余后悔莫及,他问上海市的有关领导:"浦东还有没有地了?"上海市的领导想了想,说"前滩"那里可能还有。据说这位老美现在已经在当年被称为"浦东的西伯利亚"的前滩置地多处。他的媒体朋友问他为何如此"火急火燎"。他回答道:"再不急着上手,哪还有钱赚?都说资本主义国家会搞资本,现在看来我们都错了,其实真正会搞资本的在中国,在上海浦东。"

这个故事是无数"浦东传奇"中的一个,关于这方面的"传奇故事",赵启正和胡炜两位先生给我讲得最多,他俩本身的传奇故事就令我常常心潮起伏。我们先来讲"浦东第一桶金"的故事吧。

上海有关人士告诉我,那些在这块土地上崛起的一栋栋高楼大厦,现在一年向我们的政府交税几个亿、几十个亿甚至上百亿,已是常态了!那么除了交税,这样的"大楼"到底又赚了多少呢?

该是一个天文数字了!简直就是一座座金山银山!然而朋友们,你们可知道,当年开发浦东时,上海人是多么窘迫和可怜吗?

除了上海人,恐怕谁都不会相信:原来形成这样的巨大资产的最初资本竟然只有一个亿人民币,并且这一亿元的人民币还是一张"空头支票"!

你也许不相信。开始我也不相信,但听完下面的故事,便不得不信,现代化大都市竟然是这样"长成"的——

中央批准浦东开发这一个重大国家战略,与之相关的当然是政策。而政策通常有两个方面倾向:一是开放度的大小,决定投资环境;二是财政与税收上的国家优惠。一个国家就是一个家,"当家人"也是有难处的。知道为什么那么多地方想搞特区、开发区之类的事吗?就是希望上面给予这两方面的关照。政策关照似乎好说一点,但财政和税收方面的政策如果开了口,那国家这一头就吃紧了!所以,当时中央派管经济的姚依林到上海调研论证,其中一个关键点是中央和上海市有点"较劲"的。何事?当然就是上海向国家交的财税问题。上海一直在说"我们是国家的长子,每年财政上缴占全国的六分之一之多"。中央说了,那是当然的事,你上海作为第一工业城市、最富裕的地方,你不上缴那么多财政收入,我中央咋办?那么多落后地区谁去支援?那么多大学、中学、小学的老师工资谁发？那么多国防支出谁管？中央有中央的难处嘛！于是上海说了，任何情况下，上海向中央交的财税一分不少！有了这话，中央才会心平气和、认认真真地看你上海来的"报告"嘛！

友好协商，在中央和地方之间也是常有的事。没有全国一盘棋观念的地方官员，肯定执行不好中央大政方针；而既有全局观念，又能体察兼顾本地利益的官员，才是中央认可、地方人民称道的好官。

朱镕基做到了这一点——在中央最后决定浦东开发开放政策前，他委婉而又坚定地对中央陈述道：

"对《汇报提纲》（指中央调研组《关于上海浦东开发几个问题的汇报提纲》——作者注），我没有更多的意见，写得很好。中央各部门负责同志对上海考虑得很周到。但是，后面的几条能不能考虑稍微再肯定一点，因为根据我的了解，这个文件中央很快可以拍板的。这一拍板以后，几年都不好改这个文件，这要耽误事情。所以，我恳切地请依林同志和中央各部门负责同志再次考虑一下几个问题：

"首先一个是土地批租政策和土地级差地盘的政策，这对上海是至关重要的两条政策。如果要改变上海的面貌，就要靠这两个政策。上海批租的收入如果还是按现在的办法上缴，上海是寸步难行，没法再搞了。上海批租的收入是我们浦东的一个重要资金来源，所以我希望这个《汇报提纲》有个肯定性的意见，就是让上海先试点……

"第二条意见：《汇报提纲》第六页里的写法是：'不改变现行的财政体制和外汇管理体制，不影响上海市对中央的财政上缴、外汇上缴任务以及在沪的中央直属企业的利润上缴任务'。我觉得是不是前半句可以不要？因为现行的财政体制也说不清楚，上海实行的是一种跟别的地方不一样的财政包干，外汇也是一个包干体制，这个包干的体制即将到期，只有两年半了，空间将来怎么办，都在可变的情况之下，事实上现在每年都在变。所以，就说'不影响上海市对中央的财政上缴任务'这一句就可以了，这就是我们的本意。我们也没有提出要减少，只要稳定一下，只提出新增加的税收不要再增加上海的负担了。"

今天的上海人民和浦东人民之所以非常感谢与怀念"我们的朱市长"，就是朱镕基给上海特别是浦东开发开放问题上从中央那里争取了几个关键性的政策。用他自己的话说，如果不是那样，"上海是寸步难行，没法再搞了"。在中央面前说这样的话，既是他的风格，更是他作为上海市市长的肺腑之言。

君不知，大上海的市长当时虽从中央"收"到了一个天大的馅饼——"浦东开发"，这是上海发展百年一遇的大好机会，同时也是邓小平同志手中扭转当时中国被动局面的"王牌"，意义双重。然而开发开放浦东如此一大块地方，没有点钱怎么可能引得"金凤凰"来呢？在我苏州老家有块地方，叫新加坡人来一起开发的工业园区，新加坡人会搞全球高端引资，可你知道他们是怎么搞的吗？先整好一块地——几平方公里面积，再把"七通一平"搞好，然而再到全世界去吆喝。这"七通一平"是啥意思呢？就是地下的所有水、电、通信、光缆等七样东西全部通好，再把上面的地平整好。知道苏州工业园"七通一平"花了多少钱吗？几十个亿！几十个亿投进去，竟然地面上啥都见不着。可外资愿意看到这样的基础设施呀！所以苏州工业园区后来招揽到了全球最好的企业入驻。举此例想说的是，浦东开发开放，要想吸引全国、全球高端的企业入驻与投资，得先把基础设施搞出个样子。当时确定的浦东开发面积是350平方公里，按苏州工业园区新加坡招商引资前先做好的"七通一平"基础投入，算算浦东要多少钱？几十亿？绝对少了。几百亿？还是少了。没上千亿元撒下去，肯定不会像样的。

几十亿？几百亿？想得美！

朱镕基第一次跟开发办的杨昌基说，每个开发公司给三个亿，开发办这块再给一个亿，作为启动资金，也就是说十个亿作为整个浦东的开发启动资金。当时听说有十个亿的启动资金，有人就私下嘀咕：朱市长给这么点钱可不像他的风格嘛！到了后来，他的"风格"还真的让所有人目瞪口呆……

我们先来说说为什么把浦东开发分到三个开发公司。按照专家的意见和中央论证的结果，浦东开发最初是重点开发三个功能区，即陆家嘴的金融贸易区、金桥的出口加工区和外高桥的保税区（对外称"自由贸易区"），后来又加了张江高科技园区。浦东为什么最初按这三个功能区来设计和划分，我采访了许多当事人，当时以汪道涵为首的规划咨询组的意见，是主要集中在把浦东作为金融贸易中心和建大港口来考虑的。后来这一方案受到了很大阻力，是因为市里希望把浦西原有的工业企业分散到浦东去，以缓解老城区的压力，而且，当时对浦东能不能建成一个"金融中心"持消极态度的大有人在。然而这一主张又遭到了汪道涵等一批专家和学者的反对,虽然都是为了上海好、为了浦东好,但我所看到的这一争论还是非常激烈的,甚至有段时间还陷入了僵局。然而毕竟都是一批胸怀大局、具有世界眼光的人,又有振兴上海的赤子情怀,大家在一起讨论、商量并最后形成了统一意见:浦东开发是功能性开发,于是也就有了陆家嘴的金融贸易区、金桥的出口加工区和外高桥的自由贸易区,以及后来的张江科技园区及洋山港区这样一幅完整的浦东开发开放图。

一张蓝图绘到底,绘出了今天的浦东新天地。这话听起来很简单、容易,其实不知经历了多少曲折,有的时候就因为这样的争执,连几十年的老同事、老朋友、亲密无间的上下级,最后都成为话不投机的"冤家"。我听说,有不少这样的"冤家",是在浦东到后来建得越来越美之后,才把彼此间的那些心结渐渐地化解了……

"现在看来啊,你当时的意见是有道理的!"

"啥呀!要是当初把你的意见采纳进去,我看今天的浦东肯定更完美、更出彩!"

"哈哈哈……""冤家"们终于又将手紧紧地握在一起。

这就是工作,这就是从人民利益出发而去做事的共产党人,这就是新上海人和新浦东人的精神境界。

继浦东开发办之后,1990年9月,经上海市委、市政府决定并报国务院审批,设立了浦东开发办下属的三个开发公司,它们分别按陆家嘴、金桥和外高桥三个功能区的名称冠以开发公司的名号。最初的三个开发公司的开发面积分别是0.7平方公里、2平方公里和2平方公里。陆家嘴区位优势强,与浦西的外滩毗邻,寸土寸金,且又是未来黄浦江两岸最繁荣的区域,先小面积开发,待时机成熟后再全面开发。这是当时汪道涵他们最早提出的思路。其余两个开发区相对空间面积大。开发方案基本确实后,就是钱的问题。

不是说好了给三个公司九个亿吗?一天,朱镕基突然急匆匆地找到杨昌基说:"三个公司九个亿不行,我哪来那么多钱呀!这样吧,一个公司暂给一个亿。"

"一个亿哪够?咋个启动嘛!"杨昌基说。

朱镕基笑了笑说:"你先张罗张罗再说。"

你的意思是有多少钱干多少活呗!杨昌基想争辩几句,却见朱镕基火急火燎的样子,早已远远地离他而去。杨昌基叹道:"就这么着吧!大上海1200多万人,啥事都得花钱,动不动就是几个亿。市长难当呀!"

杨昌基无奈地摇摇头,回头赶紧找开发办和三个开发公司传达。昨天还是热情高涨的开发办同志们和三个刚刚成立的公司领导说:"这么点小钱,也就够开个皮包公司啥的!堂堂浦东大开发怕是大东海捞月,不知何年何月成事哟!"

钱少但有政策呀!杨昌基引导说:"浦东开发从一开始中央和市里确定的做法就是要依靠土地增值来实现资金聚集和滚动,这里面含金量高着呢!"

"我同意昌基主任的意见。只要能把土地增值用活,钱不缺。"新到任的黄奇帆副主任说。

大家面面相觑，将信将疑，因为他们谁也没有尝试过这利用土地增值实现资金滚动的开发战术。

不行了，不行了！才过几天，杨昌基又把开发办和三个公司的负责人叫到一起，传达"上面的秘密精神"："市长刚刚说，一个公司一个亿的钱也不能给了，只能每家公司给三千万元，加上开发办留一千万，总共不到一个亿的钱。"

这事的全过程，杨昌基回忆说："又过了几天，朱镕基同志即将离开上海赴北京工作了。临行前，他又对我说：'先少给一点，马上启动要多少钱？'我当时感到难以启齿，想了想后对朱镕基同志说：'那就一个公司给三千万吧！'

"'能行吗？'镕基同志问道，可能他也意识到，这一数字毕竟太少了些。当时，我这么说，是经过深思熟虑的。我们已经把三个开发公司的启动资金从向政府要钱转到了向市场筹钱。办法就是'财政投入，支票转让，收入上缴，土地到位'，俗称'土地出让，空转启动'。后来，这一办法被中共中央党校一个副校长概括为'空手道'。'空转启动'的程序是这样的：由市财政局按土地出让价格开出支票给开发公司，作为政府对企业的资本投入；开发公司再开出支票付给市土地管理局，并签订土地使用权的出让合同；市土地管理局出让土地使用权以后，将从开发公司得到的出让金再全部上缴市财政局。通过这样一个资金'空转'的过程，达到'土地出让，启动开发'的目的。

"当时，我对镕基同志说，土地空转，千分之四归中央，叫财政拿空头支票，土地管理局拨土地，公证处公证，按60

元1个平方米算，4平方公里土地财政拿2.4亿出来。

"'那就这样先搞起来吧。'镕基同志的话语中寄予信任和希望。我将这情况在班子内进行了传达。"

杨昌基在内部一传达，立即有人嘀咕道："这不是开'国际玩笑'嘛！"

141号的小会议室里，与会者彼此苦笑着相视，先摇摇头，后又点点头：确实是"国际玩笑"，人家广东、江苏一带每平方公里土地已经到了一个亿，我们浦东350平方公里，总共才给不到一个亿！不是"国际玩笑"是什么？

倒是杨昌基先笑了："看来我们在浦东开发的事情上，真的要开个大大的'国际玩笑'，真正让全世界知道我们上海人是些什么能人！"

"你说我们拿这些钱就能干成浦东开发开放的大事？"

"那当然！不仅要干成，而且要干得比全世界任何一个国家都好！"杨昌基自信道。

"目前上海的情况摆在这里，钱恐怕三年五年内不会那么青睐我们浦东的，大家要有精神准备！"沙麟也认为。

我们开发浦东，也不会像深圳、珠海那样，有那么多海外的"亲戚朋友"主动来帮助，得靠自己的智慧和脑筋了！黄奇帆问杨昌基："用好土地政策这一块是不是该立即动手了？"

"是，我看可以了。否则我们啥事都做不成！"杨昌基拍拍胸脯，似乎振作了一下，然而再看看自己的几位爱将，说："你们谁愿意把'土地换钱'这活儿给弄起来？"

"我来。这事我愿意干！"副主任黄奇帆立即自告奋勇。

"大家认为呢?"杨昌基征求意见。

"此事非奇帆莫属。"沙麟、李佳能等双手赞成。

有人说,浦东成就了黄奇帆,尤其是他后来运用"浦东经验",在重庆将土地开发推进城市建设搞得风生水起,把原本破旧落后的山城建设得美轮美奂,也让他赢得了"最能搞活城市的市长"美誉。这是另一个话题,此处不论。

浦东开发就是在这样的基础之上起步的,用"一穷二白"来形容并不为过。在350平方公里的面积上,在大上海这样的地方,几千万资金投进去好比是足球场上撒芝麻,连星星点点都瞧不见。

然而黄奇帆等人就用这九千万元钱加一个政策,将千座金山银山垒在了浦东大地上,夯实了一个力顶千斤的"资本桩基"——这应该是个"国家空手道"模式:

先由财政部门早上向浦东开发办开出一张"空头支票",浦东开发公司拿着这张财政部门的支票到土地管理部门交上开发区划定的开发土地的评估费用。而开发公司拿到土地部门的评估文件后,就立即转头到土地交易市场挂牌换取开发土地预支支票,这时的开发公司所获得的支票金额肯定远高于早上财政部门开出的支票金额。这同一天的下班前,浦东几家开发公司必须以火箭般的速度,填上早上在财政部门所获得的同样金额的支票,及时送回市财政部门……如此空转一天,市财政局其实从账面上看一分未少,而浦东开发公司各家账面上则已经有了实实在在的一大笔钱了!当开发公司有了这笔钱后,就可以去征地、去动员农民拆迁,就可以搞"三通一平"(通水、通电、通电信和平整土地），之后就可以向外招商。商家看中后，就得缴上一大笔土地租金。开发公司便用商家缴上来的钱，进行新一轮的征地、拆迁和"三通一平"甚至"七通一平"，再收进更大的投资商上缴来的钱……如此滚雪球般一直飞快地往前推，一直到浦东今天大楼林立、满地黄金的新纪元……

　　这就是中央给予的浦东土地批租政策，朱镕基领导和推进的，黄奇帆等人一手运作的"浦东模式"的资本积累的"高级空手道"套路。这一套路，是中国的创造。后来在中国的城市化进程中，多地运用了这一"浦东经验"。虽然现在有人批判它所带来的一些弊病，但毕竟在贫穷和落后的中国现代化建设初级阶段，"土地批租"和"土地资本"的迅速积聚，使得我们中国有了令世界瞩目的进步与发展。正如邓小平所言：发展是硬道理。设想一下：假如当年的浦东开发循规蹈矩，等待国家给一点钱、开发一点的话，估计至今仍然见不到一座像样的摩天大厦，更不用说有多少座每年上缴几十亿、上百亿税收的大楼了，大上海更不可能有今天的繁荣！当春天的阳光温暖整个世界时，再美丽的冰雕也只能被无情地扫除。明媚的春光是为了让万物复苏，收获新一年更多更丰富的果实是春天的责任与使命，在大地复苏的过程中，摧枯拉朽也是一种进步和必然的革命。

　　王安德是第一任陆家嘴开发公司的总经理，他是参与制定三个公司的架构以及决定如何运作的人员之一。回忆起当年陆家嘴获取第一桶金时,王安德用"历历在目""不可思议"来形容那段岁月。

"没有人比我更清楚,当时我们浦东开发是个啥日子嘛!"如今仍然文质彬彬的王安德长叹一声说,"真的就跟一分钱都没有差不多!"

"组织部当时对我们三个公司的职别定位是局级单位,我总经理也就是个正局级,三个公司配备的班子成员都一样:一正三副。我的三个副手,一是当时黄浦区的一名副区长余力,他在区里刚到任,到陆家嘴开发公司任常务副主任;另一位是上海友谊商店总经理汪雅谷,因为浦东开发主要是对外,派汪总来是因为他的英语好,对外关系方面有经验;另一位是建行上海支行行长郑尚武。我当时 35 岁,三名副手年龄都比我大,可以说到浦东开发工作之前在上海各个领域也算是有脸有面的人物,但到了我们陆家嘴开发公司上班后,有些'惨不忍睹',工作环境完全出乎他们的意料……"王安德说到这儿抿着嘴笑了,他说:"他们到 141 号小院报到上班,一看,我们堂堂一个局级单位,竟然只有一间十几平方米的小屋子,连个最基本的办公地点都是你挤我、我挤你。我之前已经在 141 号小院上班两个多月了,已经习惯了。他们三个不行啊,一看这么个摊子,脸都青了!接着又问我:'有没有钱呀?'我摇摇头说没有。'这咋弄嘛!'三人一起叹气。既然开发公司开张了,没一分钱总不行吧!于是我们就向工商银行借了二十万元,算起灶点火费吧!"

"没过多久,上面领导说,三个公司可以不用与开发办一起挤在141号小院了。原来陆家嘴所在的镇开了一家浦东最好的酒店,叫由由大酒店,三家公司可以到那里开展业务了!于是,我们三家开发公司都搬到'由由'去了。"

话说王安德他们搬到由由大酒店后,面临的仍然是没有钱的困窘。

"还是借呗!我们又借了二百万元。"王安德说,"起初说的是给我们每家同样数额的开办费。这事让银行来的副总经理郑尚武很生气,他说搞浦东开发这么件大事,就一笔二百万元开办费能做啥事?太小气了,他说他去银行弄五百万来。我跟他说这恐怕不行,再等等吧。不久,市里给了我们三家开发公司各三千万注册资金,但这三千万不是现金,是土地股金,就是黄奇帆他们靠'空头支票'弄来的那笔钱。"

没有钱,没有活钱,开发浦东的大事还得往前推进。这个时候,王安德他们从市里获得一个好消息,朱镕基在访问法国巴黎时,与法国政府谈定了一项协议:由法方帮助上海浦东陆家嘴金融区规划设计国际招标。该协议的条款中有一项"各负其责"的内容:境外方面所需要费用由法方负责,为二百万法郎;中国境内的费用由中方负责,二百万人民币。

中方的钱谁出?副市长倪天增对王安德说了句很"无情"的话:"干陆家嘴的事,你们不出谁出?"

"我们的二百万元开办费就这样出去了。"王安德抹抹嘴说道。

"没钱还得干事吧?"王安德说,"浦东开发中我们陆家嘴的定位是非常清晰的,那就是搞金融贸易区,所以我就想到了怎么样把银行拉过来。银行中你就得先拉人民银行这个领头羊，它要是来了，其他的银行金融机构就会跟过来。"

"想是这么想，但我们没有钱呀！账上趴着的三千万元不是现金，动不了，只能在土地项目启动时才能动。怎么办？你想动员银行巨头们到浦东来，你就得去请啊！没有钱你怎么请得动这些财神爷呀！"王安德笑着说，"当时与别人相比，我有一点个人优势，是因为在浦东开发前期，我一直在做政策研究方面的事，跟各个单位都有些来往，关系熟，所以这个关键时刻用上了……"

他去了人民银行上海分行行长办公室，一番恳切请求。行长态度非常明确："我们肯定非常支持浦东开发，也愿意在浦东那边建立大本营。"

王安德感激不尽："有行长这句话，我们陆家嘴金融区就有希望！"

行长笑笑说："但上面现在也确实对我们建新行选址有些硬性规定，比如像搬到浦东的用地搬迁费用，一般是不会批准的……"

"这一块我们想法解决。只要人行能到浦东落户，我们愿意砸锅卖铁尽点绵薄之力！"王安德不等对方说完，就立即站起身来表态道。

行长颇为感动地握住王安德的手："那我们就一言为定。"

"一言为定！"其实真正激动的是王安德。

他回到浦东后的第一件事，就是立即启动居民拆迁和土地平整事宜。这两项一做，正好账面上通过"空手道"换来的三千万注册资金全用上了。

"什么？上回贴了二百万元，这回又把账面上的三千万元全贴给人家？这个样子，你不是'憨徒'就是疯子！"开发公司的人嚷嚷起来了，并且明对明地公开评说他们的总经理王安德。

"当时我的压力很大。大家的议论也不是没有一点道理，但浦东开发尤其是我们陆家嘴金融区的发展，如果墨守成规，等着各种条件成熟后再行动，肯定会失去很多机遇，也不可能出现后来快速发展的局面。"王安德说，"我就跟大家讲童话《种钱》的故事，来解释为什么连续两次贴老本来启动陆家嘴开发的道理。我说，第一次贴出去二百万元，是为了陆家嘴能够有个国际高标准的规划设计，没有高端的规划设计，陆家嘴甚至整个浦东开发就不可能成为国际金融贸易中心，这样的钱投下去、贴进去，就是'种钱'的过程，最后换来的就是金山银山；这次的贴钱是为了动员和促成人民银行上海分行搬到浦东，这是整个陆家嘴金融区建设的关键一招，设想一下：如果没有金融机构进驻，陆家嘴何谈国际金融中心？要想让金融机构进驻，没有人民银行这领头羊来浦东来陆家嘴，成吗？"

王安德的这番道理总算平息了一场风波。最根本的是，他决策舍本"套"来的第一桶金后来果真见了奇效：

1991年6月8日，陆家嘴开发区域上的第一个项目草签。次年5月15日，人民银行上海分行大厦动工。

1995年6月28日，人民银行上海分行正式搬迁到浦东，成为陆家嘴金融区入驻的第一家"国字头"金融机构。

已任浦东新区管委会主任的赵启正,跟副主任胡炜商量:"'财神爷'来浦东了,咱得像像样样给人家送个礼物。"

"这事交给我来办吧!"胡炜在赵启正耳边悄声说了一句,便转身去"办事"了,身后的赵启正大笑:"好主意!"

人民银行上海分行的乔迁之喜,是浦东开发的一件大事,尤其对陆家嘴金融贸易区来说更是如此。浦东新区为其举行了隆重的开业仪式。

"毛行长啊,今天我要代表浦东新区管委会和浦东人民好好感谢你,感谢你们人民银行为支援我们陆家嘴金融区建设,做了一个领头羊的表率,所以呢——我们准备了一份特殊礼物……"赵启正满脸笑容地一边说,一边示意站在一旁的胡炜将用红绸布裹着的礼物递向毛应梁。

"哎哟!"毛应梁行长在见赵启正揭开红绸的那一瞬,不由惊叫一声,然后又忍不住哈哈大笑起来。

原来,赵启正和胡炜送给他的是一只洁白干净、还穿着"鞋"的活白羊!

赵启正、胡炜给人民银行送"活羊"的故事,在浦东开发史上早有记载。

与陆家嘴、金桥和外高桥相比,上海张江高科技园区要晚两年多成立。然而这个"浦东老小",如今却早已被国际同行称为"中国硅谷",享誉世界。当你走进这片"科技园林"时,你无法不被眼前的高科技研发产业基地所震撼:二十多年前,此地还是一片水稻田和烂泥地……农民们只能靠养鸡养鸭换得几个活钱。今天,也许仅仅是一栋小小的楼宇里,所创造和产生的经济价值就达数亿乃至数十亿元!

"我们所走过的路,就像一步登天!登高望远,是极目楚天,但当年迈第一步的时候,却踩在云里雾里……那真的是惊心动魄!"吴承璘是张江高科技园区开发公司的总经理。他到浦东上任,是1993年5月7日。

"我到未来的高科技园区地块,举目四望,当时的龙东路只是一条来回两车道的小路,四周一片农田……起步的困难之大,大大超出了我的想象。"吴承璘说。

之前,吴承璘在一家叫群星集团的大企业工作,手中执掌数十亿资金。然而到了张江,他竟然一下子成了"穷光蛋"。

"开发公司先期的约一亿元启动资金由于征地和基础设施投入,已经全部用完,但地块的'三通一平'还没有完成,之前几家公司签订的用地意向停留在纸面上无法批租,我们开发公司又没有其他收入,办公地与园区又不在一起。怎么办?这个时候,黄菊市长和赵启正副市长又来催我们抓紧园区的规划与'三通一平'。可没有钱,咋个开发?当时我跟财务碰了一下,别说开发项目,就是人员工资最多仅能维持两个月了!"吴承璘长叹一声道,"当时真的难死我了!"

"我把底交给大家,是希望诸位要认真地想好了:如果现在想走的,公司感谢你的付出,愿意留下来的,可能要准备几个月领不到工资……"身为浦东四大开发区负责人之一的吴承璘这一天是低着头说这话的。

"我们不走!来浦东就是准备吃苦的!"

"就是。我们是来建高科技园区的,又不是冲着待遇来的!现在工资领不到,等张江发达了,给我们补上便是……"

"对,不把张江建设好,我们不言收兵!"

吴承璘再抬起头时,热泪满面。"我被我们的员工感动了!公司的骨干在这种情况下,竟然没有一个人打退堂鼓。他们建设浦东的信心也激励了我,给了我力量,当晚,我采用了非常规做法,疾笔越级给市委书记和市长写信,请求他们出面协调有关银行给予张江开发公司两亿元的贷款,帮助我们渡过难关,而我们张江开发公司将拿出两平方公里土地作为抵押。"

如此一份冒着热气、浸着眼泪的"请示状",让市委领导的眼睛也湿润了。

"工、建、中、农行,你们想办法给张江伸一只手。"一道批示下去。人民银行上海支行的毛应梁行长亲自出面协商,支持张江的两亿元贷款迅速得到落实。

"修路,'三通一平',外加搭建简易办公楼的事,我来负责!五个月内搞不好,撤我的职!"副总经理毛德明向吴承璘主动请战……

五个月,150天,在一个城市的发展过程中,这个时间就是一眨眼的工夫。然而毛德明与张江开发公司的人没有食言,且提前完成所有规划中的修路与"三通一平"及简易办公楼的建设,这是如今一年为国家创造数千亿国民生产总值的张江高科技园区"起家"时的第一仗,打得精彩而又有些悲壮——皆因那"囊中羞涩",断了我"上海人"冲天豪气!

张江高科技园区开发公司迁入龙东大道的那一天是1994

年1月20日，天上飘着雪，凛冽的寒风吹拂着浦东广袤的田野，然而热血沸腾的吴承璘与公司全体工作人员却在五星红旗下高唱国歌——

起来，不愿做奴隶的人们！
把我们的血肉，筑成我们新的长城！
中华民族到了最危险的时候，
每个人被迫着发出最后的吼声……

那岁月，无论是王安德、余力他们的陆家嘴，还是吴承璘、毛德明他们的张江，更不用说朱晓明他们的金桥、阮延华他们的外高桥，这四个"战区司令"及其他们的"战区"，清一色双手空空，清一色一穷二白。然而他们就是以一腔热血，靠着上海市委、市政府从中央争取来的政策，以其创造性的开发策略，将一个初生的"浦东婴儿"，托出田埂与烂泥渡，迎向崭新的世纪……

如今，浦东开发开放已经28年，当我们今天再一次站在这片热土上时，看到的却是比曼哈顿、巴黎和东京更美的现代化高楼大厦和车水马龙的繁华景象。上海人告诉我，如今这里已经建成了当年他们梦想的金融中心、商贸中心和人文中心。2017年，浦东这块"弹丸之地"已经实现国民生产总值8700亿元人民币。

这就是浦东魅力。其实，今天的浦东仍在蓬勃发展，它毫无疑问是中国最有希望的一片热土……